KB241969

뉴욕의 거지들

뉴욕의 거지들

2010년 7월 2일 초판 1쇄 인쇄
2010년 7월 7일 초판 1쇄 발행

지은이 | 이정한
펴낸이 | 孫貞順
펴낸곳 | 도서출판 작가
　　　　서울 서대문구 북아현3동 1-1278 (우120-866)
　　　　전화 | 365-8111~2　팩스 | 365-8110
　　　　이메일 | morebook@morebook.co.kr
　　　　홈페이지 | www.morebook.co.kr
　　　　등록번호 | 제13-630호(2000.2.9.)

편집 | 손순희 조랑　　디자인 | 오경은
영업 | 손원대 설동근　관　리 | 이용승

ISBN 978-89-89251-99-0

값 12,000원

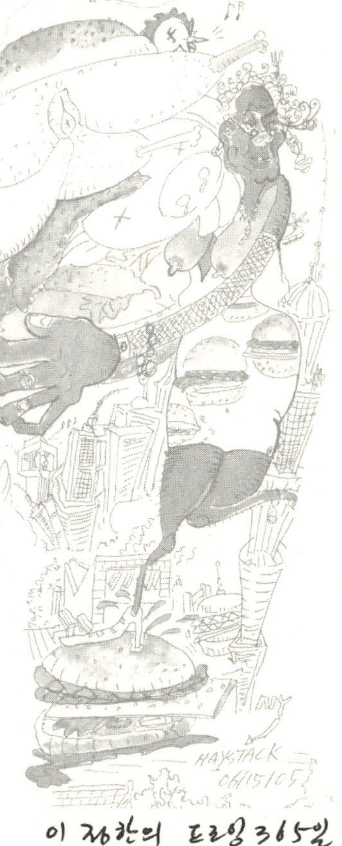

뉴욕의 거지들

이 정찬의 드로잉 365일

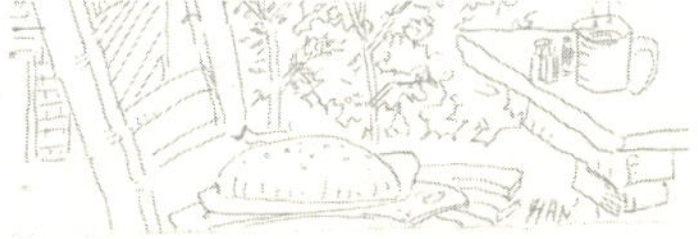

작가

[추천사]

환상적인 미의 세계

유붕 이정한을 알게 된 지 25년이 됩니다. 제가 봤던 이정한은 어딘지 모르게 예술가의 눈초리를 한 젊고 참신한 비즈니스맨이었습니다. 어느 날, 우연히 그의 환상적인 그림을 보게 된 나는 환희의 기쁨을 금할 수가 없었습니다. 내 눈 앞에 있는 그림들은 근래에 보지 못한 창의적이고 신비스러운, 어딘가 때가 묻지 않고 순수하며, 눈에 즐거움을 주는 그림들이었습니다.

그의 그림에는 무한한 정열이 담겨 있고 이에 못지않은 힘찬 그림이어서 우리들의 허무한 가슴을 채워주는 그 무엇이 있습니다. 화사한 그림, 그 선 하나하나에 힘이 있으면서 동시에 섬세함이 뚜렷하게 나타나 있습니다. 그런가 하면 이정한의 그림 세계에는 남녀노소 할 것 없이 누구나 폭넓게 감상할 수 있는 재미가 있습니다. 진지하면서도 어딘가에 유머러스한 면모가 담겨 있습니다. 거리에서건 차에서건 어떤 공간을 불구하고 드로잉한 것을 보면서 실로 놀라웠고, 하나의 다른 세계를 구축하고 있음을 발견하면서 감탄했습니다.

우리나라에서도 사욕 없이 늦게나마 미의 탐구와 창의력을 가지고 미의 세계에 도전하는 이정한에게 아낌없는 찬사를 보내고 싶습니다. 특히 15년 동안의 긴 미국 유학 도중에 시작하는 미에 대한 도전과 열정은 이 시대에 큰 족적을 남기는 대담하고 용감한 행보가 될 것입니다.

　나는 평생을 두고 미의 세계에서 늘 세계 여러 나라를 다니면서 미를 창조하고 추구해 왔습니다. 미의 세계는 엄하고 험난하고, 남이 모르는 난관이 끊임없이 있음을 체험한 나로서는 용기와 굳은 신념을 가지고 뛰어든 이정한에게 뜨거운 격려와 찬사를 보내면서, 장래에 세계를 무대로 지구촌에서 당당히 설 수 있다는 그 가능성을 그의 그림에서 발견합니다.

　　　　　　　　　　　　　　　　　　— 2010년 6월
　　　　　　　　　　　　　　　　　　앙드레 김(디자이너)

사랑하는 제자의 미래를 축복하며

10년 전 이정한 교수는 지금 내가 가르치는 펜실베이니아대학에서 나의 조교였다. 그는 항상 야심찬 예술가인 동시에 동서양 미술역사에 박식한 대학원생이었다. 그는 미술대학원에 입학하기 전 뉴욕스튜디오스쿨에서 아카데미 과정을 완벽하게 끝낸 훌륭한 예술가였다.

특히 그의 드로잉은 최고 수준이었다. 언제나 스케치북을 가지고 다니면서 틈만 나면 드로잉을 하는 것을 쉽게 볼 수 있었다. 그의 작품에는 항상 재치와 유머를 소재로 한 현대적인 감각이 넘쳐났으며, 그러한 작품 하나하나가 자신을 대변하는 것이었다. 작품평가 및 비평시간에는 많은 교수들로부터 늘 칭찬과 격려를 받았다.

그의 드로잉에는 그만이 할 수 있는 독특한 화풍이 있다. 졸업전시 중 이름난 큐레이터에게 발탁되어서 개인전을 치룬 기억이 난다. 그는 사려가 깊고 아주 예의가 바른 모범적인 대학원생이었다. 또한 그는 항상 도전하는 예술가다. 미국 최고의 명문대 컬럼비아대학 사범대에서 미술교육학 박사과정에 수학하는 동안에는 수업 중에 많은 문제 제기를 통해서 훌륭한 질문과 토론

을 했다. 그때마다 그의 예절은 깍듯했고 오히려 내가 한국문화
에 관해서 많은 것을 배웠다. 그는 항상 배우는 자세였다.

그가 추천서를 요구할 때마다 나로선 최선을 다한다. 왜냐하면
내가 가장 사랑하는 제자이기 때문이고 그의 작품과 그의 인품
을 사랑하기 때문이다. 그는 분명·실기와 이론을 균형 있게 겸비
한 훌륭한 미술교육자이다. 그가 어떤 분야에서도 주어진 일을
훌륭하게 감당할 수 있을 거라는 확신에는 의심의 여지가 없다.
이번 첫 출판을 진심으로 축하하면서 300권이 넘는 스케치북을
내 생에 다 보았으면 하는 바람이다.

I am pleased he was part of mine.

— 2010년 6월
줄리슈나이드 Julie Saecker Schneider (펜실베니아대학교 미술대학부 학장)

이정한의 '뉴욕의 거지들' 드로잉을 보면서…

놀랍다. 그리고 대단하다!

이정한의 드로잉을 보면서 나온 나의 첫마디다. 이정한은 고등학교 미술반 나의 후배이다. 성격 좋고 명랑하여 항상 즐겁게 웃던 이정한이 이런 작품들을 그려낼 줄이야! 그것도 한국이 아닌 뉴욕에서 말이다! 이 수많은 작품들을 그려내기까지 그가 얼마나 노력을 했는가를 생각하면 마음이 뭉클해진다.

항상 스케치북을 손에 놓지 않고 그려온 그의 그림은 공부와 생활 속에서 화가로서의 기본을 언제나 충실하려 했던 자세를 보여 주고 있다. 그의 그림 속에는 그가 살고 있는 뉴욕이라는 거대하고 매력 있는 도시의 냄새가 물씬 담겨 있으며, 특히 다민족 문화의 대명사인 뉴욕을 거지들이라는 창을 통해서 볼 수 있게 하는 멋진 드로잉으로 가득 차 있다. 손때 묻은 그의 작은 스케치북은 매일매일의 그의 생활을 고스란히 옮겨놓고 있을 뿐만 아니라, 이정한만이 지니고 있는 특유의 냄새까지도 전해 주고 있다.

드로잉은 세계적인 공용어인 동시에 그림의 모든 분야에 있어서 맨 처음이기도 하고 마지막이라고도 볼 수 있는 중요한 장르

이다. 그 드로잉을 중요시하고 사랑하는 이정한의 선 하나하나
는 힘이 넘치는가 하면 어떤 그림은 아주 섬세하고 여성스러워
마치 음양이 잘 조화된 우주 같이 느껴지기도 한다. 그뿐 아니라
이정한의 드로잉 속에는 인간과 세계를 보는 그의 철학이 숨겨
져 있다.

　뉴욕 거리의 악사를 자세히 들여다보면 오직 살아가기 위한
발버둥으로 거리에서 연주를 하며 사람들의 주목을 끄는 것이
아니라, 오히려 그들만이 가질 수 있는 삶의 여유 속에서 나온
특유의 제스처와 분위기, 즉 또 하나의 삶의 세계를 엿볼 수가
있는 것이다. 이것이 독특한 이정한의 시선이기도 하고 또한 뉴
욕이기도 하다.

　전철 안, 길거리, 커피숍, 그리고 버스 안에서의 드로잉은 실로
짧은 시간에 훌륭하게 그의 스케치북에 과감하면서도 섬세하게
옮겨졌다. 특히 자동차 운전석 앞 유리 밖으로 보이는 학교 캠퍼
스를 그린 드로잉은 그 섬세하기가 마치 현미경을 통해서 본 것
같고, 뉴욕의 카페 드로잉은 오래된 분위기 속에서 벽에 걸린 많
은 화가들의 작품들을 함께 보면서 그곳의 진한 커피 맛을 멀리

서도 충분히 느낄 수 있게 해 준다. 이정한은 거대한 뉴욕을 작은 스케치북 속에 그 냄새와 맛까지 담아 와서 보여 주는 것이다.

미국 유학 15년 동안 우리와 전혀 다른 문화 속에서 이 모양 저 모양으로 하루도 빠지지 않고 스케치하는 모습을 보면서, 선배로서 그리고 같은 예술을 추구하는 예술인으로서 그동안의 노력에 다시 한번 찬사를 보낸다. 30년 전 그와 부산에서 그림을 그릴 때 드로잉의 중요성에 대해 얘기하며 우리 함께 드로잉을 많이 하자고 다짐했던 일이 생각난다. 이런 이야기는 많은 화가들이 항상 하면서도 막상 실천하는 화가는 드물기 때문에 그때 그 다짐을 그대로 실천해 온 이정한이 너무나 자랑스럽다. 앞으로 꾸준히 그려질 그의 작품을 기대하며 드로잉에 대한 이야기로 밤을 지새우고 싶다.

— 2010년 6월
박재동(화가, 한국예술종합학교 교수)

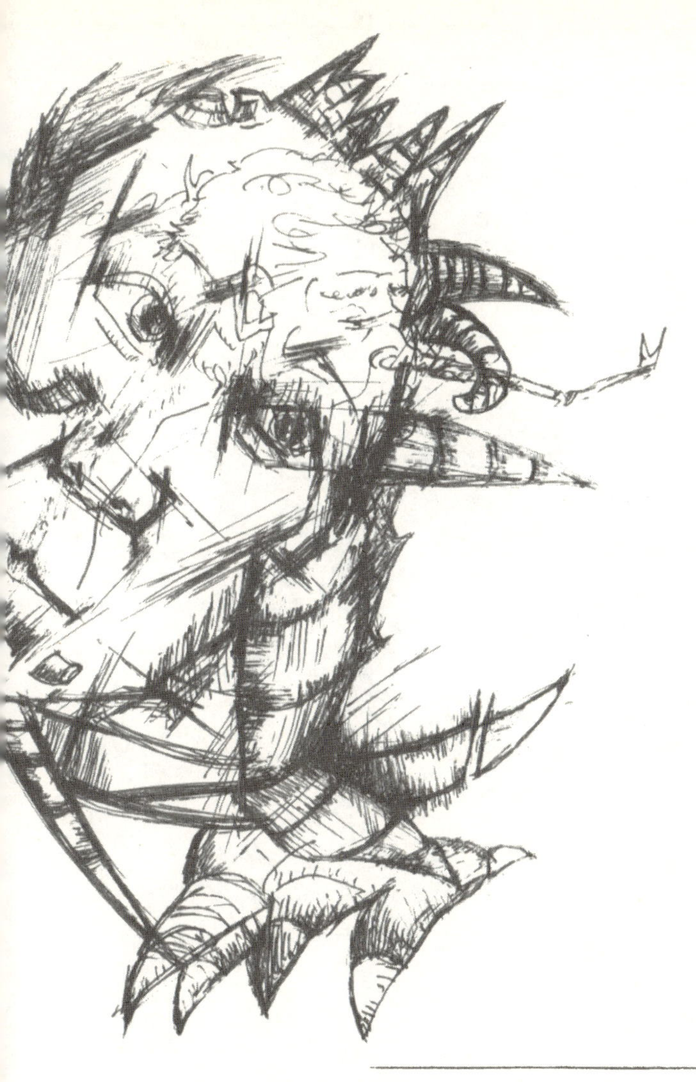

목
차

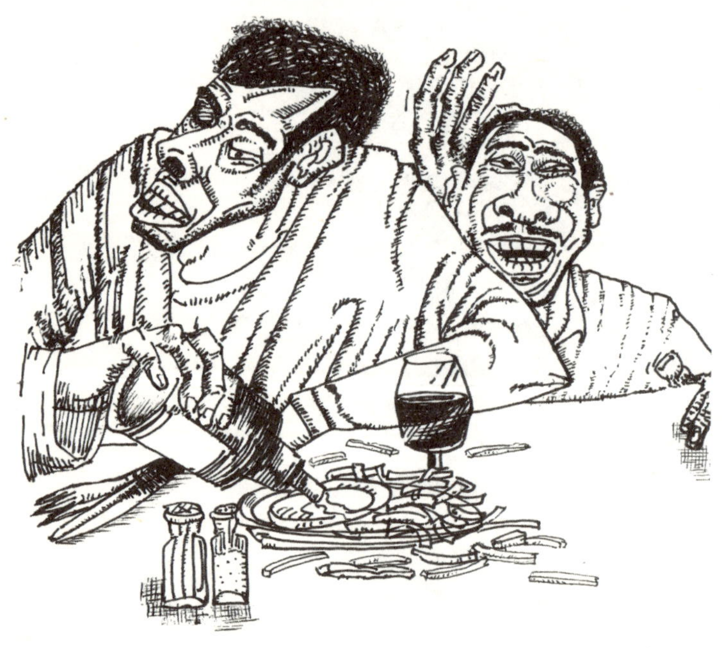

2010. 2. 17

뉴욕은 다민족 문화의 결집체! 특히 수많은 식당에는 세계 각국 다양한 종류의
메뉴가 그들을 유혹한다.

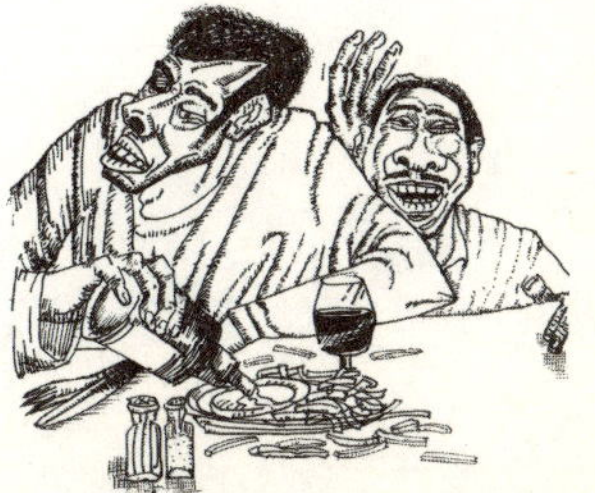

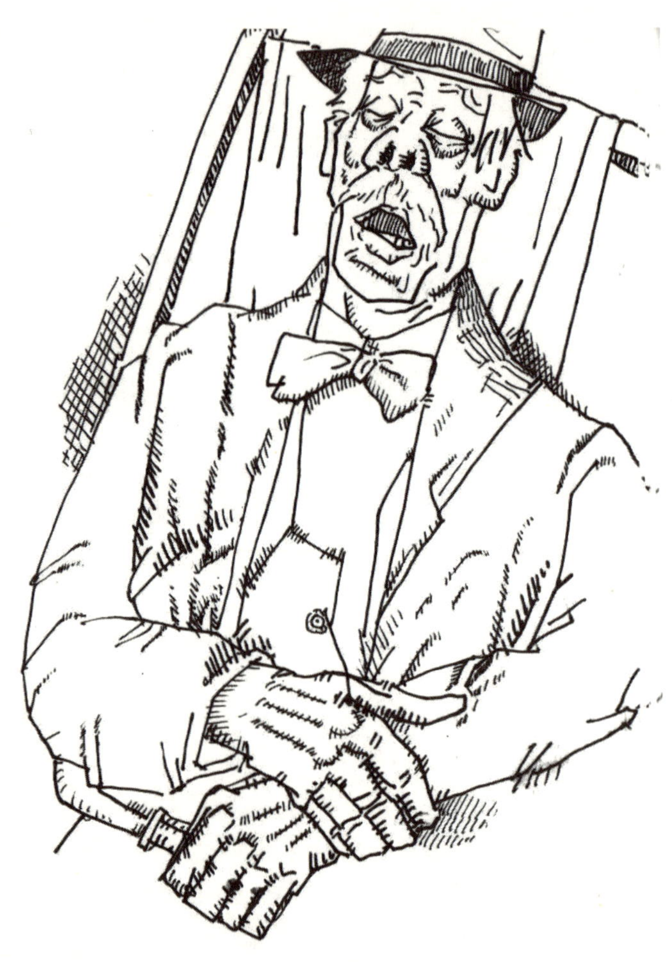

2007. 9. 10

보스턴의 어느 역에서 너무나 편안한 자세로 자고 있는 거지를 보았다. 마치 18
세기의 패션을 보는 듯한 차림!

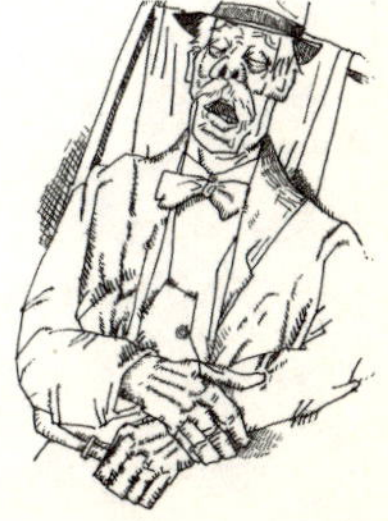

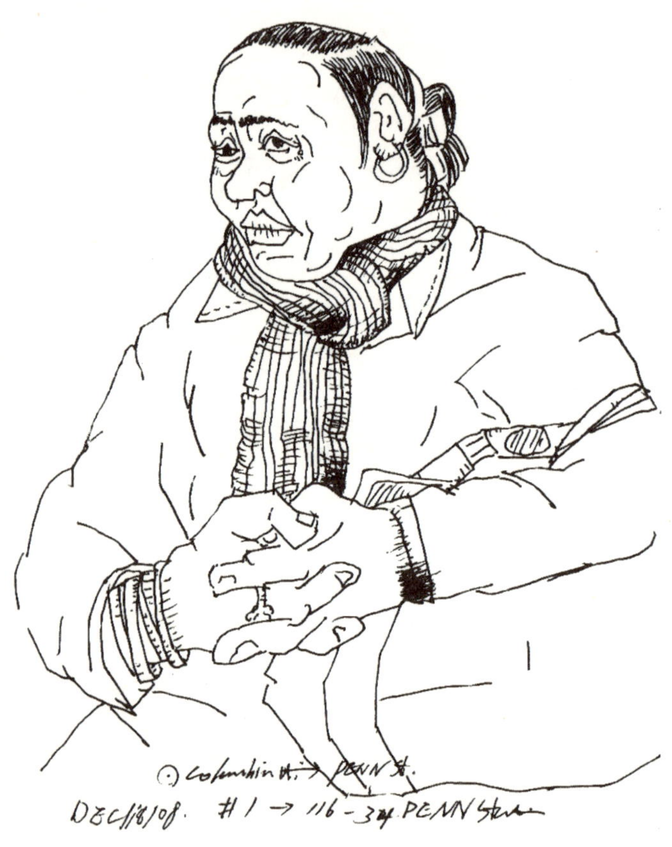

2010. 2. 23

34번가 펜역. 인파 속에 앉아 있는 누추한 거지들과 사람들 속에서 드로잉을 한다. 그때마다 나는 생명에 대한 존엄성과 두 발로 걸어다니는 살아있음에 대한 감흥을 느낀다.

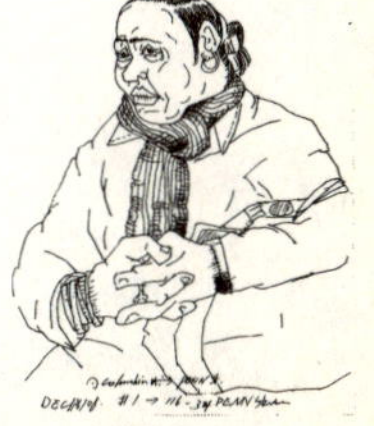

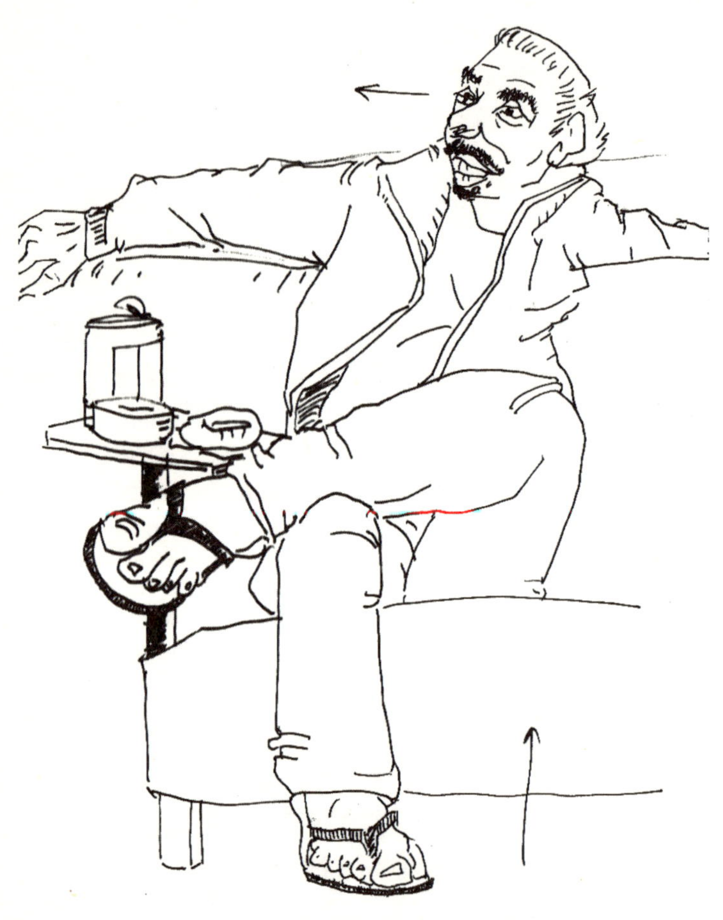

2010. 1. 23

뉴욕은 4계절의 감각이 뚜렷하지만 거지들은 항상 두터운 재킷과 바지를 즐겨 입는다. 누운 곳이 바로 그들의 잠자리이고 서 있는 곳이 그들의 휴식처이며, 앉은 곳이 그들의 식당이다.

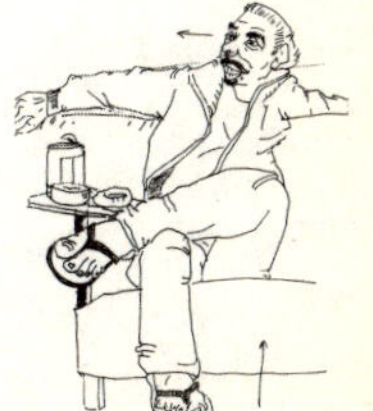

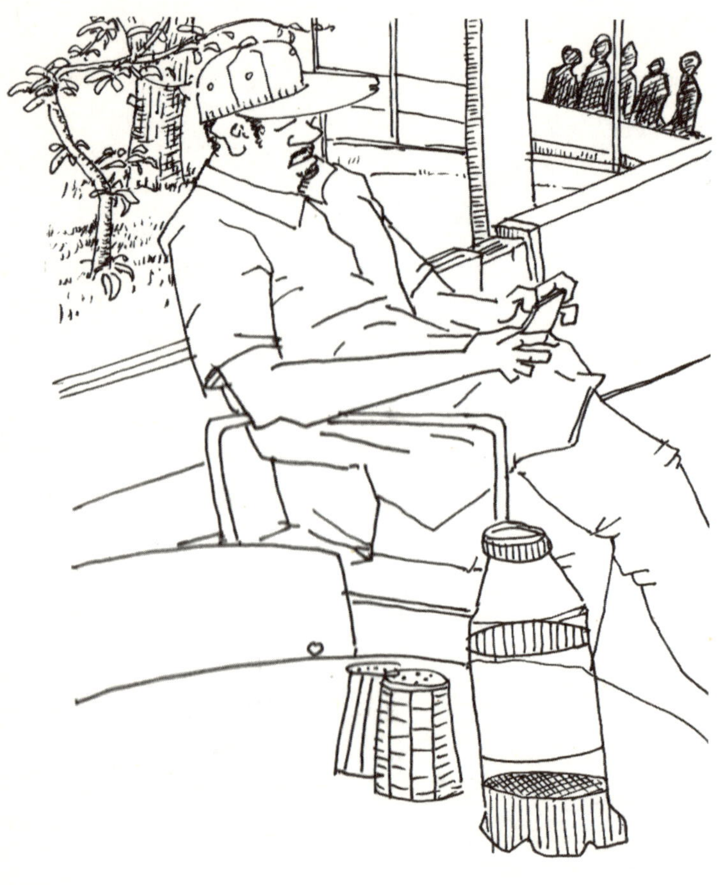

2010. 1. 23

게임을 하고 있는 듯한 거지를 발견하곤 다가가 무엇을 하고 있느냐고 물었다. 그는 "머나먼 어느 별에게 편지를 띄운다"고 했지만 자세히 보니 그의 손에 들린 것은 고장 난 계산기였다. 그는 머나먼 별에서 소풍나온 시인이 아닐까?

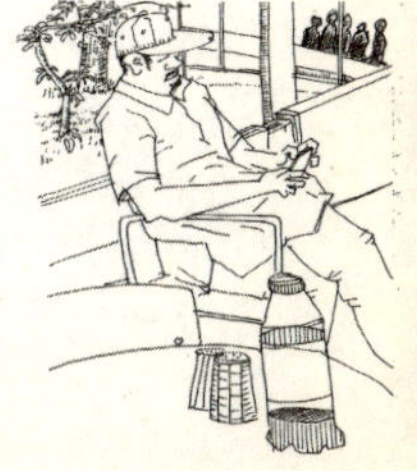

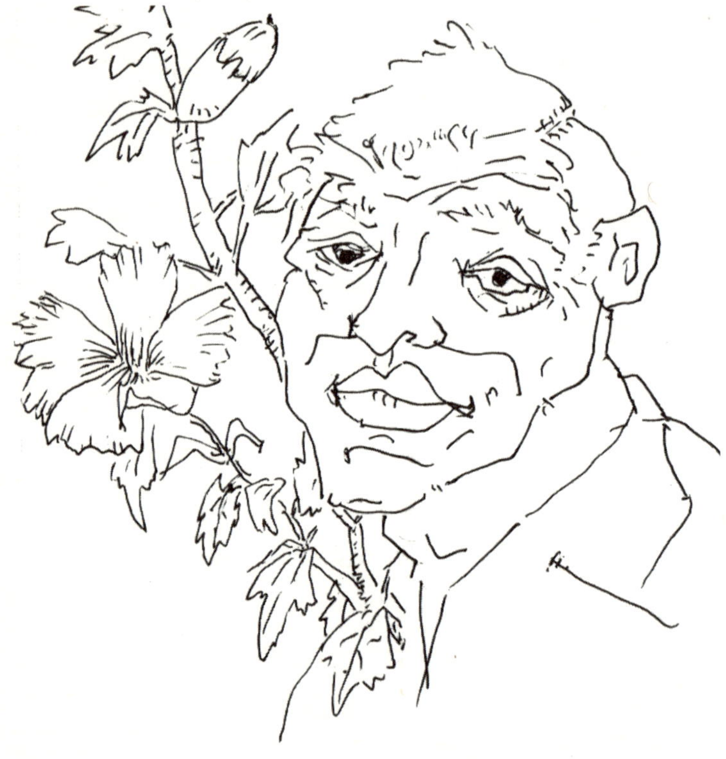

2010. 1. 23

캠퍼스에 예쁘게 핀 무궁화 꽃, 국화를 그리면서 아침에 전철에서 만난 거지를
생각했다. 그의 눈은 까만 우주 같았고 입술은 빗물에 부풀린 꽃봉오리 같았다.
얼굴에 진 주름은 꽃잎 속의 가느다란 줄기 같았다.

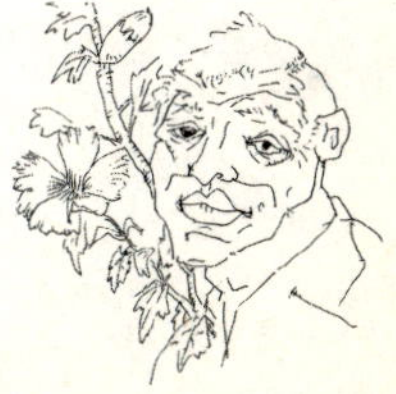

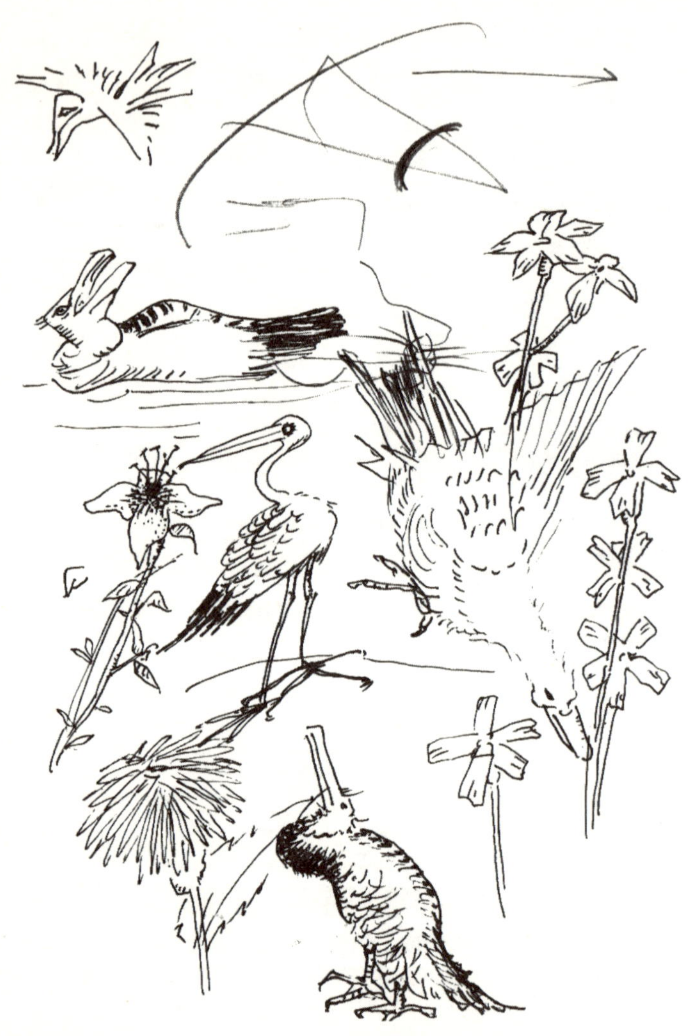

2010. 1. 23

강의가 없는 날이면 낚싯대를 둘러메고 가까운 뉴저지 애틀랜틱시티의 바다로 간다. 그곳에서 고기를 잡고 드로잉을 낚는다. 심해에서 자유롭게 유영하지만, 보이지 않는 그들을 낚아 스케치북에 담는다. 다음날 강의에서 학생들에게 숨겨진 바다를 보여주며 수업을 시작한다.

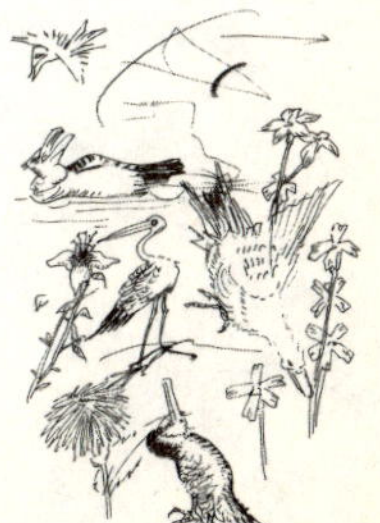

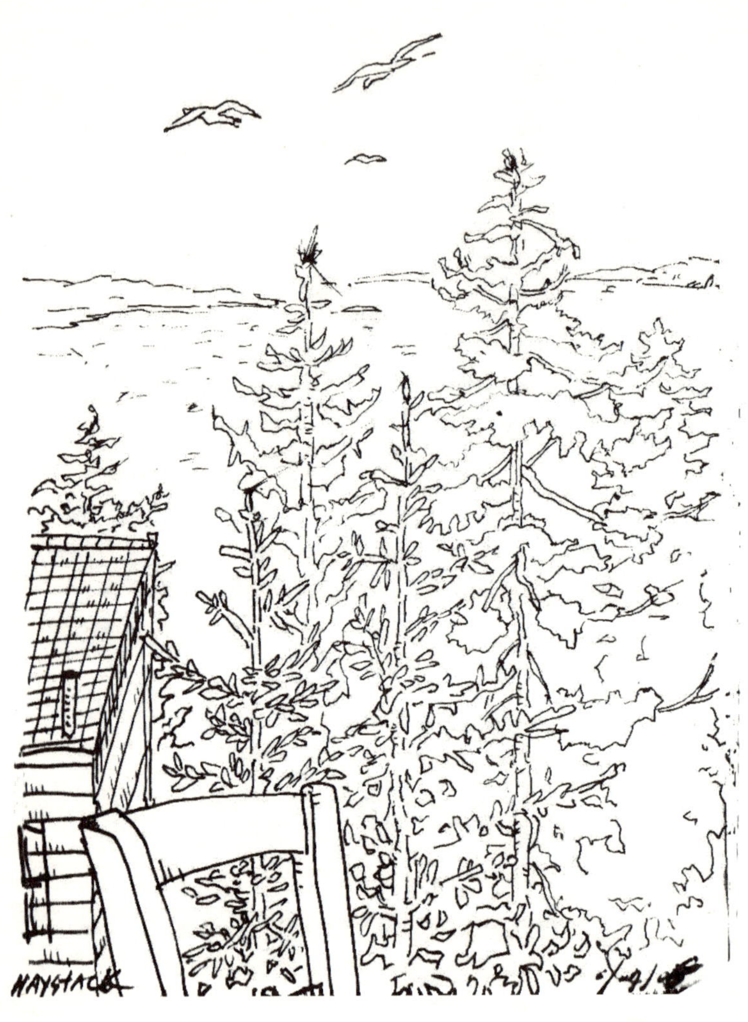

2007. 7. 30

여름에 메인 주에 있는 헤이스택에 한 달 간 워크숍을 갔다. 그곳에 모인 세계 각국의 작가와 화가들은 낮에는 어울려 공부를 하고 저녁이면 친구가 된다. 메인 주의 랍스타는 기가 막히게 맛있었고 가격도 저렴했다. 멀리 보이는 바다에 선 고래들이 물을 뿜었다.

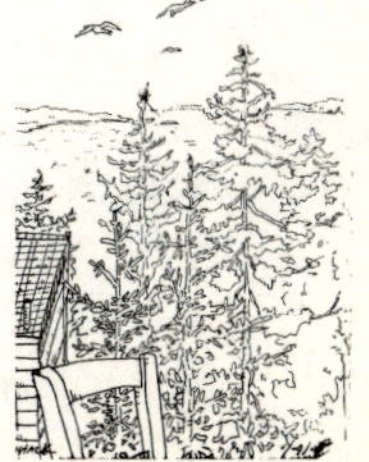

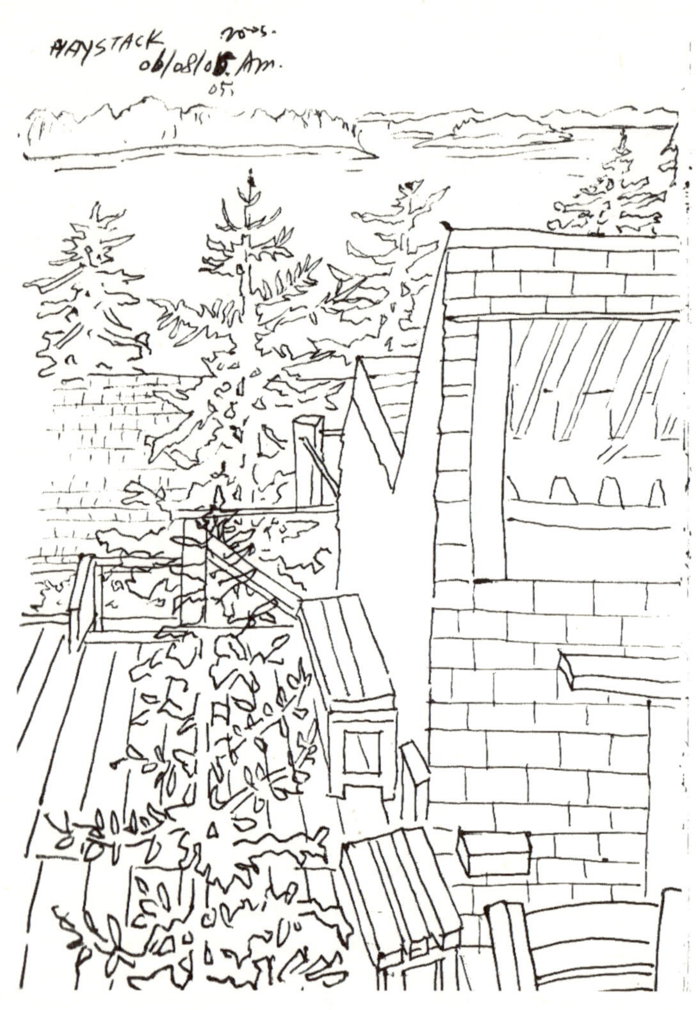

2007. 6. 8

헤이스택의 여름. 통나무로 지어진 이 학교에서 세계의 친구들을 사귀었다. 장학금을 받는 학생들도 있지만, 반만 지불하고 나머지 반은 청소, 정원 가꾸기 등을 하면서 학비를 번다. 그들의 모습이 초여름 햇살처럼 싱그럽고 아름답다.

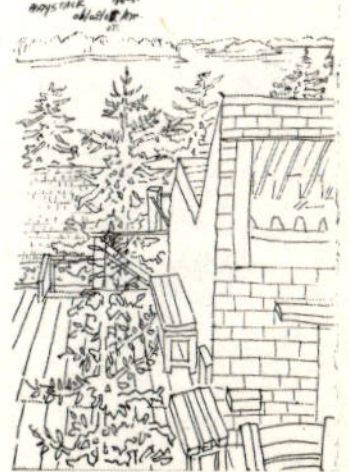

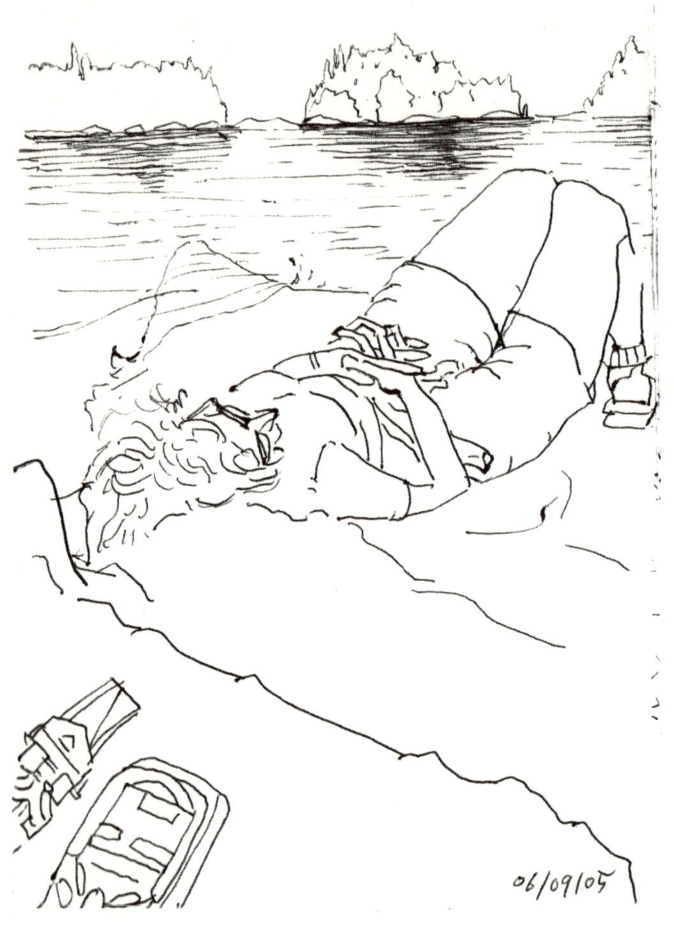

2005. 6. 9

시카고에서 온 어느 화가가 바닷가에서 낮잠을 자고 있다. 금세라도 바다에서 무언가 불쑥 튀어나올 것 같다.

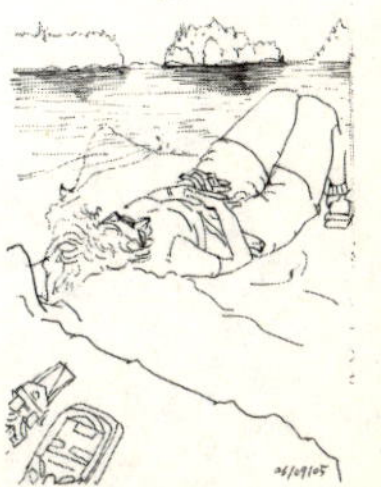

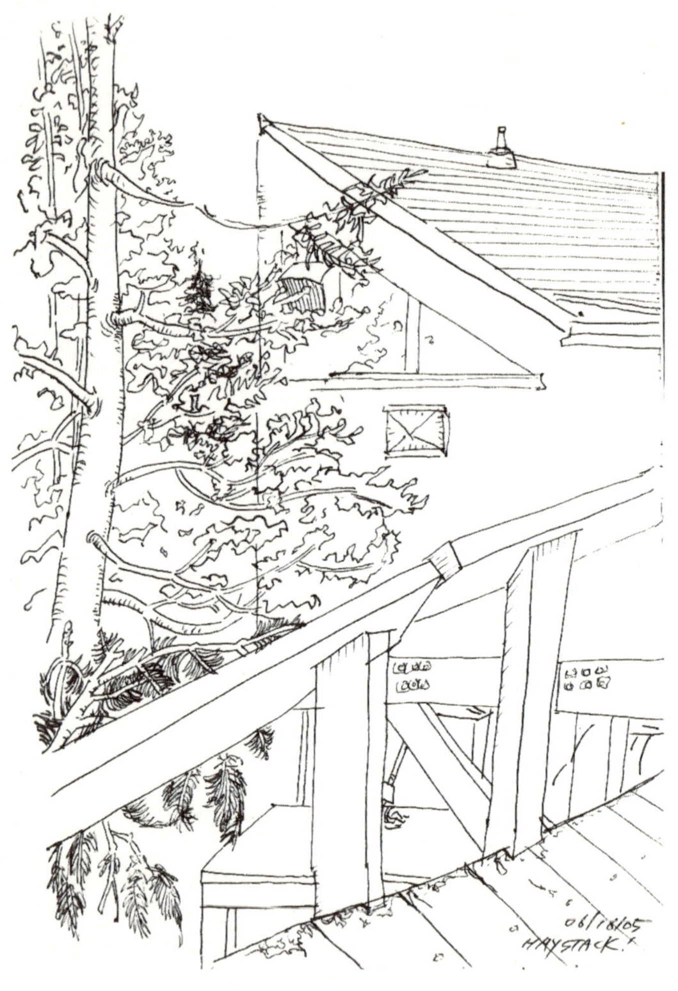

2005. 6. 16

헤이스택에는 유난히 많은 소나무와 잣나무들이 서로의 살을 부빈
다. 여름에도 이곳 학교에서는 하얀 눈이 오는 것을 볼수 있다. 그
런 아침엔 한폭의 동양화를 보는 듯하다.

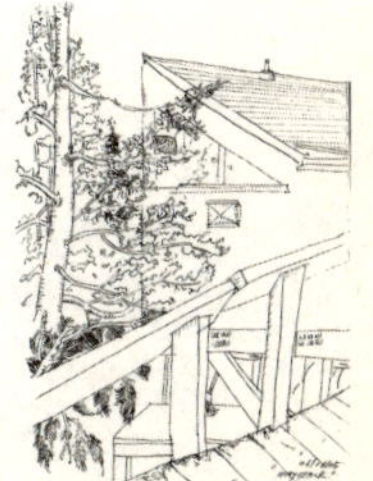

2010. 1. 31

뉴욕엔 여러 가지 피자집이 많다. 점심과 저녁은 간단히 피자를 주문하고 기다리는 중에 드로잉을 한다. 먹으면서도 주위를 관찰하고 그 찰나를 항상 스케치북에 옮겨 놓는다.

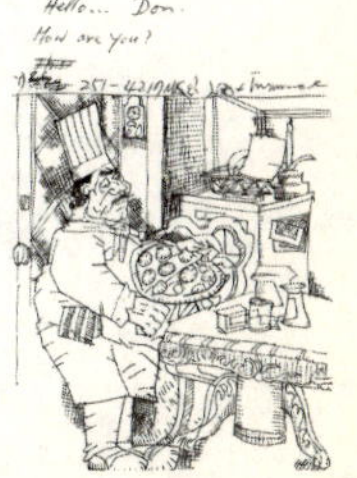
Hello... Don.
How are you?

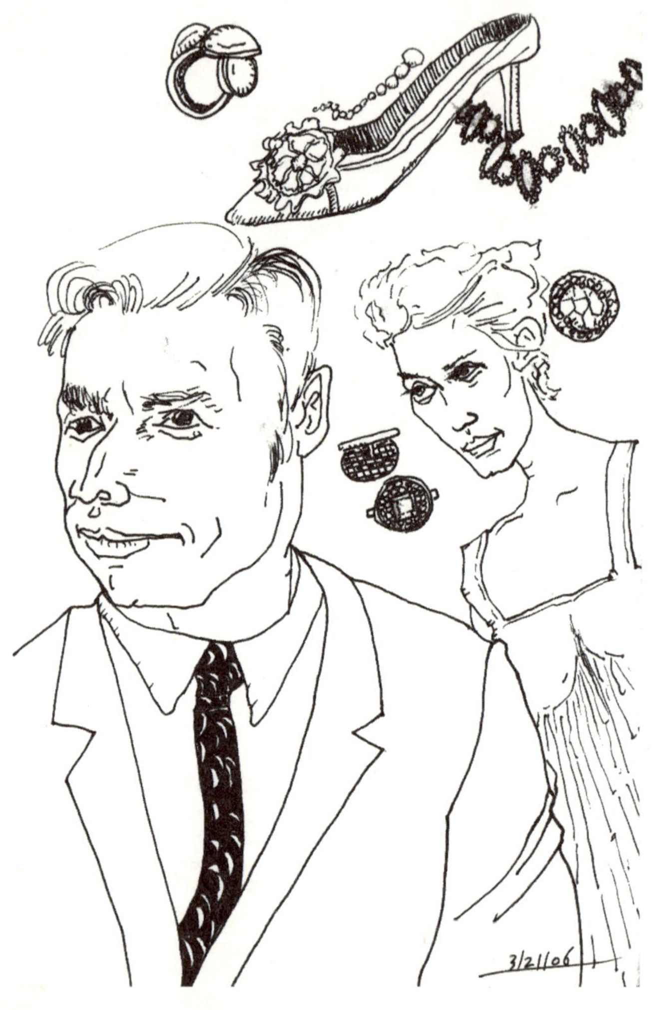

2006. 3. 21

개성있는 멋진 거지를 만나면 그들이 원하던 원하지 않던, 격식 있는
옷을 입히고 그에 맞춰 액세서리를 준다. 그리고 내 손때 묻은 스케치
북에 고스란히 담아둔다.

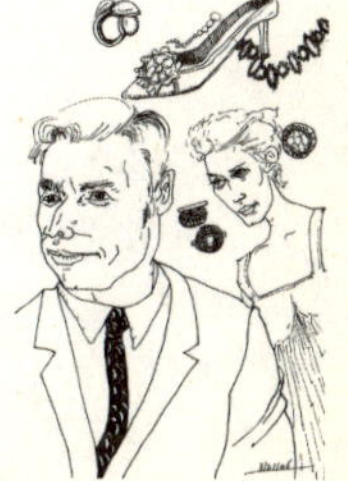

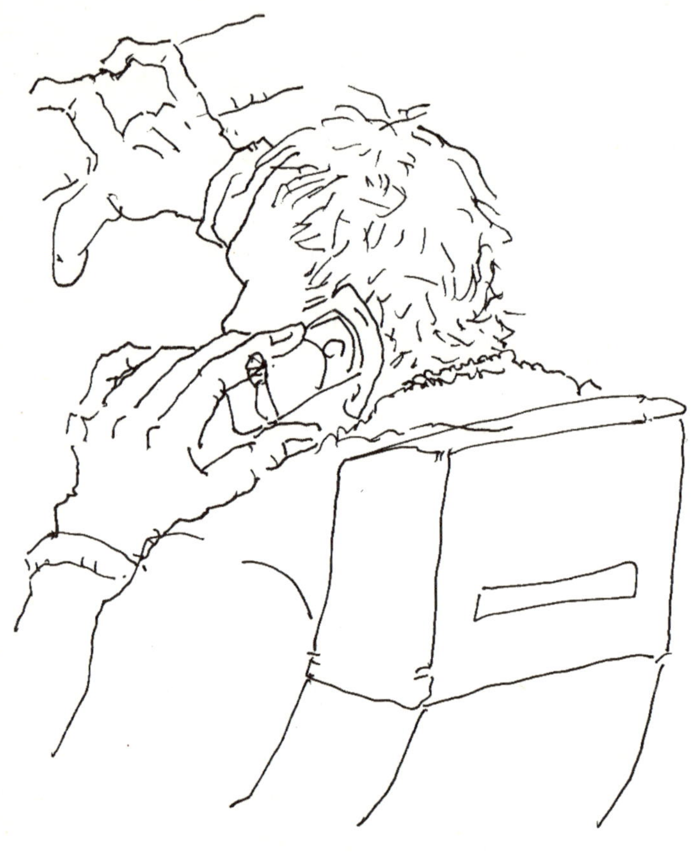

2010. 1. 31

뉴욕의 버스는 한산하다. 버스 안에서 휴대전화로 사랑을 속삭이는 한 승객의 뒷모습을 그려 보았다. 아마도 사귄지 2개월 남짓한 것 같다.

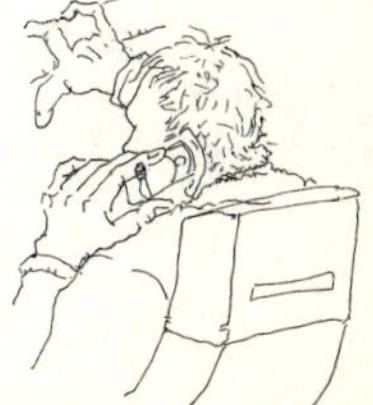

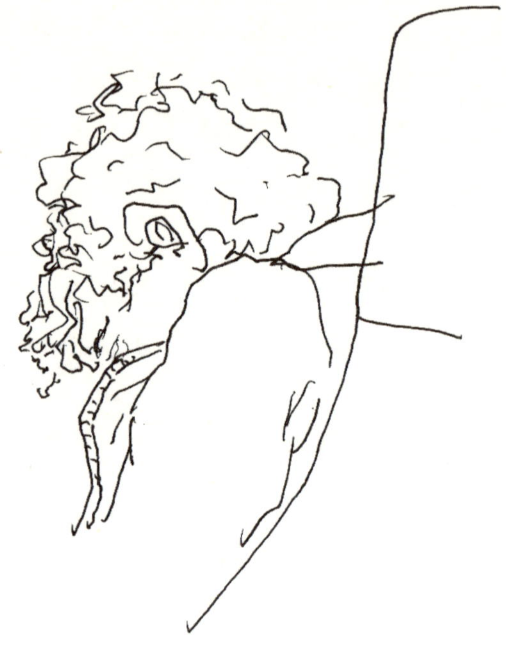

2010. 1. 31

버스 안에서 곯아떨어진 한 승객. 그는 품에 안은 책을 몇 번이고
떨어트릴 뻔하면서 계속 잠을 잤다. 아슬한 우리의 생이다.

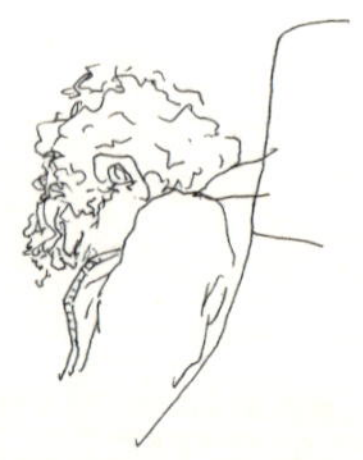

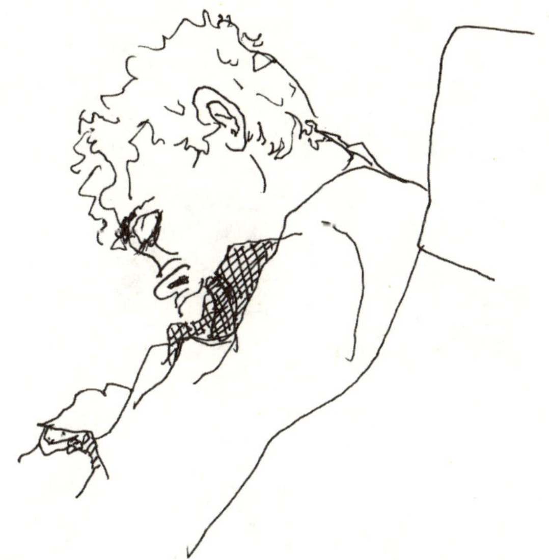

연속으로 그려 본다.

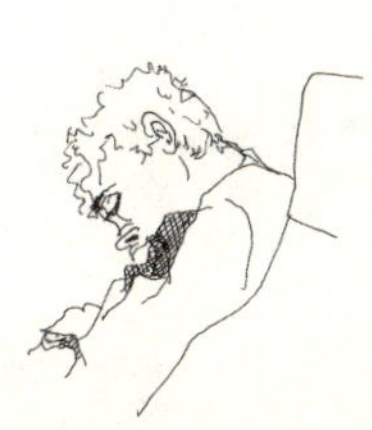

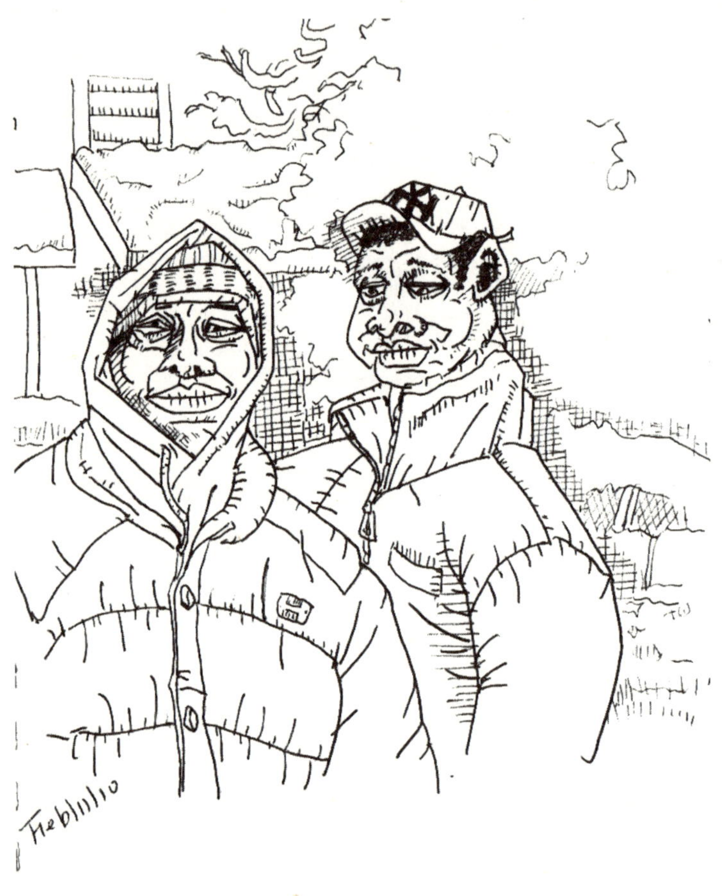

2009. 12. 5

눈이 펑펑, 내렸다. 쌓인 눈만큼이나 오리털 옷을 두툼하게 입은 동양인들을 꽁꽁 언손으로 드로잉한다. 손으로 그리는 것이 아니라 팔목으로 그려본다.

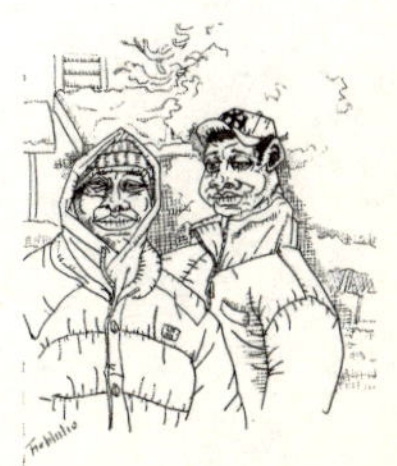

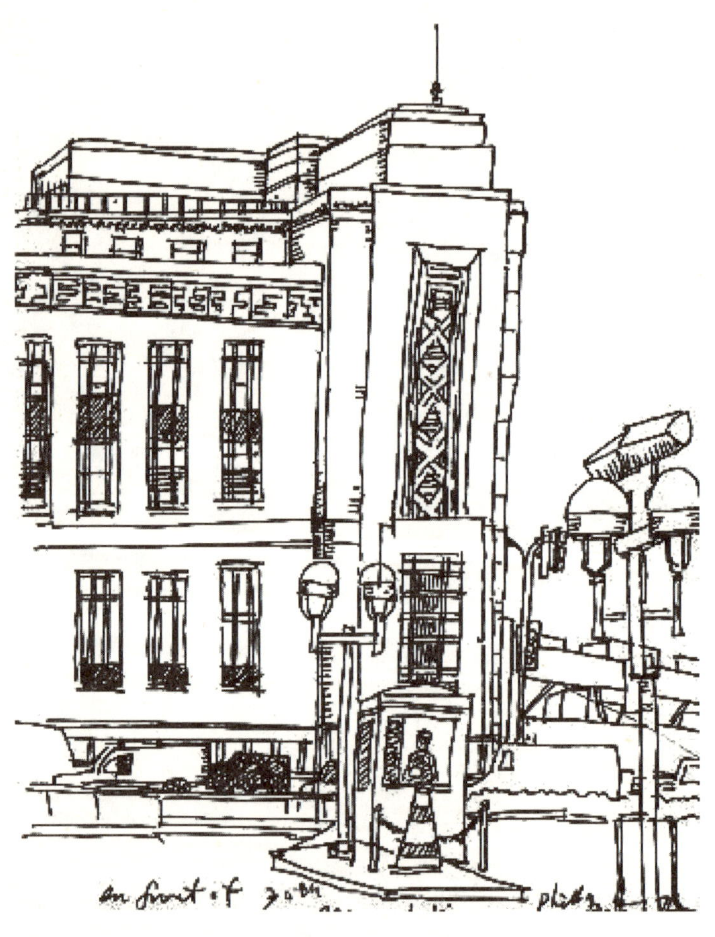

2003. 6. 20

필라델피아 펜역, 안으로 들어가면 웅장하고 천장도 높다. 역에서 나와 유펜으로 가는 길에는 오래됐지만 세련된 우체국 건물이 있다.

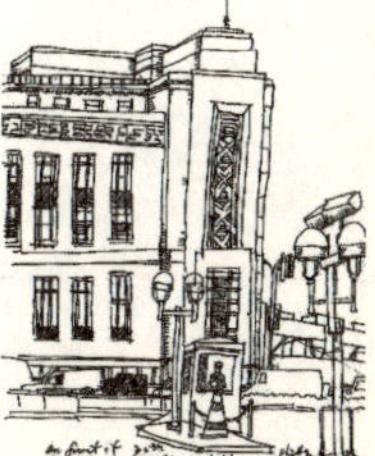

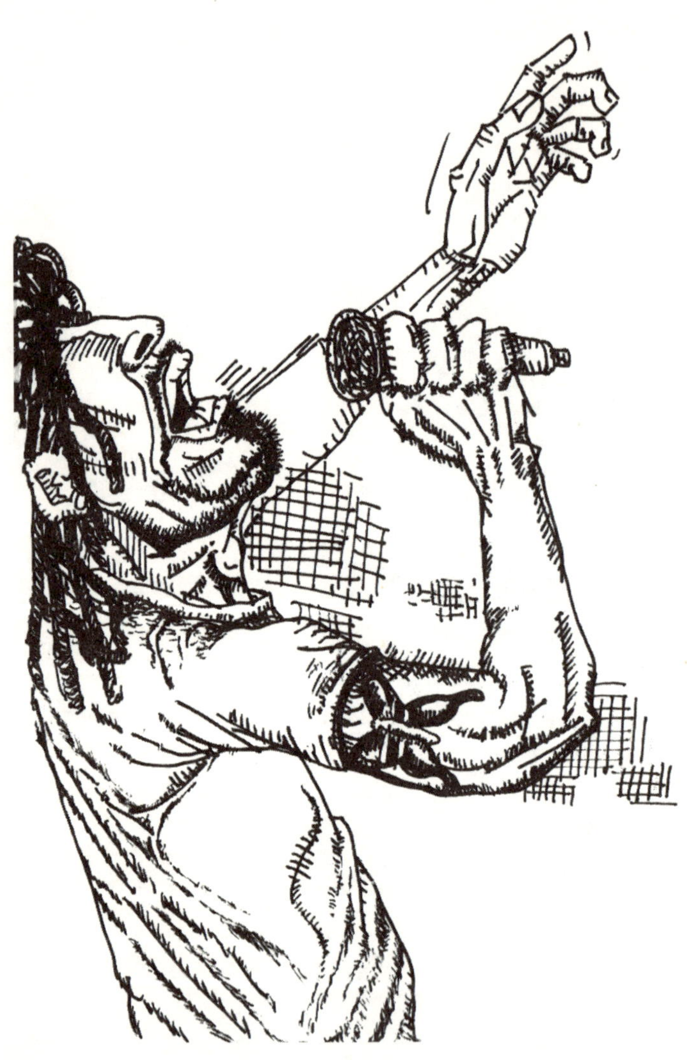

2009. 10. 12

뉴욕의 펜역은 다문화를 한눈에 볼 수 있는 무대다. 남미, 아프리카 등
에서 온 거리의 연주자들도 만날 수 있다. 남미에서 온 거리의 악사.
그리고 나의 애창가인 〈불나비〉도 그의 팔에 새겨져 있다.

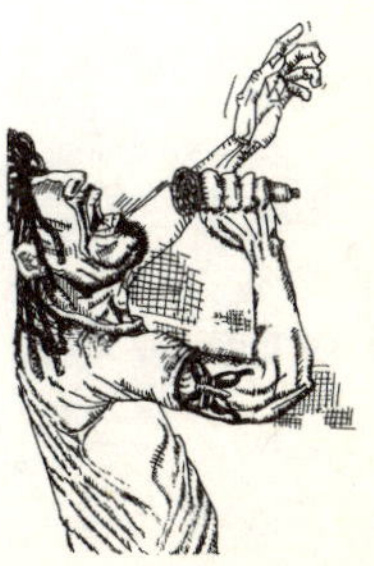

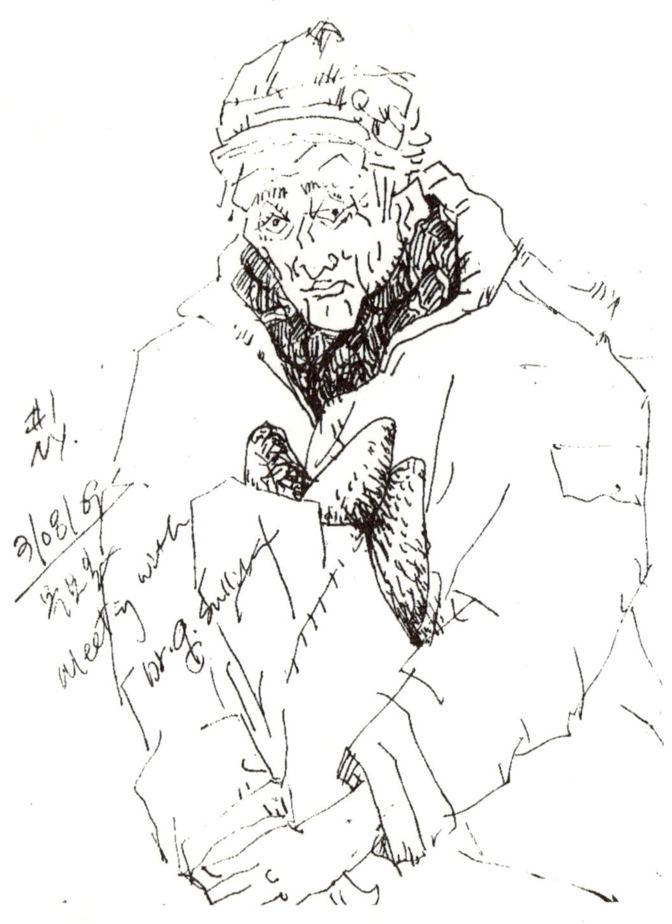

2009. 3. 8

뉴욕 69번가 어느 빌딩 모퉁이에서 거지가 빵을 한 아름 안고 행복해 하고 있다. 나도 덩달아 행복해진다. 벌써 배가 부르다.

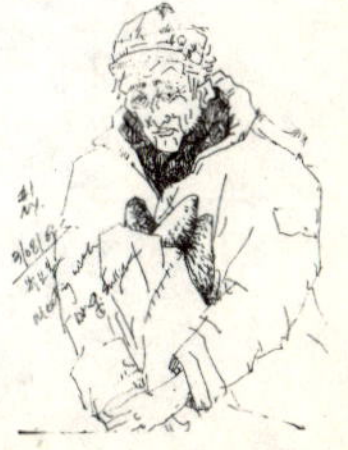

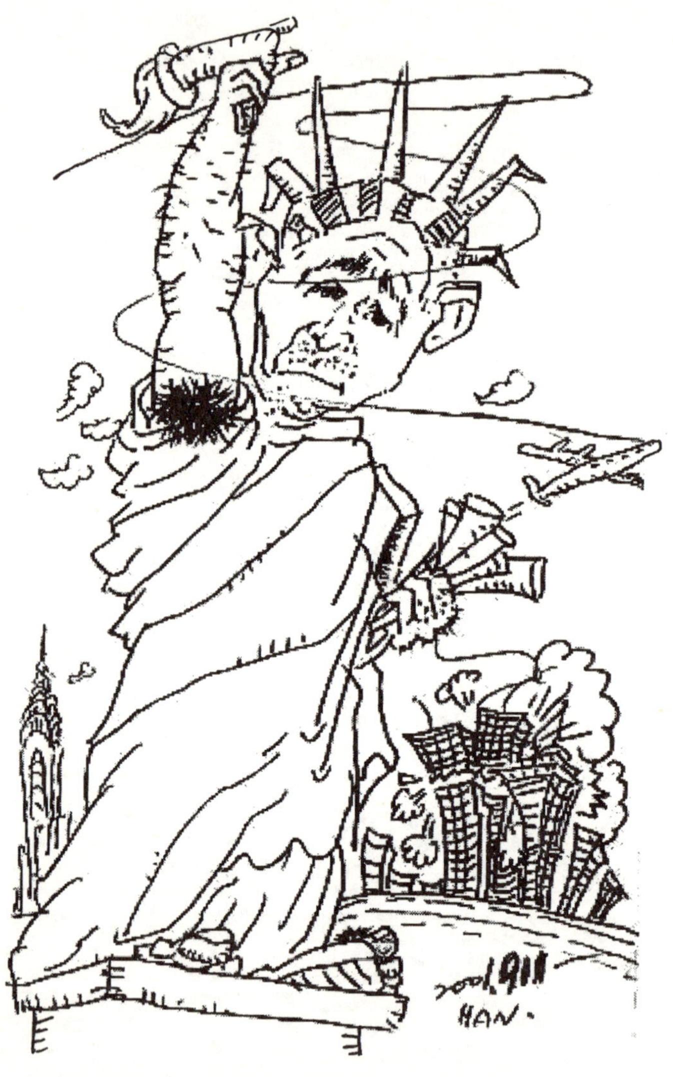

2001. 9. 11

미국의 상징인 세계무역센터가 하루아침에 사라져버리다니, 이런 저런 생각을 하다가 풍자를 한번 해 봤다.

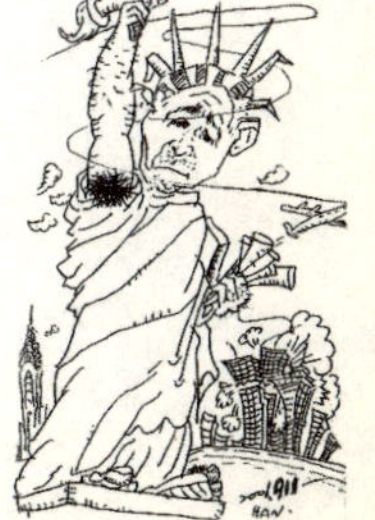

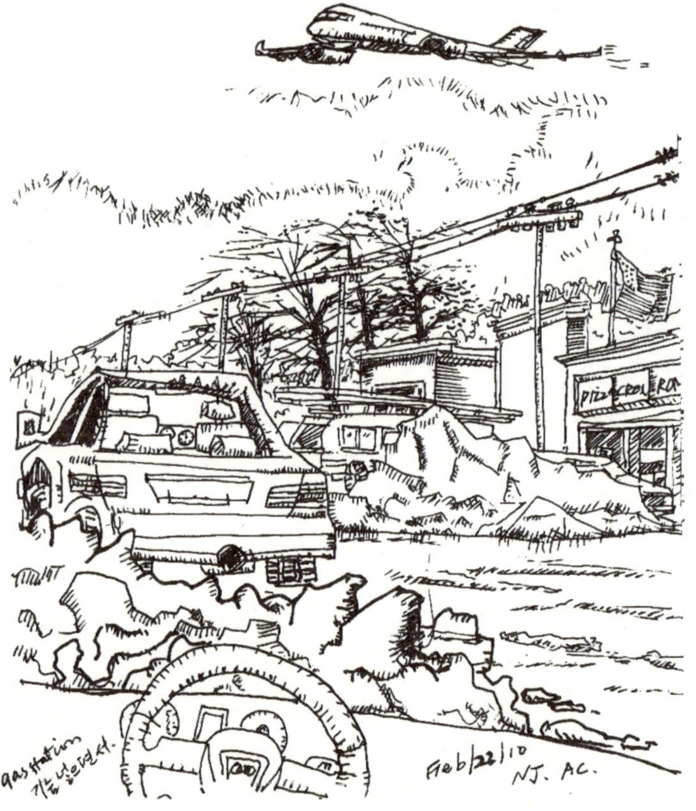

2010. 2. 21

뉴저지에서 항상 자동차 기름을 넣는 곳이 있다. 기다리면서 내 고향을
닮은 조용한 동네와 하늘의 비행기를 스케치북에 담아 본다. 내 마음 속
에서 한 번도 떠난 적 없는 나의 조국 한국! 나는 지금도 가슴 아프게, 때
로는 너무나 간절함으로 고향을 그리워 한다.

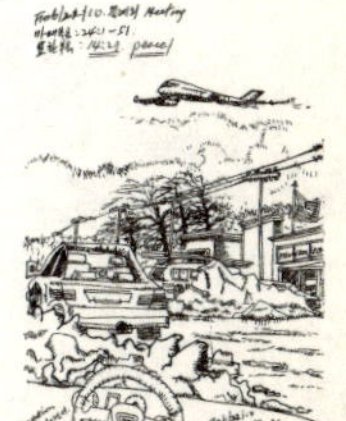

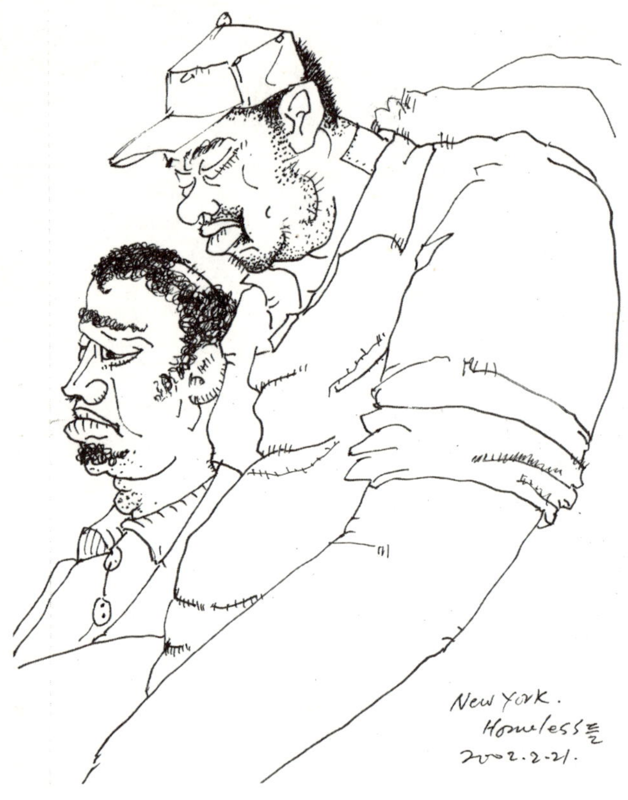

2002. 2. 25

34번가 뉴욕역에서 그린 거지들의 다양한 모습. 한 거지는 무엇인가
생각하고 다른 한 거지는 낮잠을 잔다. 그것도 아주 깊게!

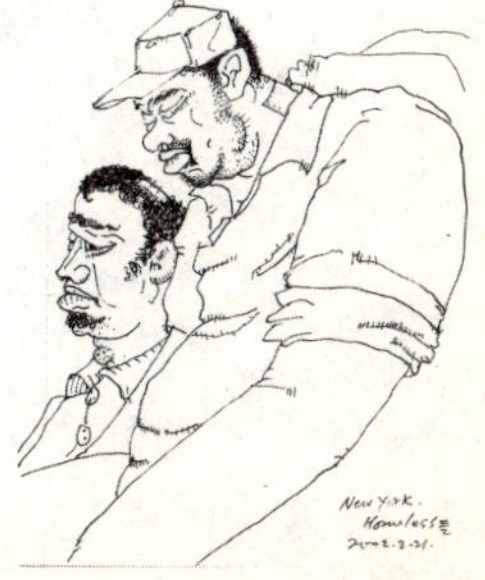

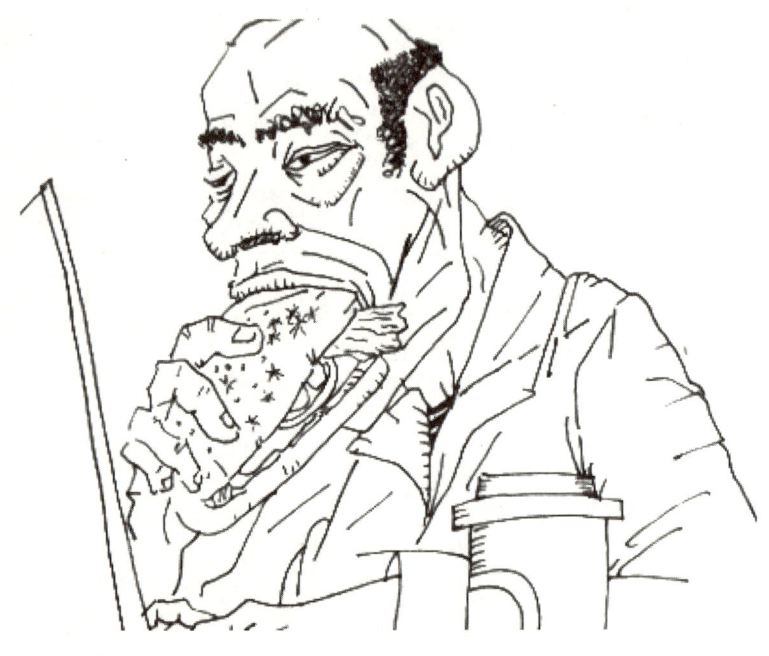

2009. 4. 15

기차 안에서 어느 노신사의 점심.

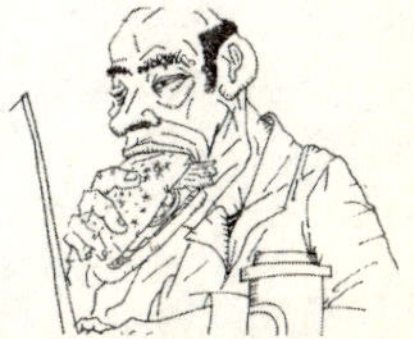

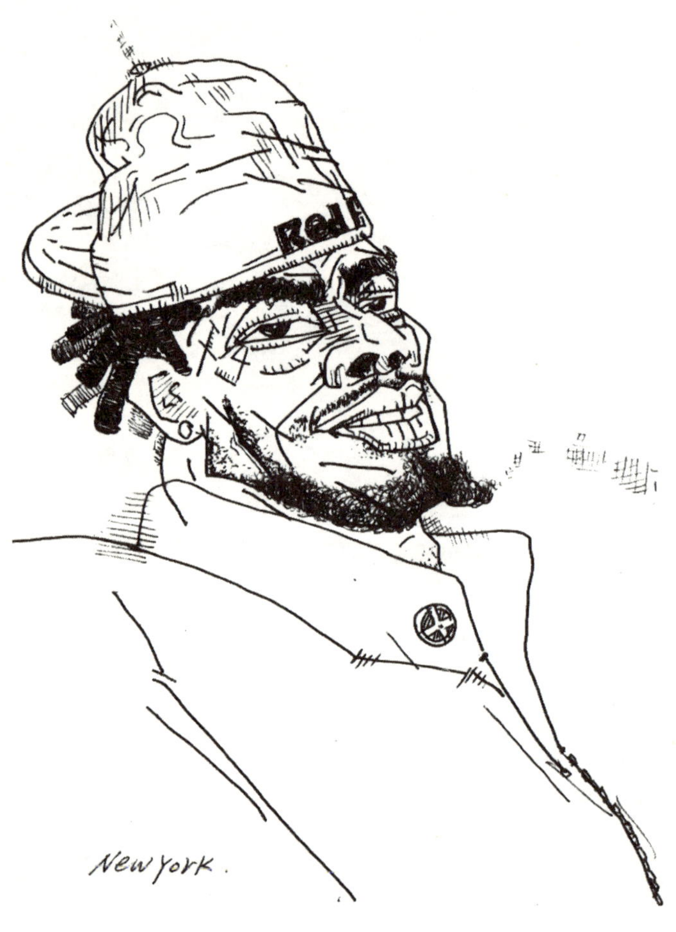

2010. 2. 10

뉴욕의 젊은 거지. 모자 모양의 윗부분이 엠파이어빌딩 같다.

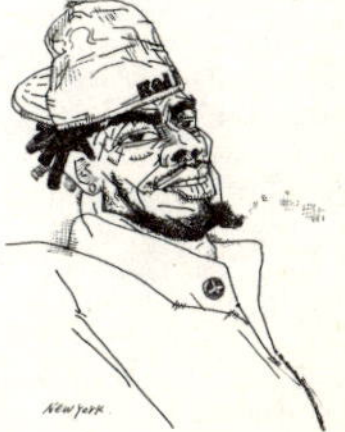
Real
New York

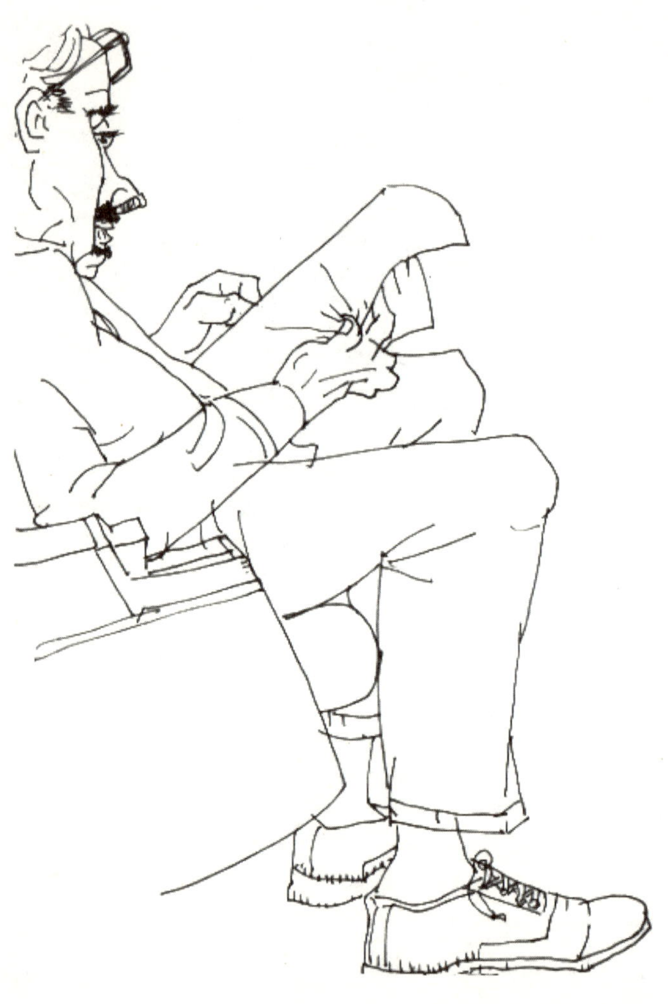

2007. 6. 7

기차 안에서 신문을 읽고 있는 백인.

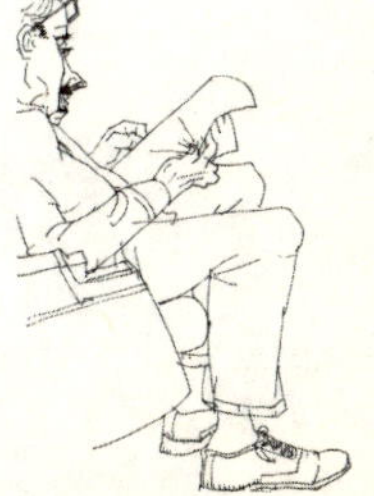

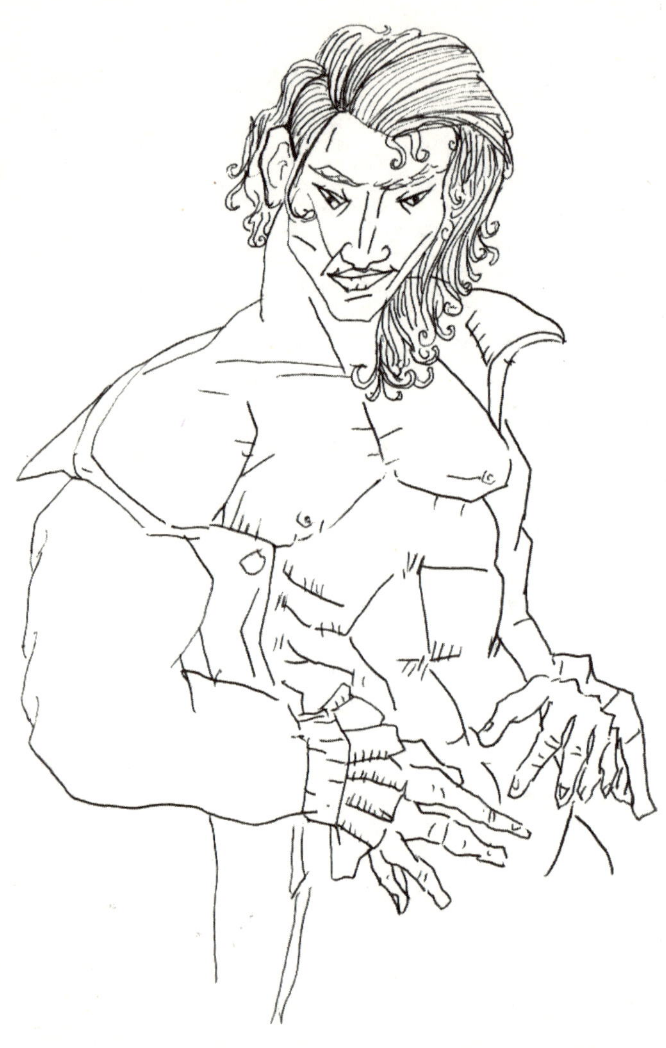

2009. 9. 10

뉴욕의 체육관에서 포즈를 취하는 Mr. Tom.
한 마리의 야생마 같다.

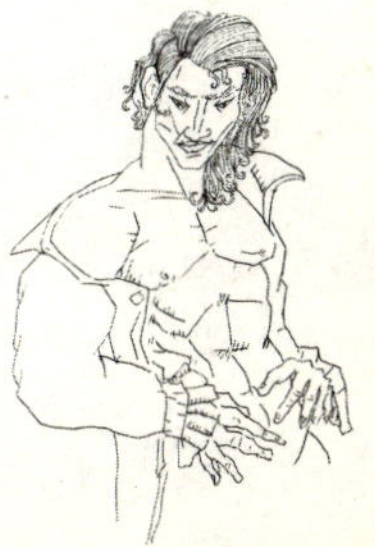

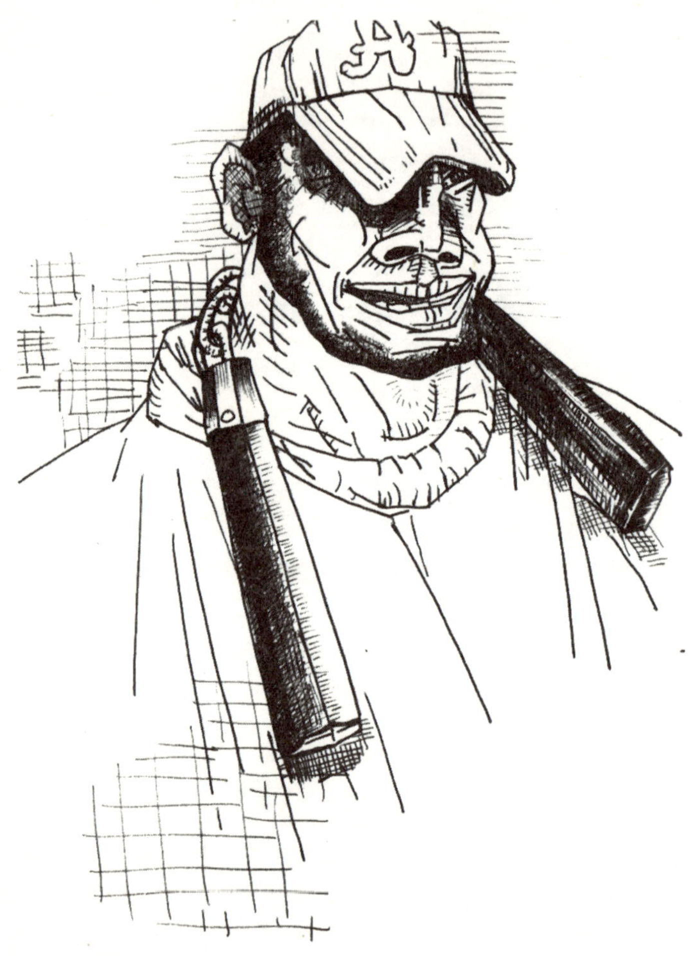

2009. 7. 9

2년 간 내게 쌍절곤을 배운 제자. 그는 항상 나를 '마스터' 라고
부른다.

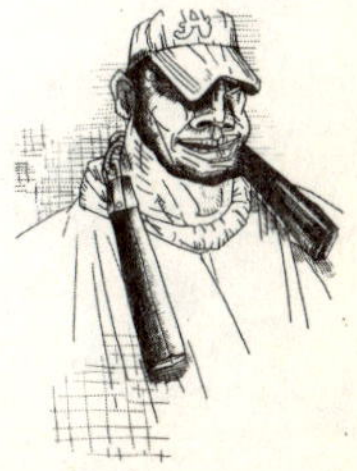

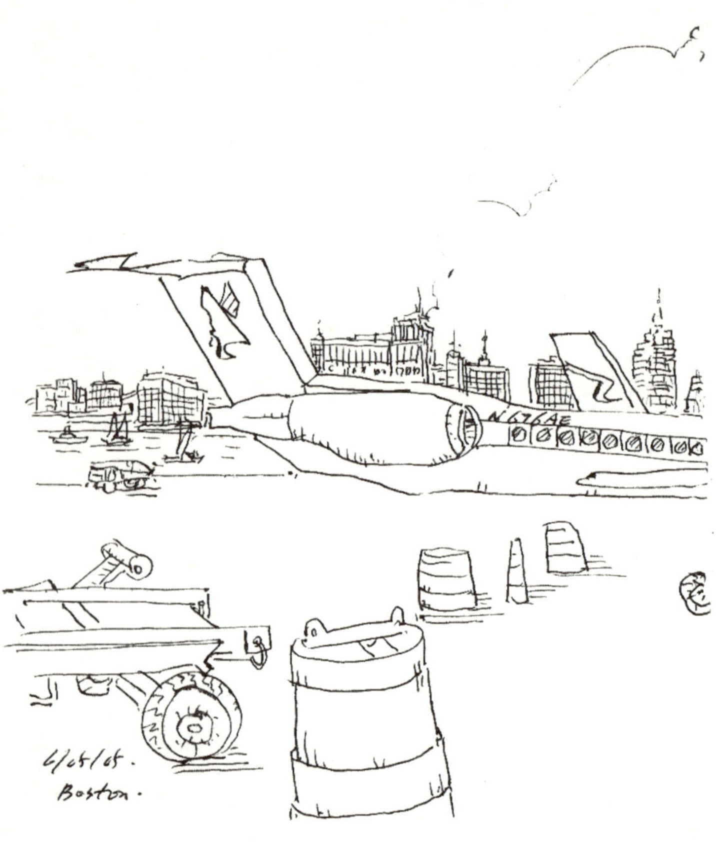

2005. 6. 5

초청 강의를 하기 위해 보스턴에 있는 하버드대학을 방문했다. 공항에서
본 높고 낮은 빌딩, 오고 가는 아름다운 배들.

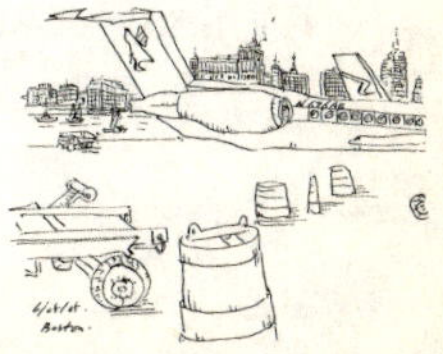

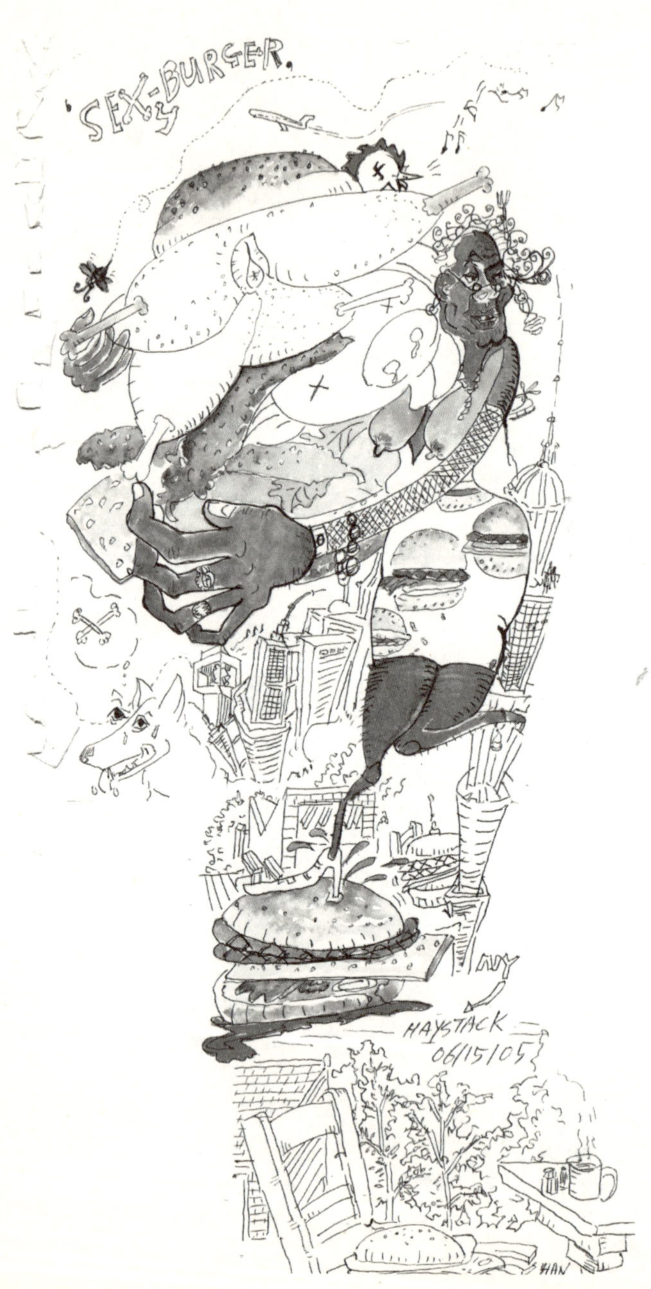
'SEX-BURGER,
NY
HAYSTACK
06/15/05
HAN

2006. 5. 15

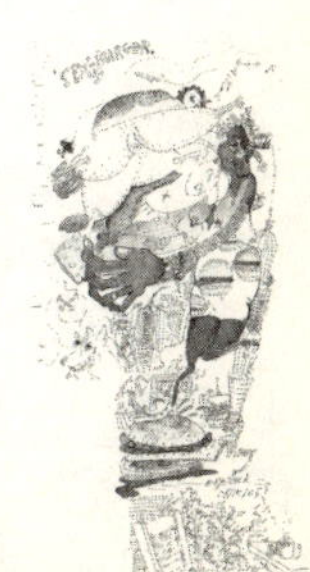

뉴욕 거지들은 대부분 배만 부르면 잠을 자든지 아니면 빈둥거린다. 그러나 간혹 멋진 거지는 자기가 거지란 것을 잊어버리고 아름다운 상상의 나래를 맘껏 펴고 꿈을 꾼다. 그리고 내일을 향해 도전한다. 그 도전하는 뉴욕의 거지들이 바로 우리가 잃어버린 예술의 원천이 아닐까? 그들에게 마음껏 먹고 생을 즐길 수 있도록 그들이 제일 좋아하는 햄버거 드로잉에 화려한 색채를 입혀보았다. 꿈꾸는 뉴욕의 거지들이야말로 진정 뉴욕의 문화를 반영하는 실체가 아닐까?

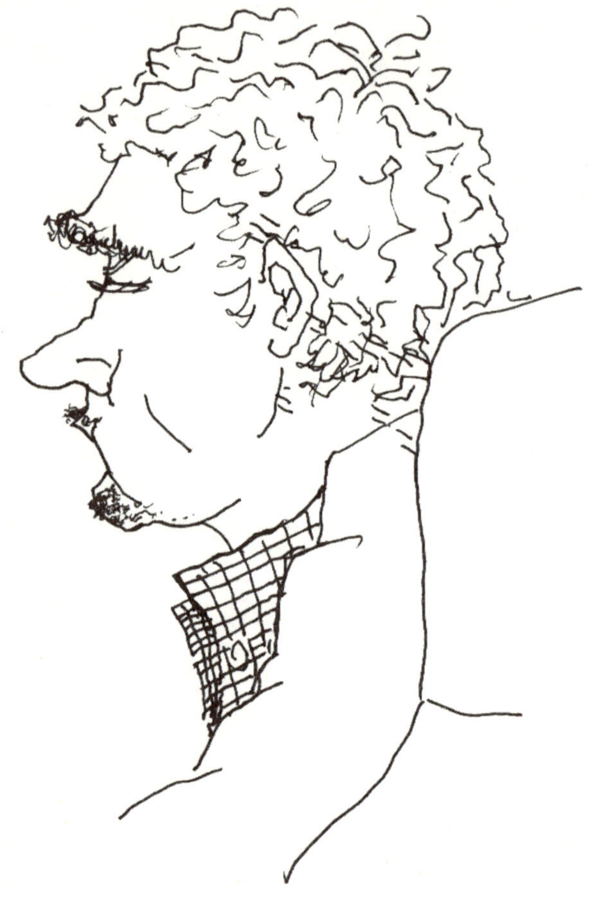

2010. 5. 15

하루 일과를 마치고 귀갓길에 많은 사람들이 버스 안에서 잠들
지만 내려야 할 곳에선 귀신같이 내린다.

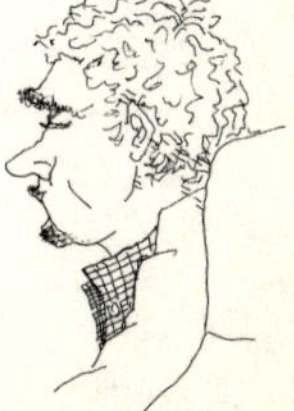

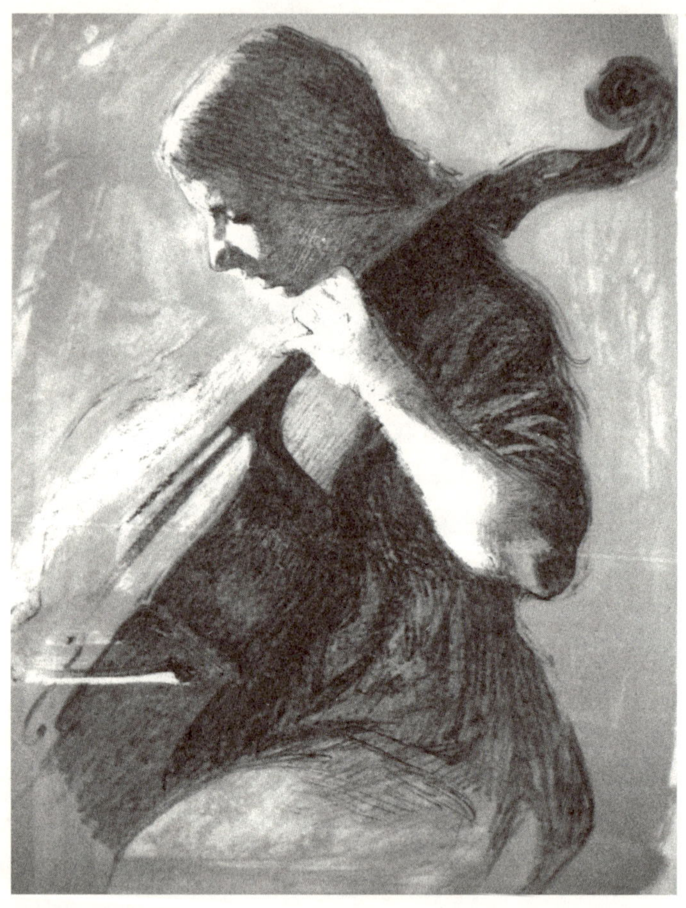

2001. 6. 7

제목은 'The Sound', 연주자를 바라보면서 아름다운 전율을 느꼈다. 석판에 세밀하게 작업해 본 작품이다.

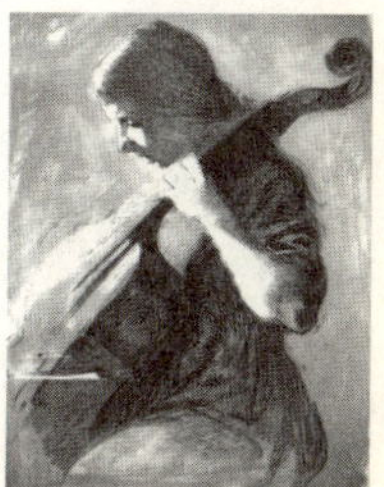

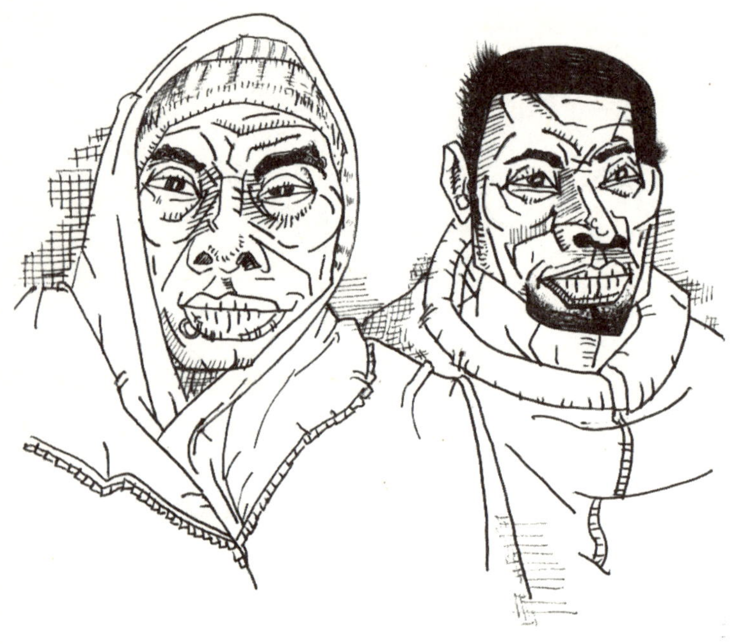

2009. 12. 20

엄청나게 눈이 많이 내린 해, 동양 젊은이들 2세를 묘사해 보았다. 언젠
가부터 그들 몸의 피어싱과 문신을 쉽게 볼 수 있게 되었다.

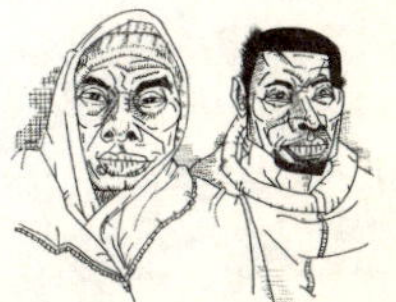

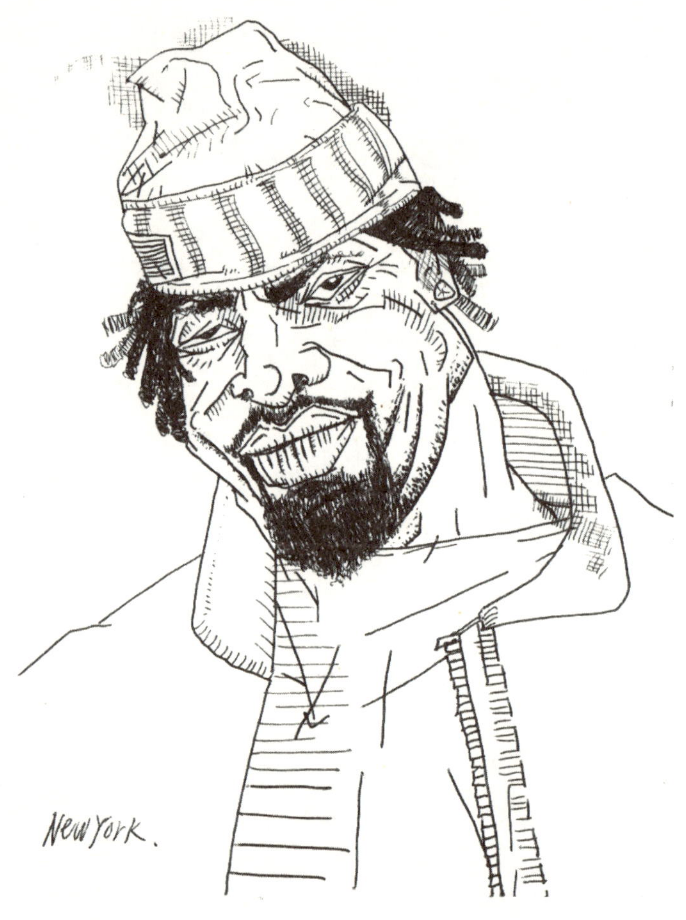

2010. 2. 11

카페 앞에 있는 거지를 그렸다. 그는 모델료로 10불을 요구했고 난 20불을 주면서 다음에 또 모델이 되어 줄 것을 부탁했다. 그러나 이것이 처음이자 마지막이 될 것 같다. 눈빛을 보니 다음에 나타날 녀석은 절대 아니다.

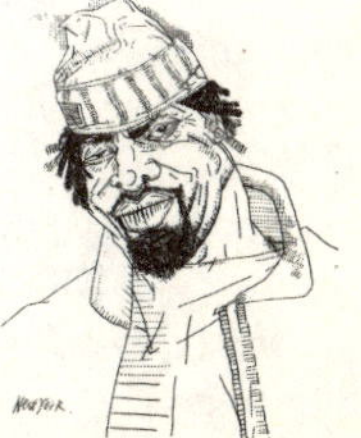

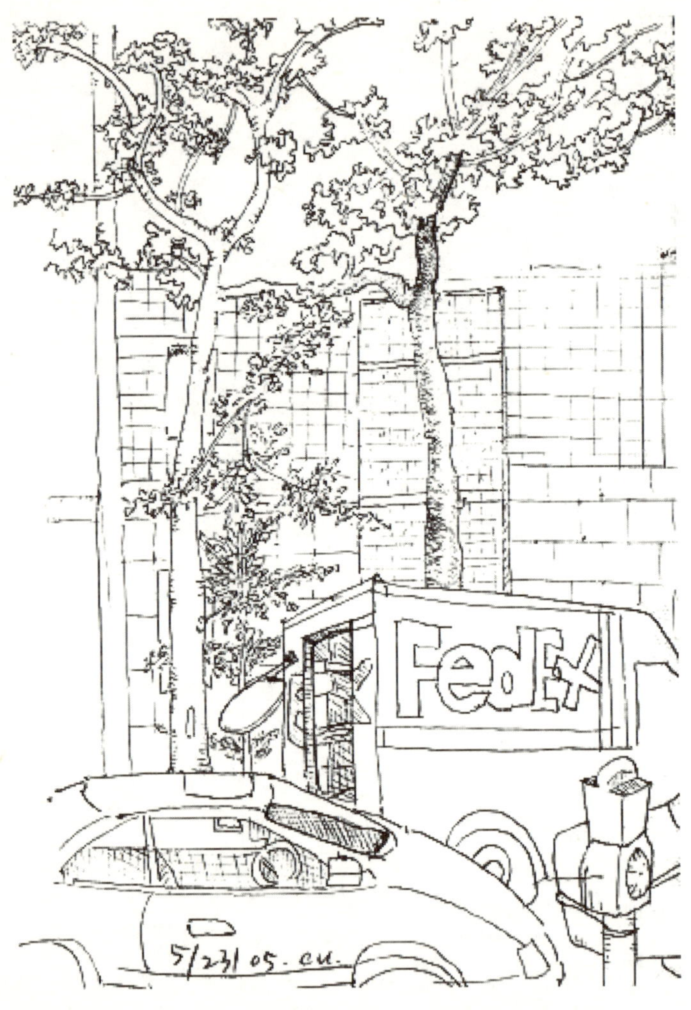

2005. 5. 23

컬럼비아대학 앞에 있는 스타벅스 안에서 한 번씩 머리를 식히려고 창문 밖을 내다보면 오히려 바쁜 도시인들의 헐떡이는 숨결을 느낄 수 있다.

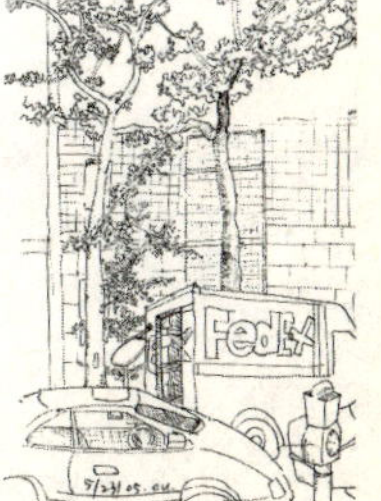

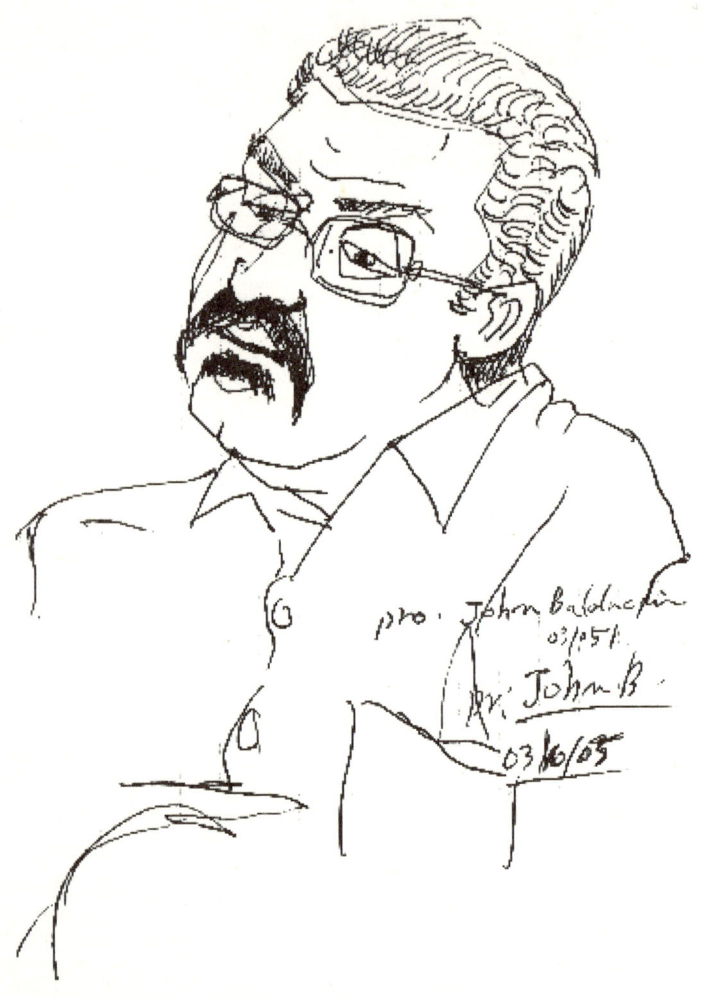

2005. 3. 10

존 발다치노. 예술교육을 가르치는 고약하고 독특한 취미를 가진 교
수다.

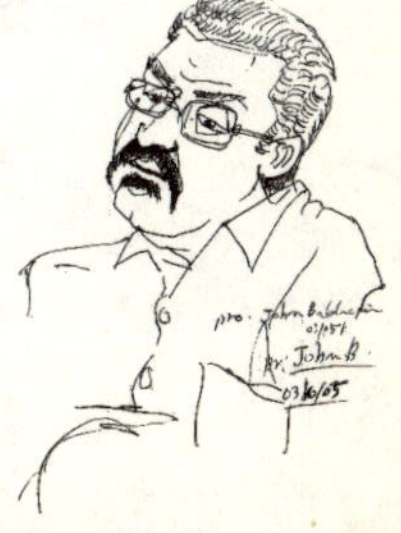

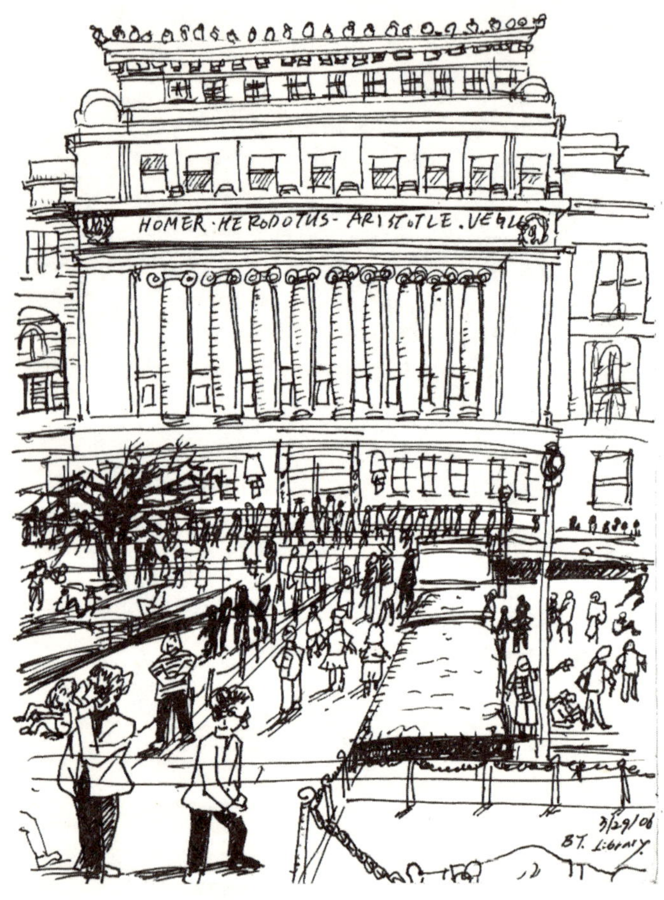

2006. 3. 29

컬럼비아대학의 도서관, 24시간 불이 꺼지지 않는다. 매년 5월이 졸업식이다. 난 이곳을 좋아하고 특히 1층 커피숍에서 금방 뽑아낸 커피를 엄청 좋아한다.

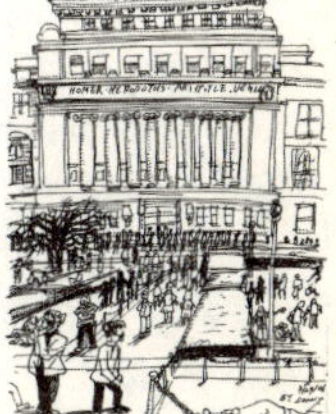

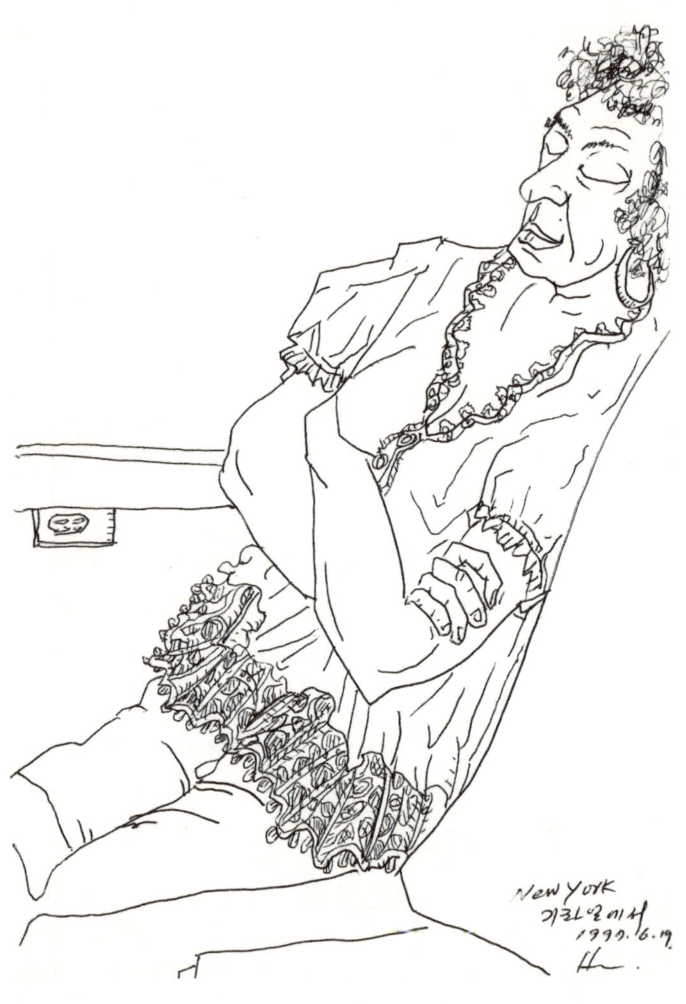

1997. 6. 19

기차 안에서 편히 잠을 자는 중년 부인. 특히 그녀의 머리 색깔과 흘러내리는 옷 레이스가 정말 한여름 낮의 단잠을 유혹한다.

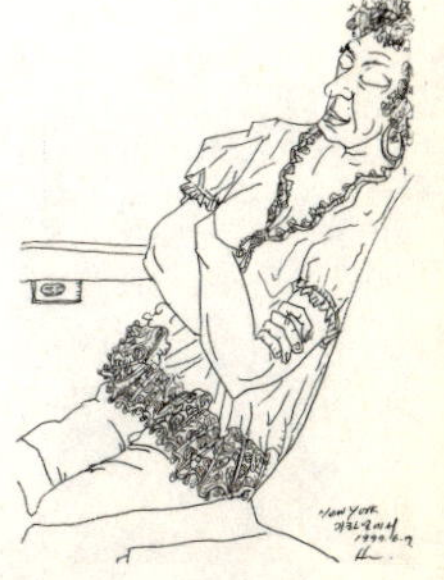

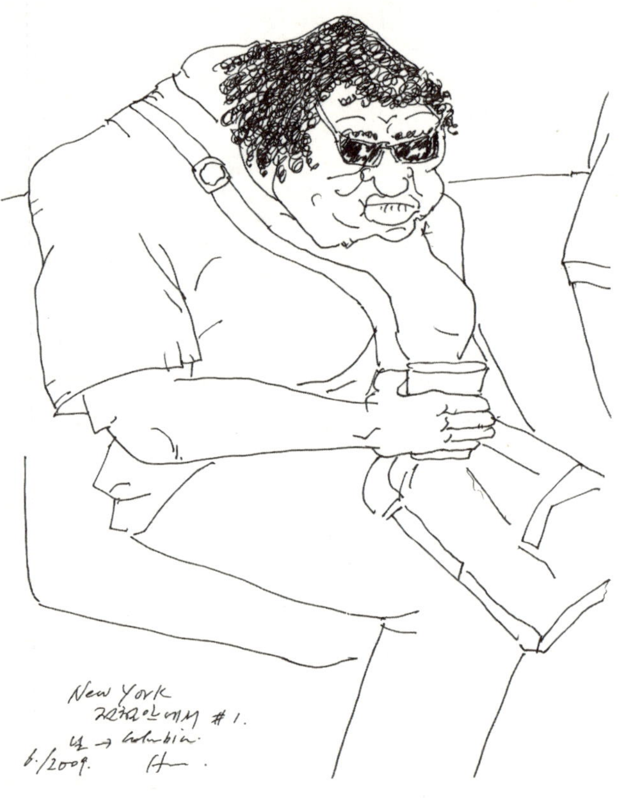

2009. 6. 20

『노틀담의 꼽추』에 나오는 꼽추를 닮은 여인이 전철 안에서 졸고
있다.

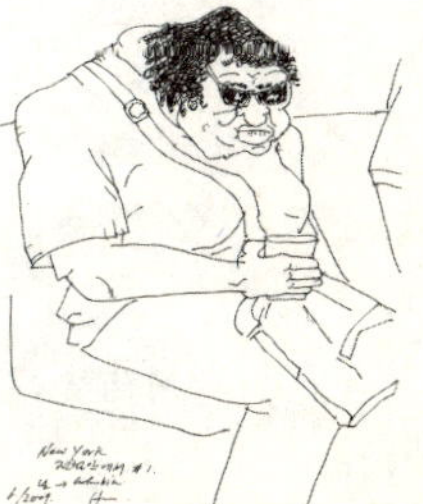

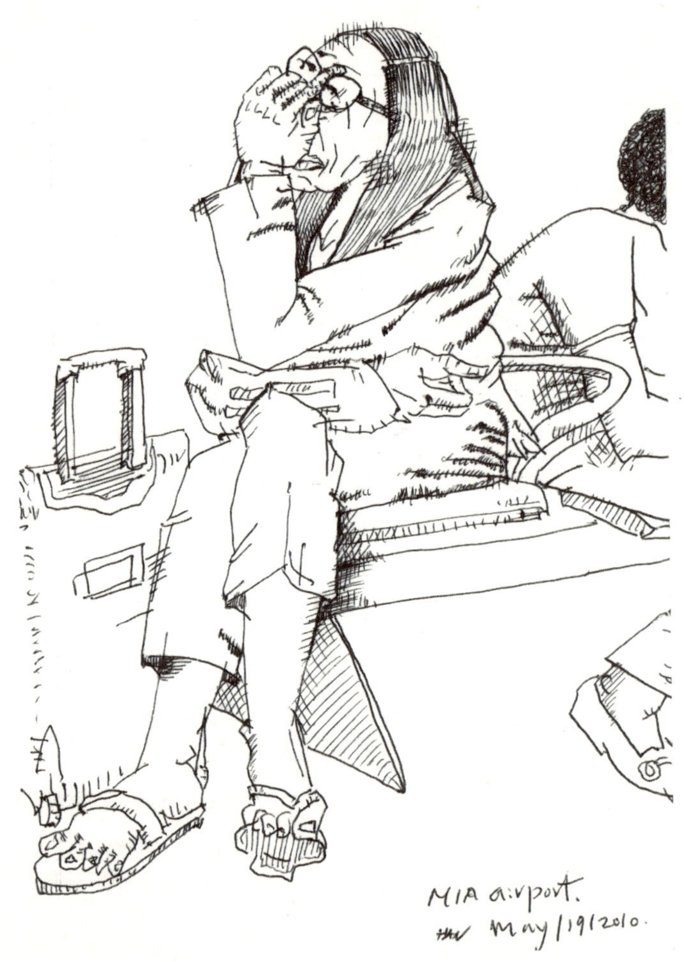

2010. 5. 19

공항에서 무료하게 기다리고 있는 사람을 관찰했다.

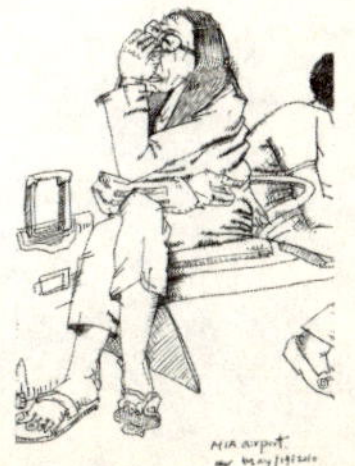

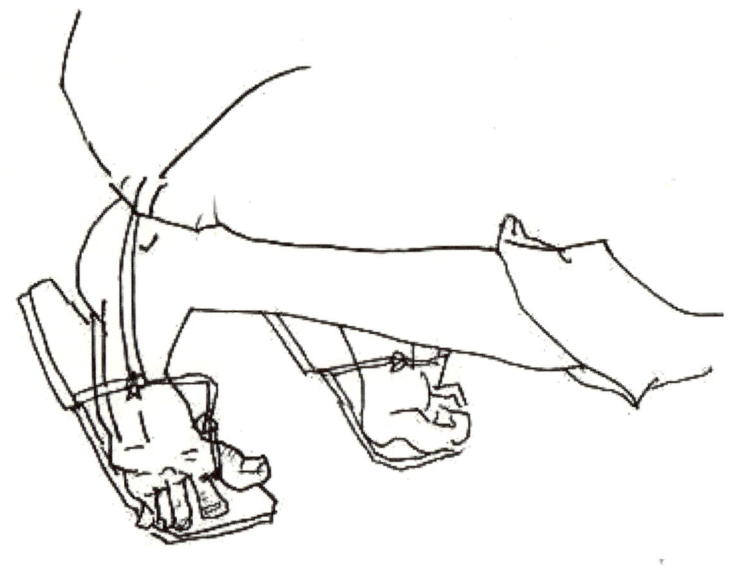

2005. 5. 6

마치 피아노 건반을 두드리는 손가락처럼.

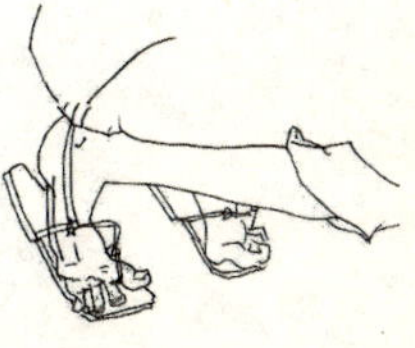

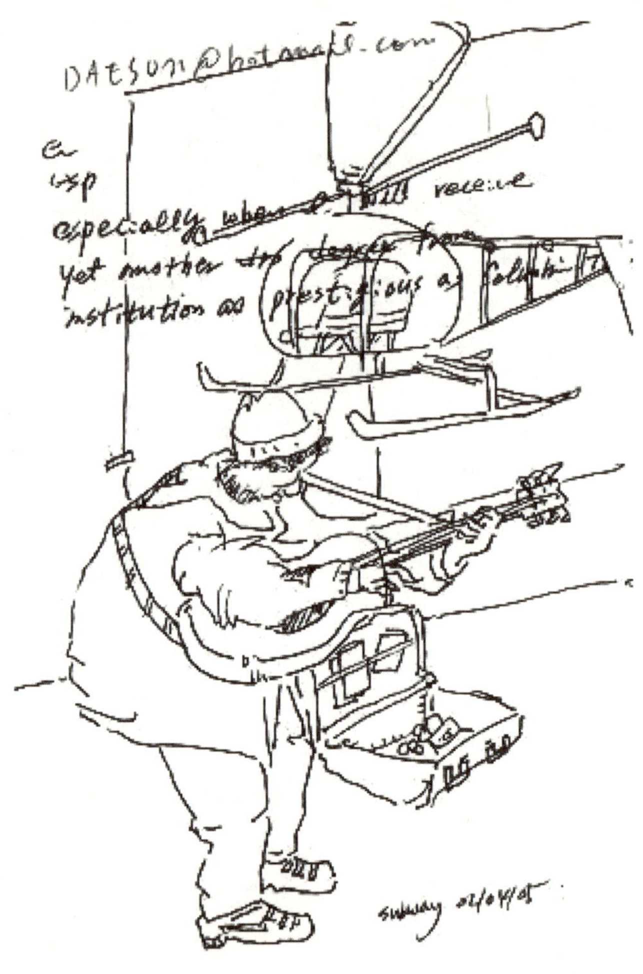

2005. 2. 4

전철역에서 연주하는 거지. 그의 뒤로 벽에 그려진 헬리콥터가
연주에 맞춰 날아가는 듯하다.

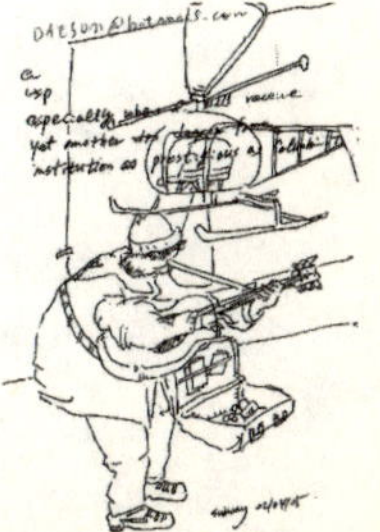

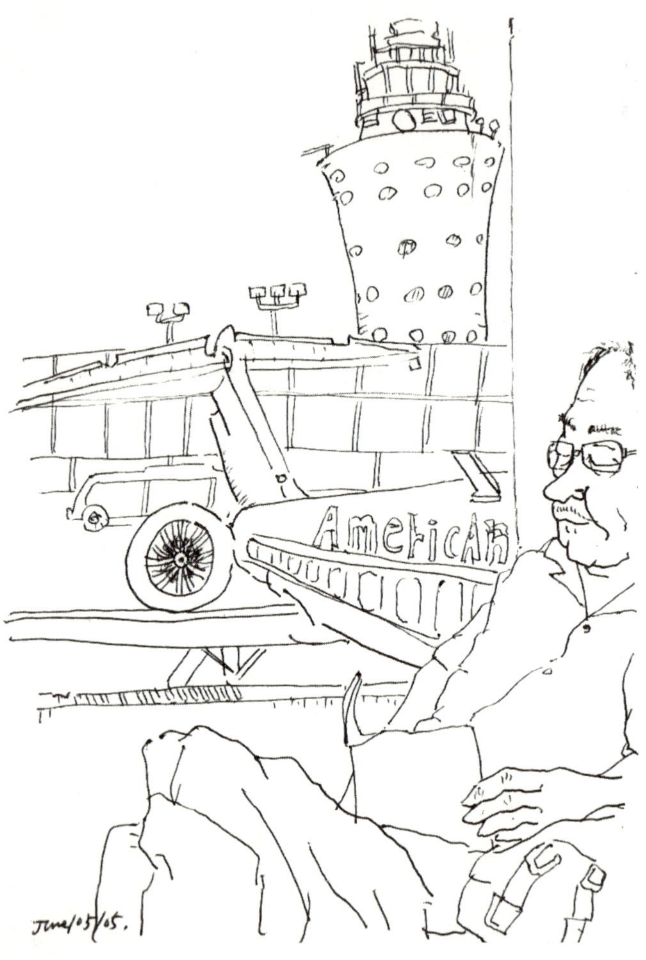

2005. 6. 5

뉴욕의 JFK. 창문 밖으로 보이는 비행기가 나를 삼킬 듯 크게 보였다.

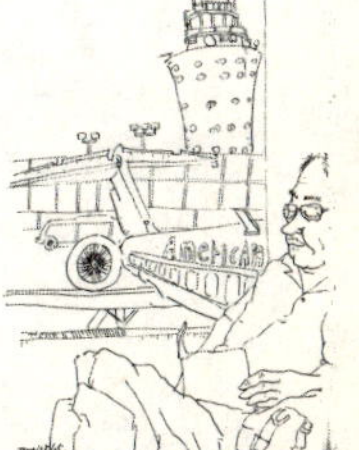

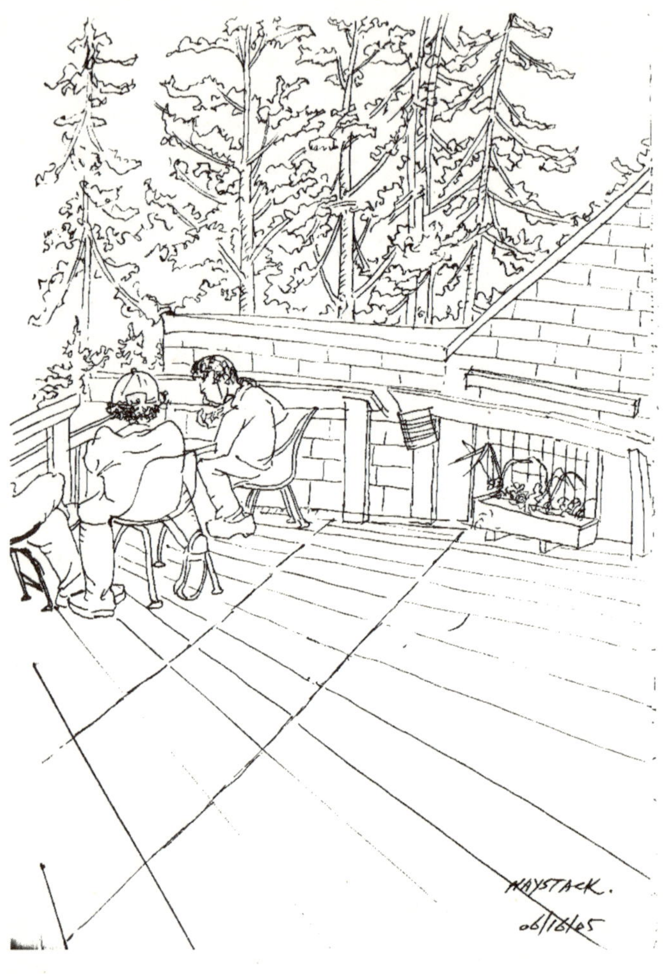

2005. 6. 16

헤이스택에서의 시간. 무언가 심각한 얘기를 나누고 있는 듯하지
만, 사실은 망상에 젖어 있다.

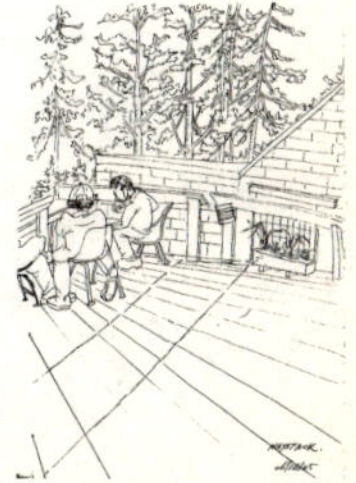

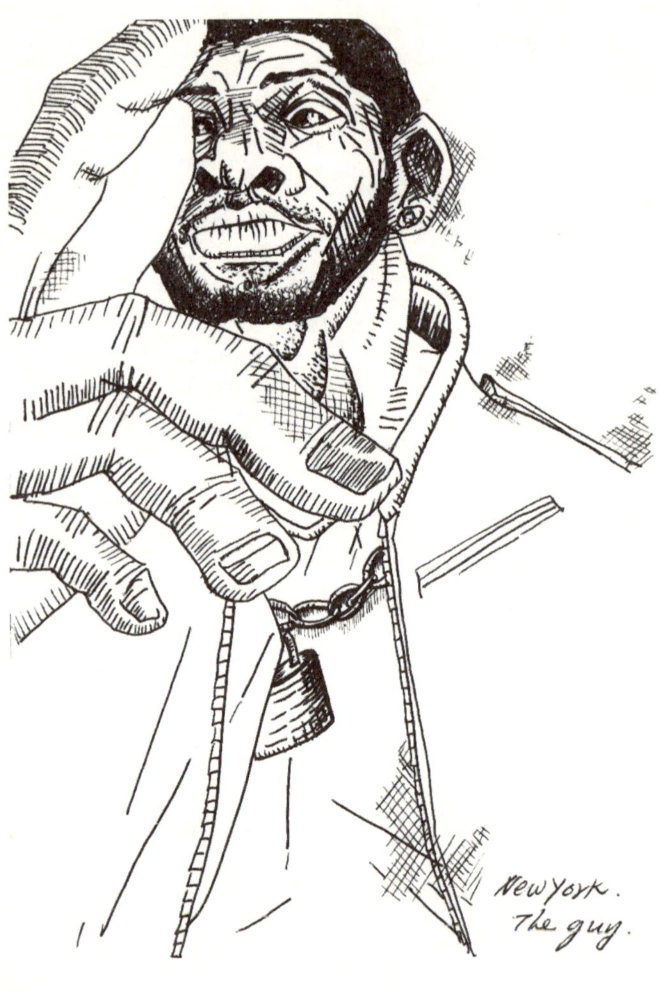

2010. 1. 8

뉴요커.

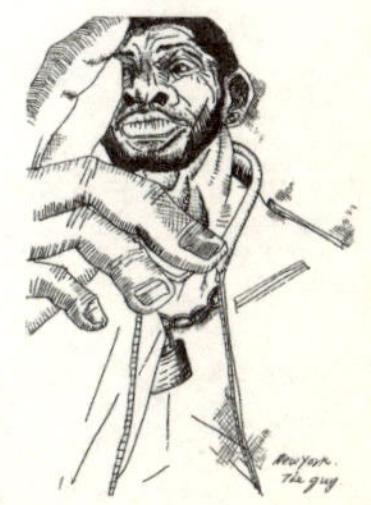

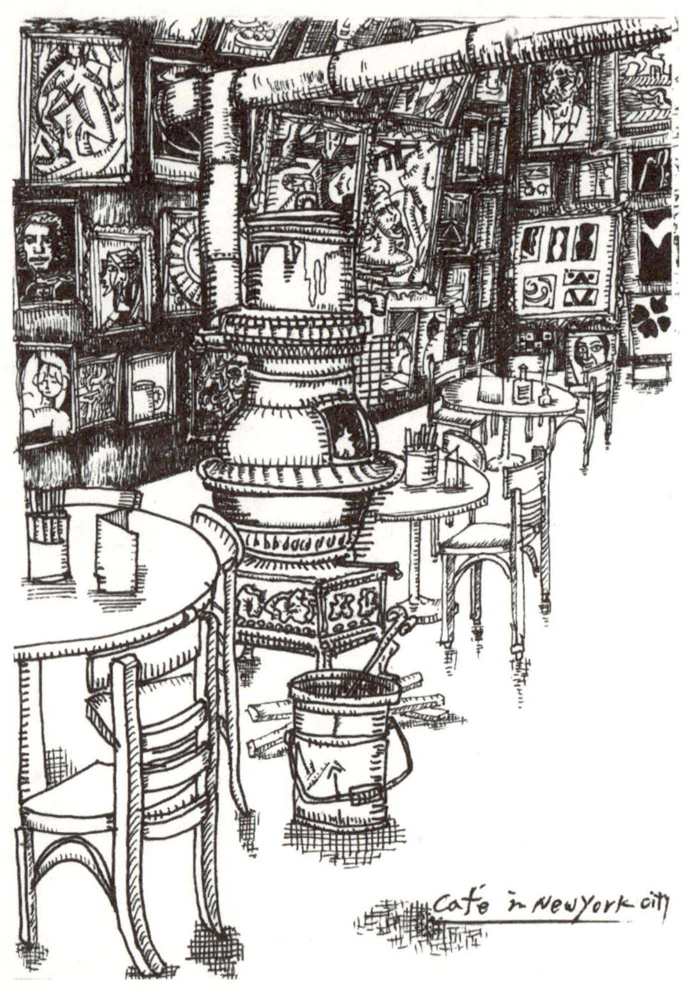

2010. 2. 9

뉴욕에는 전통 있는 카페가 많다. 그곳들 중의 한 곳에서는 아침부터 저녁까지 책도 보고 컴퓨터를 사용한다. 할리우드 배우들의 흔적을 쉽게 찾아볼 수 있는, 여유가 있고 낭만이 있는 곳이다.

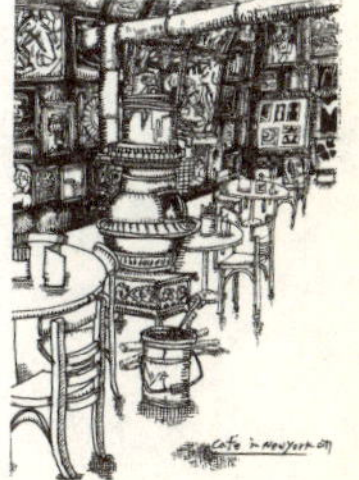

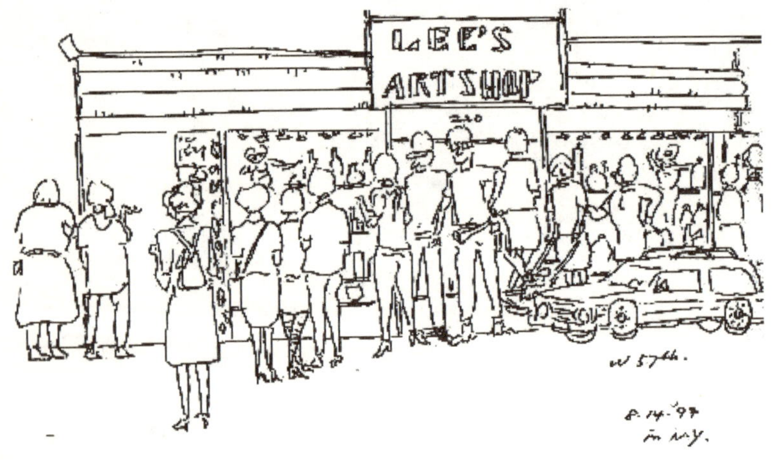

1997. 8. 14

뉴욕스튜디오스쿨에 다니던 시절, 아트숍 앞에 모여드는 뉴요커들
을 바라보면서.

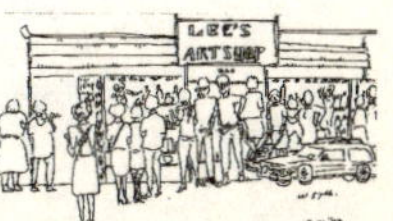

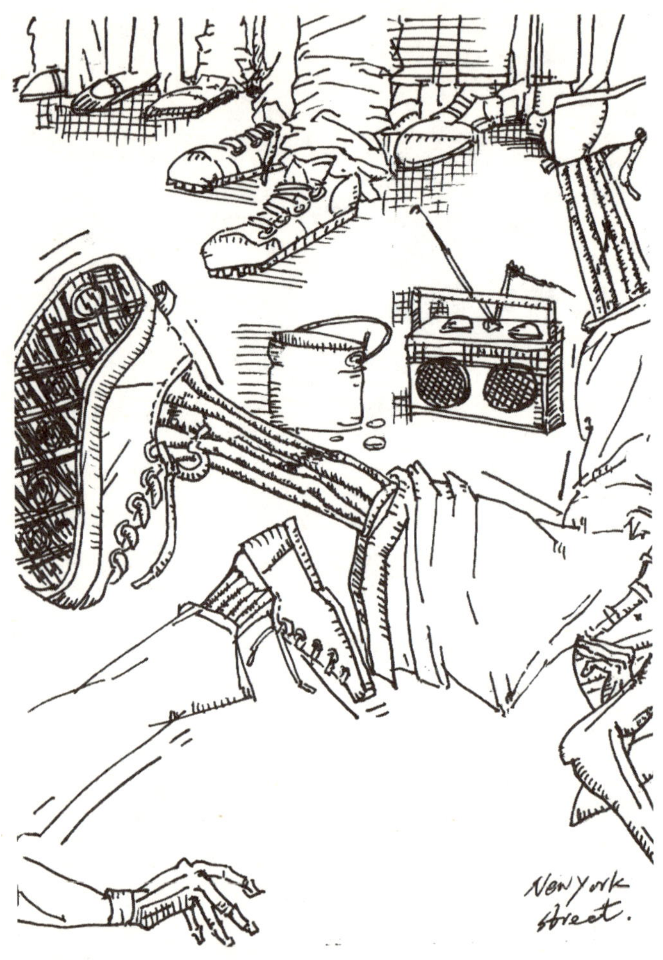

2009. 9. 9

뉴욕 센트럴파크에서는 흑인들이 거리의 악사들의 연주에 맞춰 춤을
추는 것을 자주 볼 수 있다.

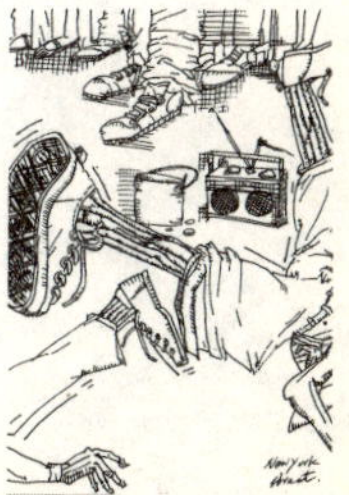

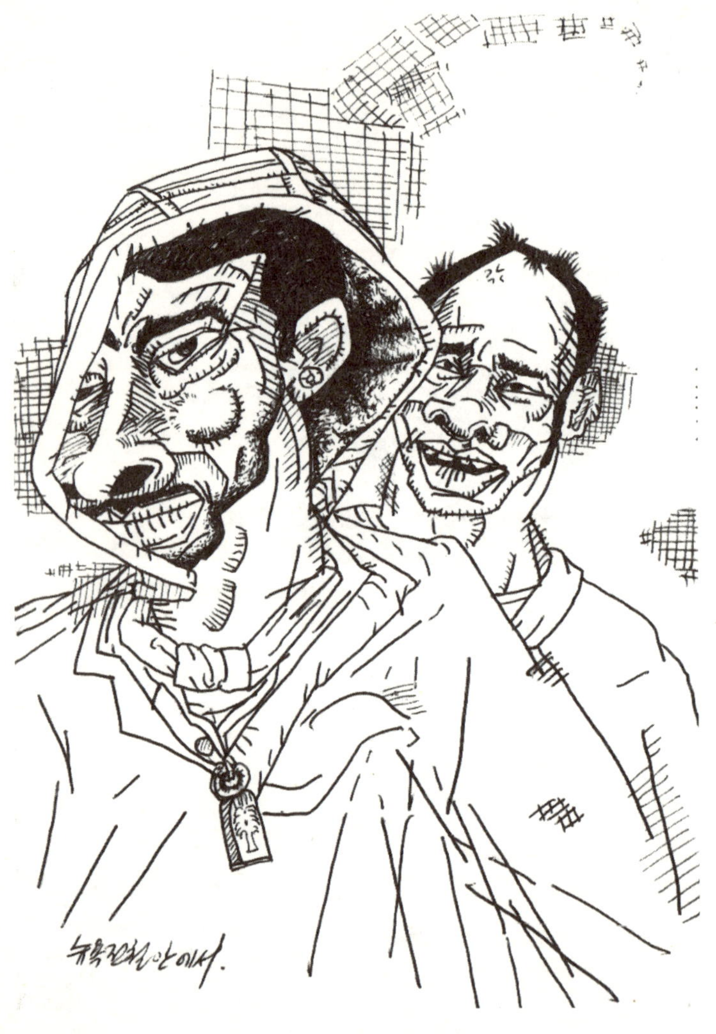

2009. 9. 19

전철 안에서 마주친 거지들.

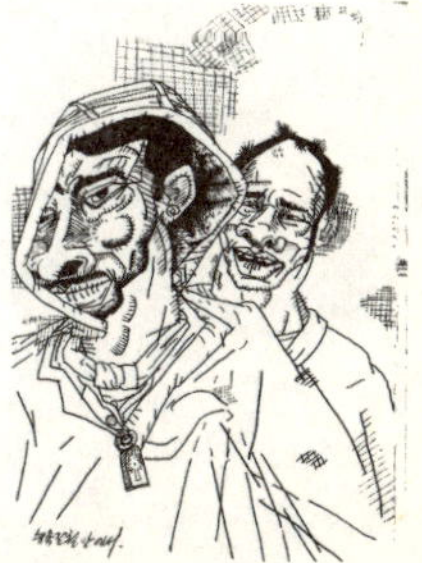

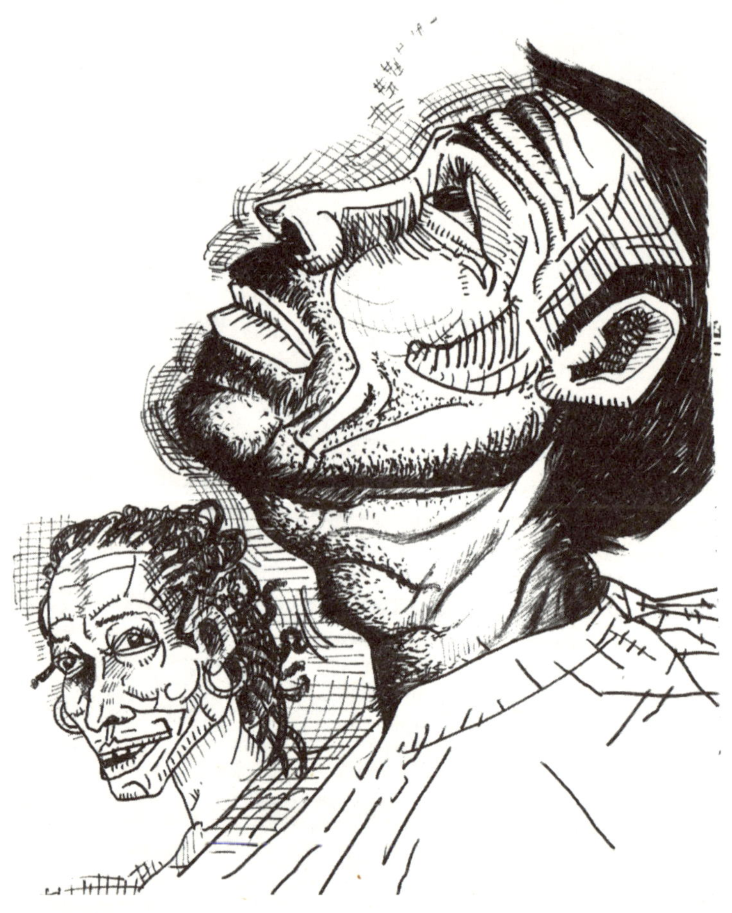

무엇을 생각하는지 그들은 언제나 침묵한다. 그러나 슬픔과 기쁨의 표현은 그들의 피부 색깔만큼이나 강하다.

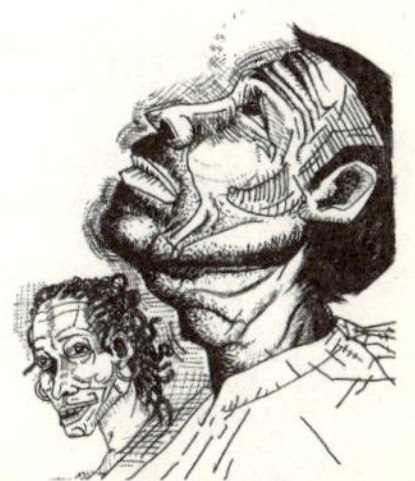

New York.
거리의 악사.

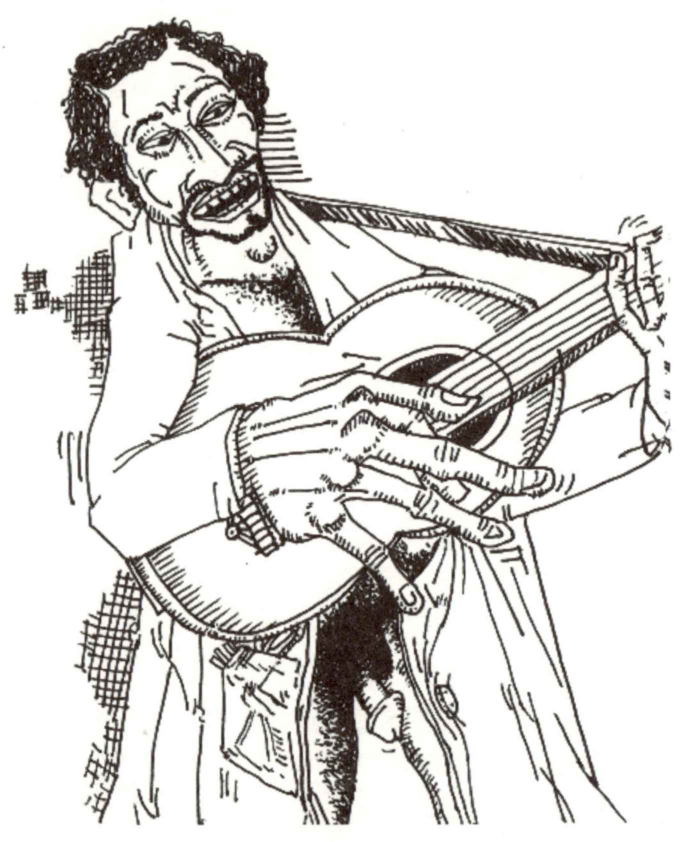

뉴욕 34번가 펜역에서 바바리코트맨을 보았다. 그리고 그의 멋진 기타 연주도 들었다. 몇 초 간의 퀵 드로잉이었다. 왜냐하면 이들은 뉴욕 경찰들을 굉장히 싫어한다.

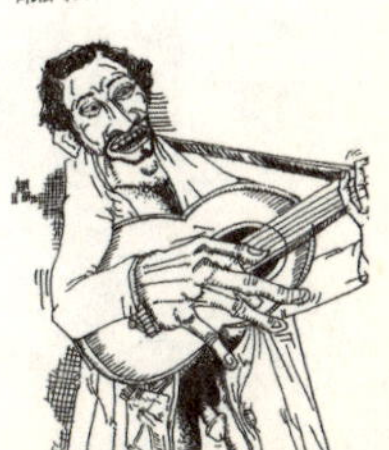
New York
거리의 악사.

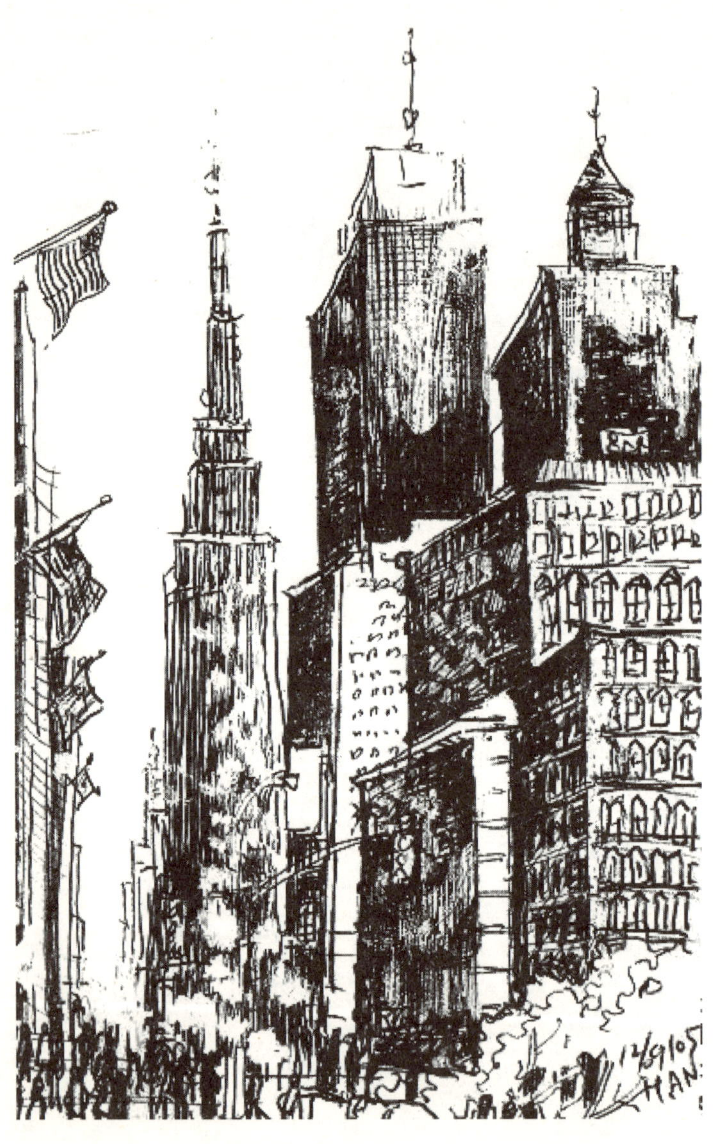

2005. 12. 9

눈 내리는 센트럴파크 앞. 가끔씩 커피를 마시면서 풍경을 즐긴다.

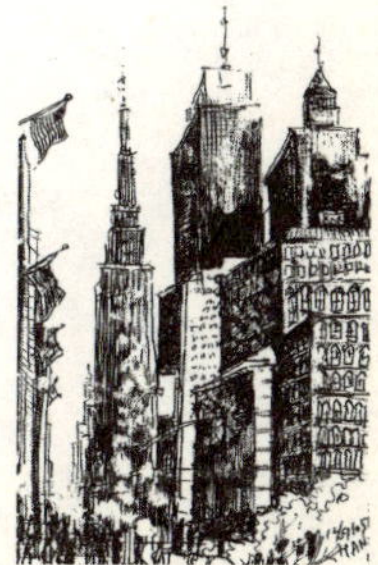

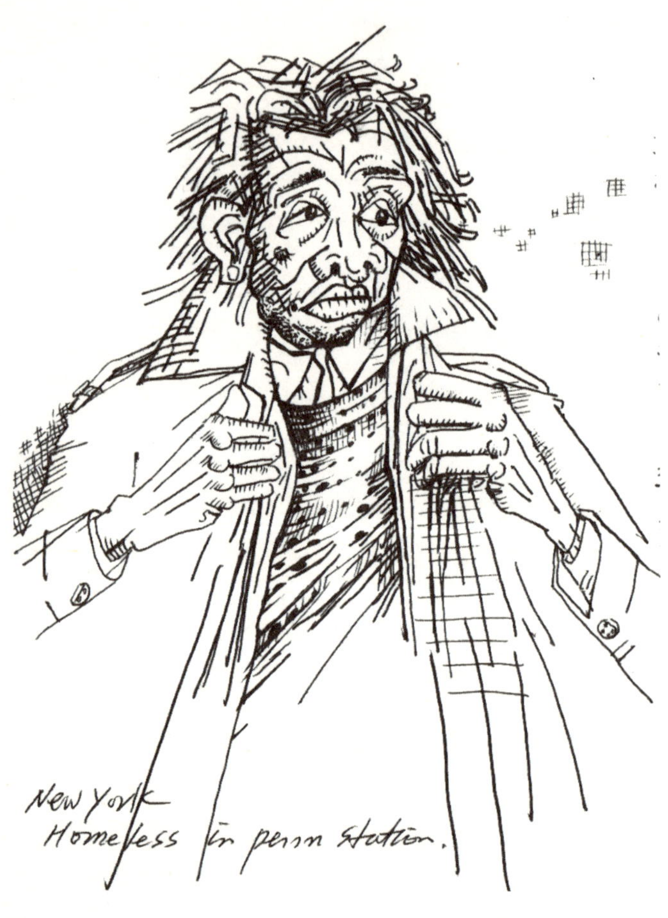

2008. 12. 13

펜역에서 늘 마주치는 거지. 그의 사자 머리가 멋지다.

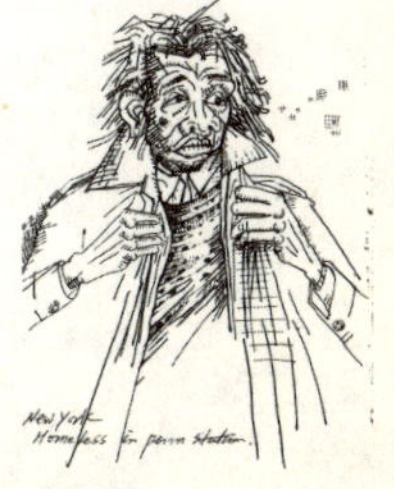
New York
Homeless in penn station

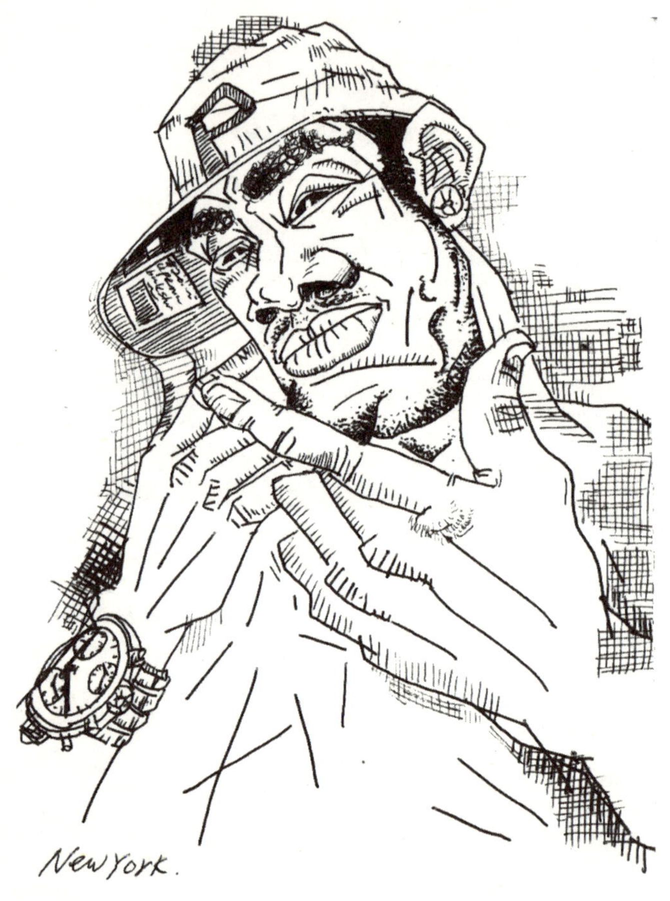

2009. 11. 12

전철 안에서 본 흑인. 그는 스스로 포즈를 취하면서 나를 향해 무언
의 돈(?)을 요구했다.

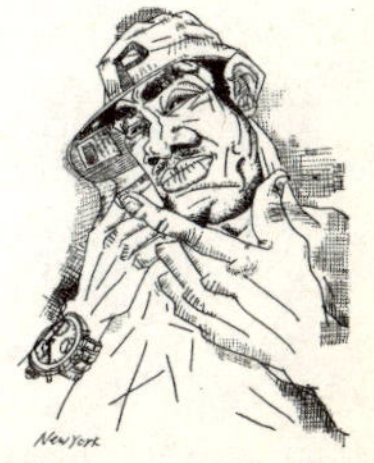

New York

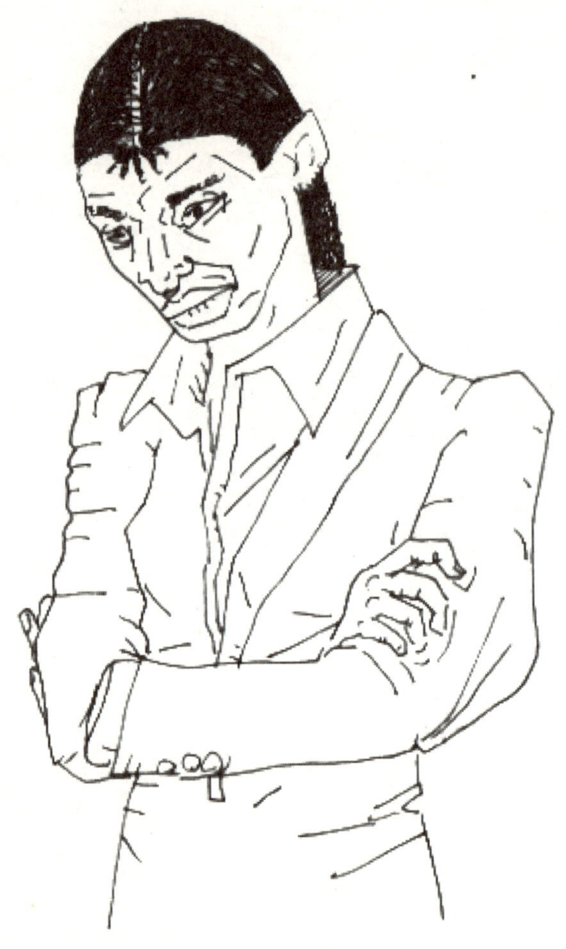

2007. 11. 8

전철 안의 여인. 내가 펜을 놀리기 시작하자 자리를 떠
버렸다. 순간의 이미지를 기억했다가 퀵 드로잉 했다.

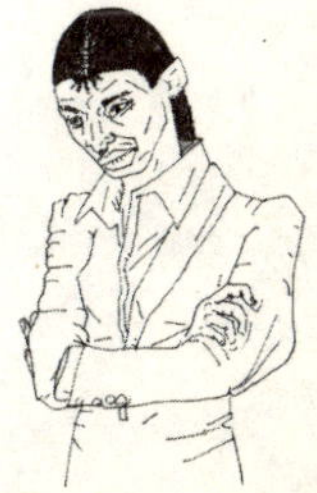

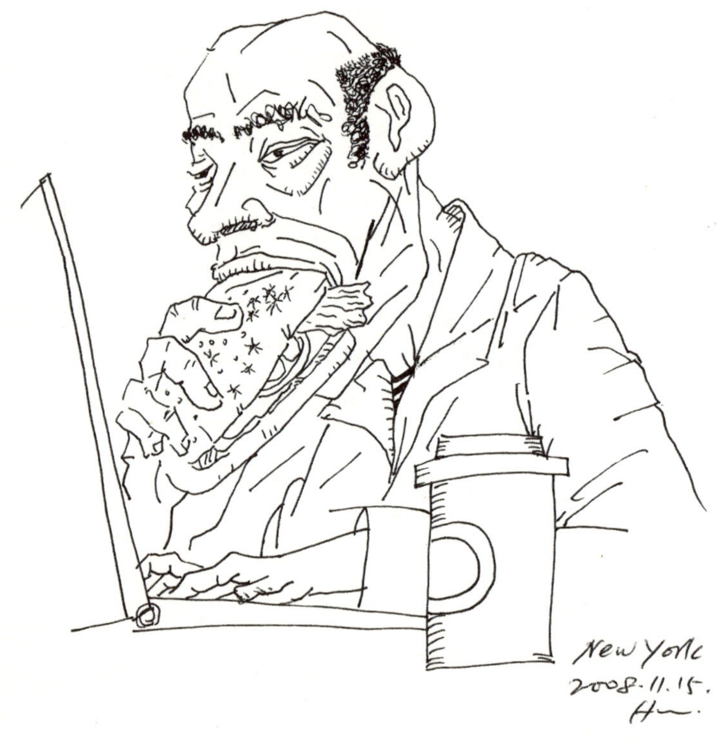

2008. 11. 15

늦가을, 컬럼비아대학 도서관 창가에 대머리 교수가 앉아 있다.

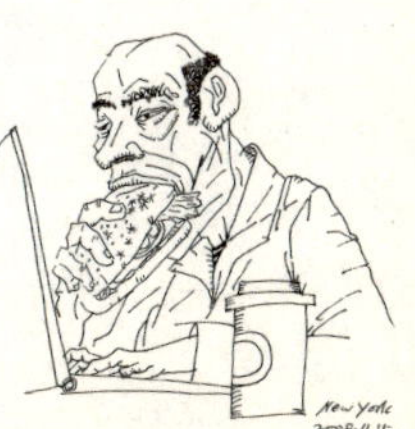

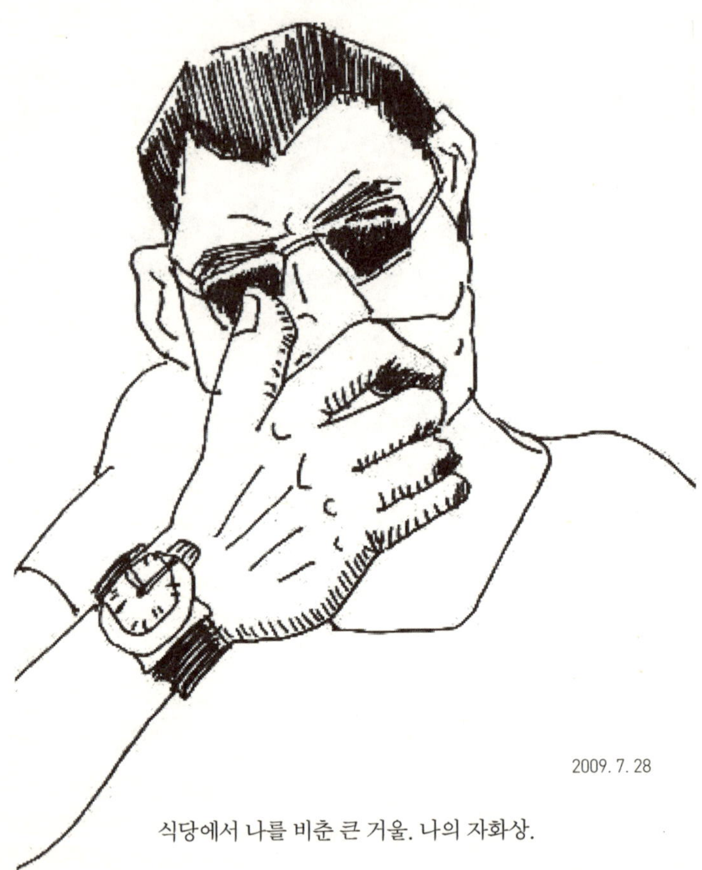

2009. 7. 28

식당에서 나를 비춘 큰 거울. 나의 자화상.

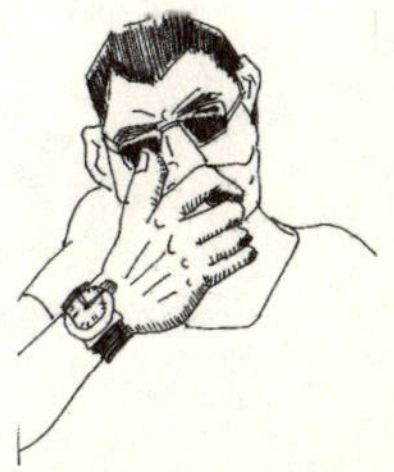

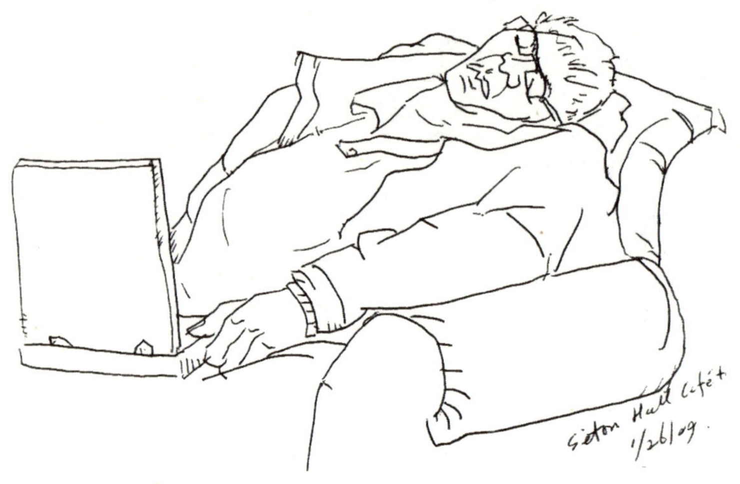

1999. 1. 26

시튼홀대학 카페에서. 한 학생이 잠이 들었다. 소파에 등을 기댄 그
를 따라 손에 쥐고 있던 펜으로 5초만에 옮긴다.

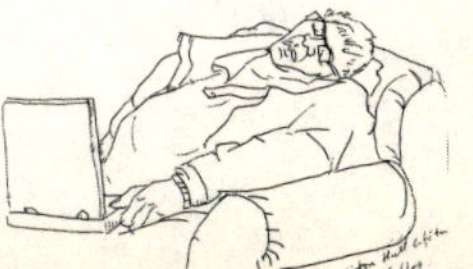

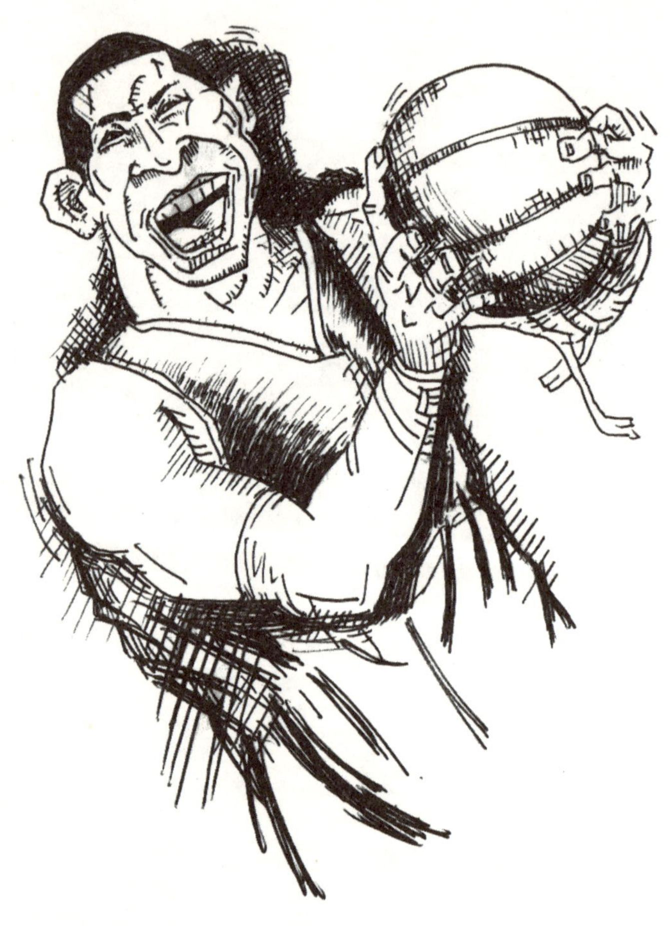

2006. 6. 4

NBA를 즐겨본다. 빠르고도 정확한 그들의 슈팅을 보며 골로
연결되는 인생의 지점들을 연구해 본다.

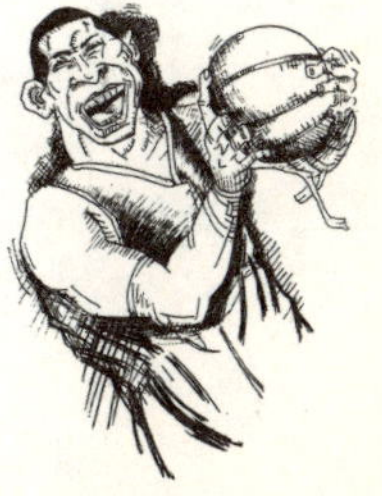

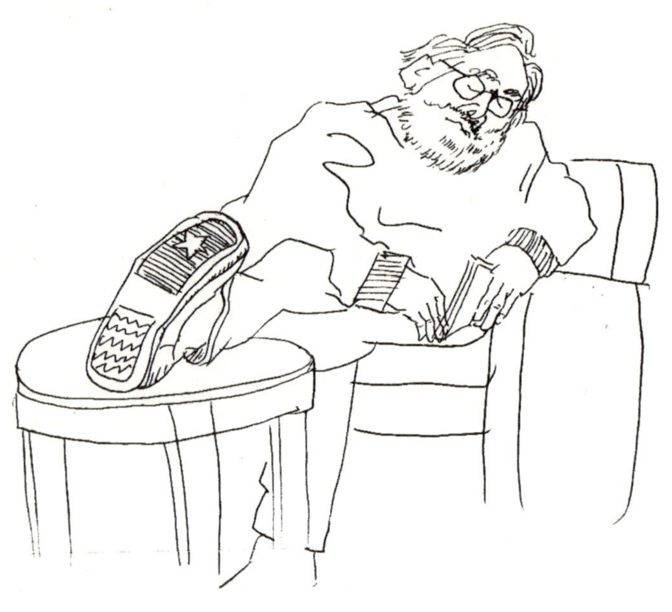

1999. 2. 25

유펜 서점에서 낮잠 자는 거지.
그의 왼발에 밟힌 꿈은 무엇일까?

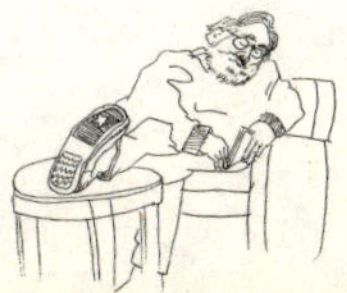

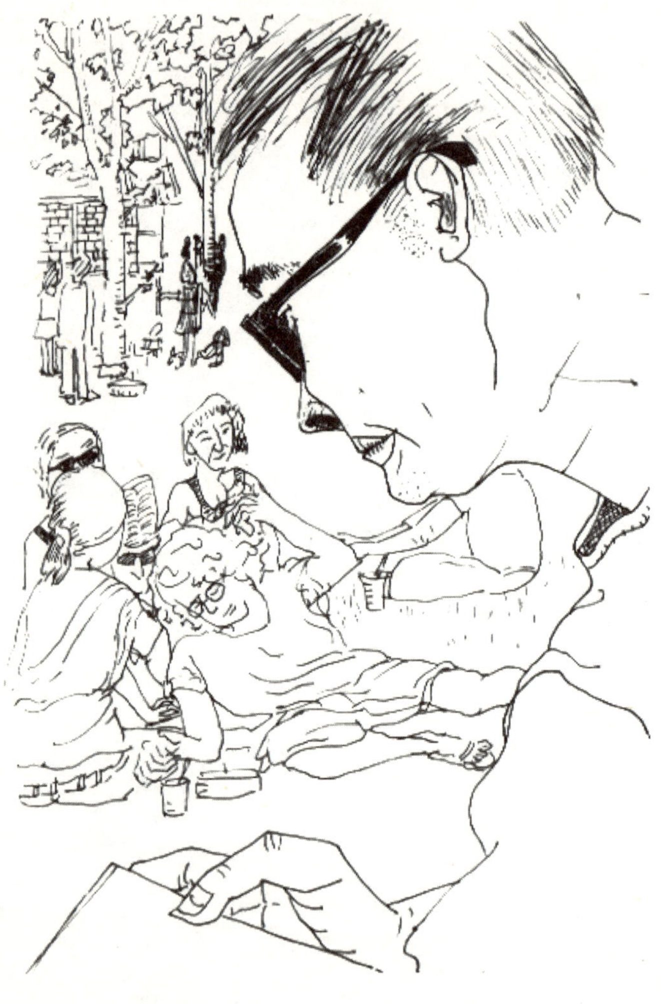

2000. 6. 20

그 누구를 인화할까. 백지를 바라보며 생각에 잠긴 나.

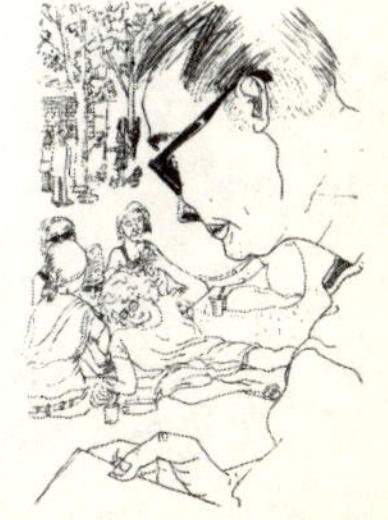

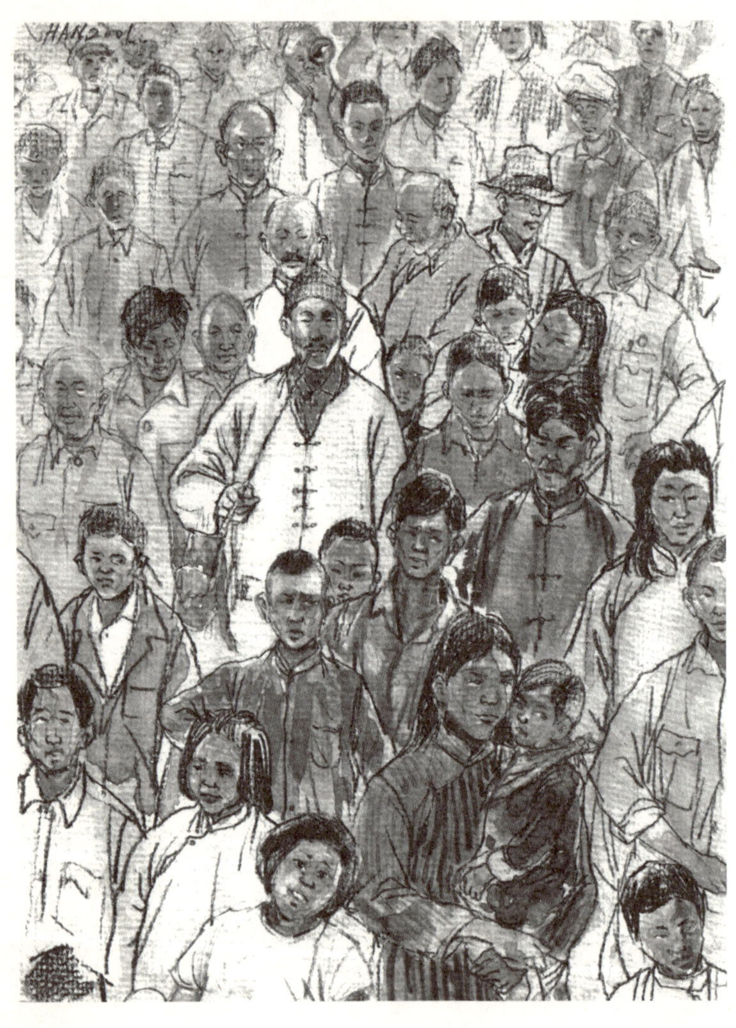

1999. 6. 23

중국인들 수채화.
뉴욕의 어느 출판사에서 나를 중국인으로 알고 부탁한 그림. 그러나 한국인
얼굴을 넣었다.

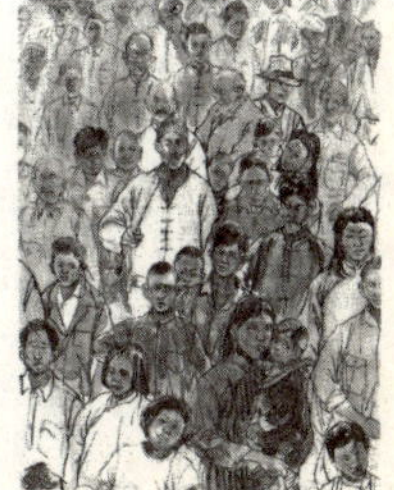

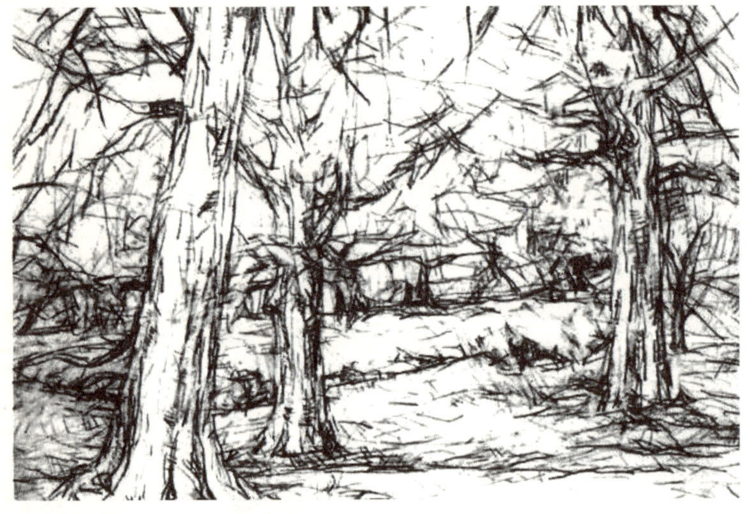

1999. 11. 28

겨울의 필라델피아. 동네 공원에서 마주한 초겨울 알몸의 나무들이 내게 여느 때보다 선명한 손인사를 내보인다.

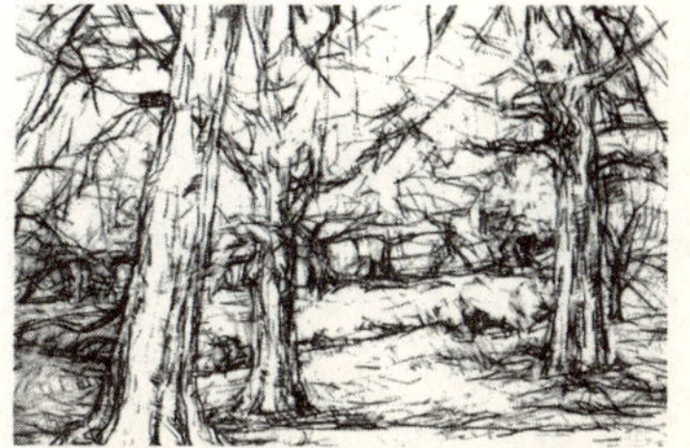

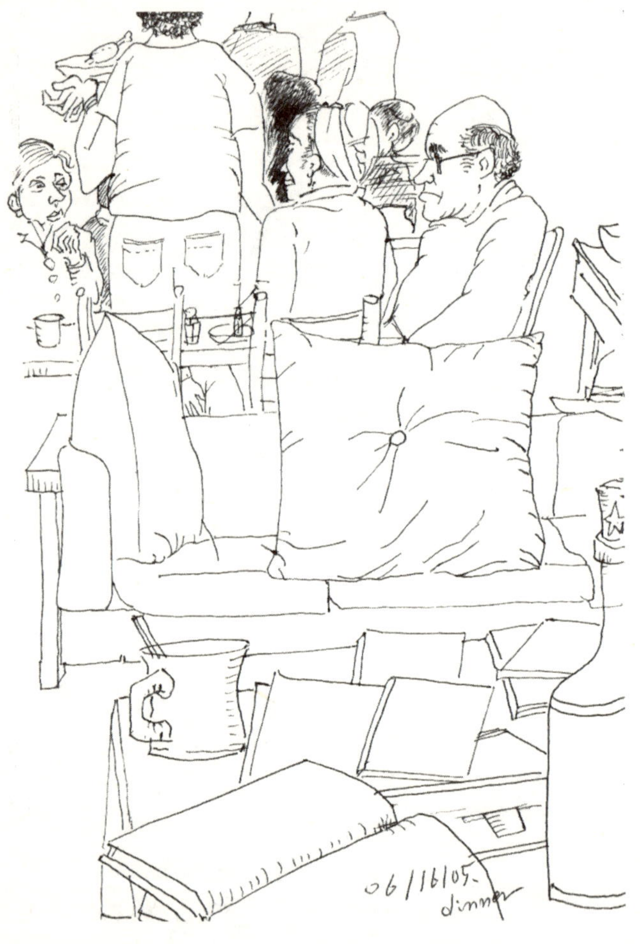

2005. 6. 16

메인 주 워크숍 때 동료들과 함께 한 한여름의 저녁 식사, 그리고
한여름 저녁처럼 여유로운 오리털 방석. 그곳에 잠들고 싶다.

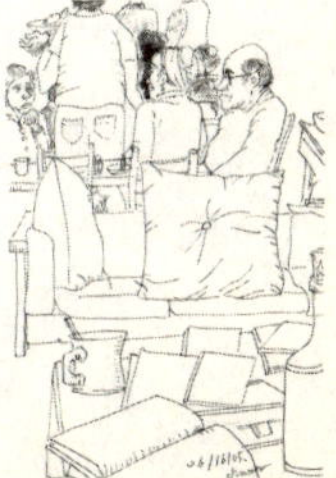

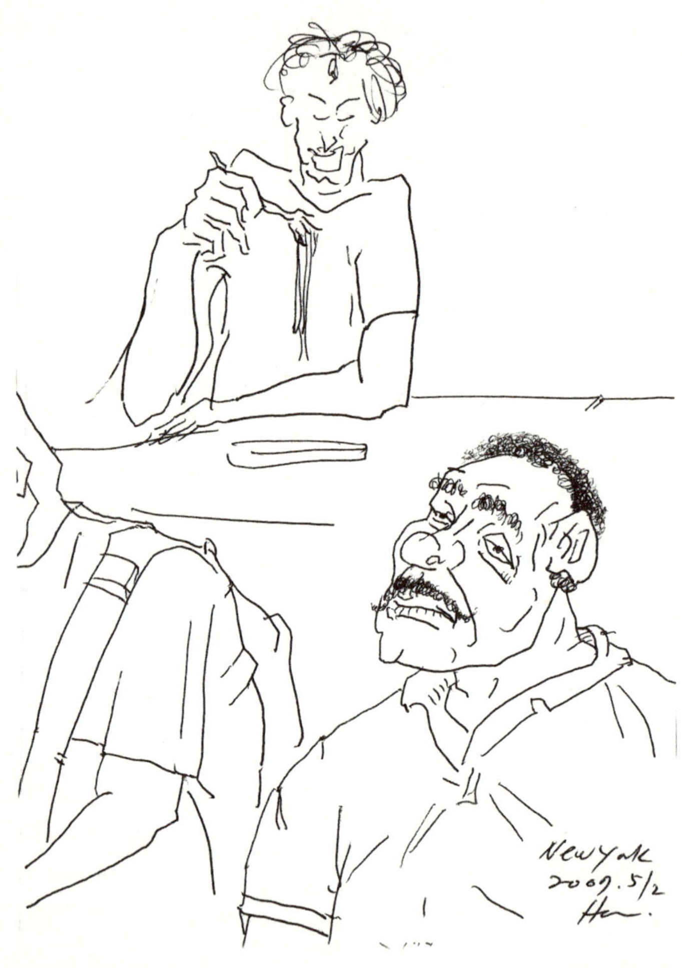

2007. 5. 2

같은 공간, 그러나 다른 표정.

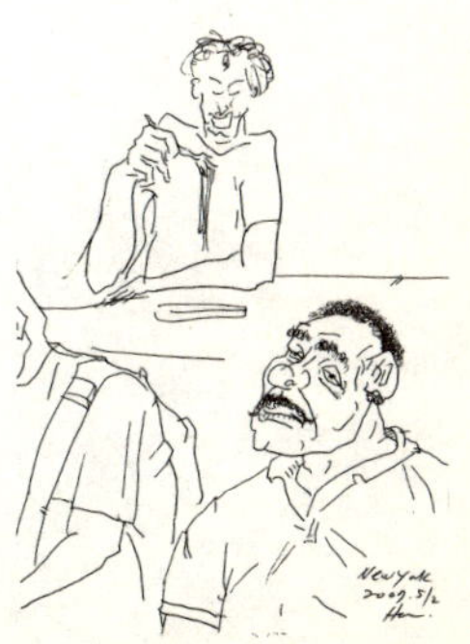

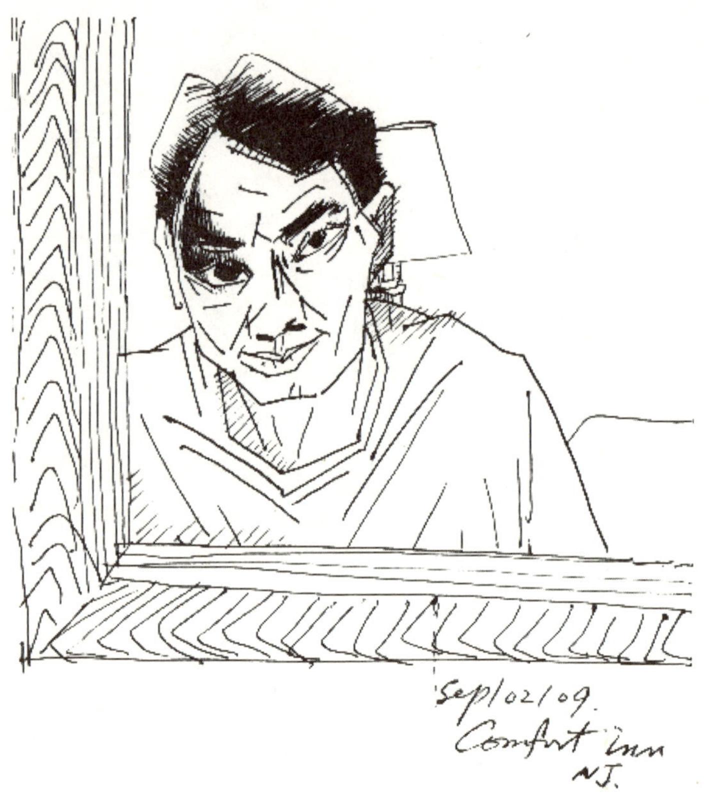

2009. 9. 2

나를 비추는 거울. 나는 가끔 강의를 마치고 거울 속에 비친 또다른
나에게 말을 건네곤 한다.

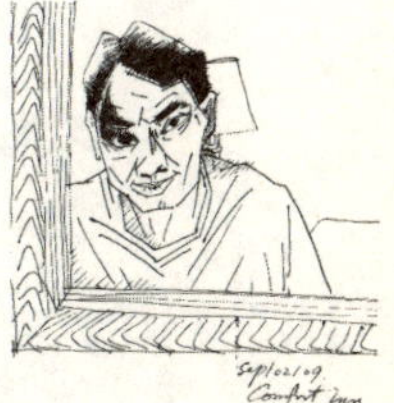

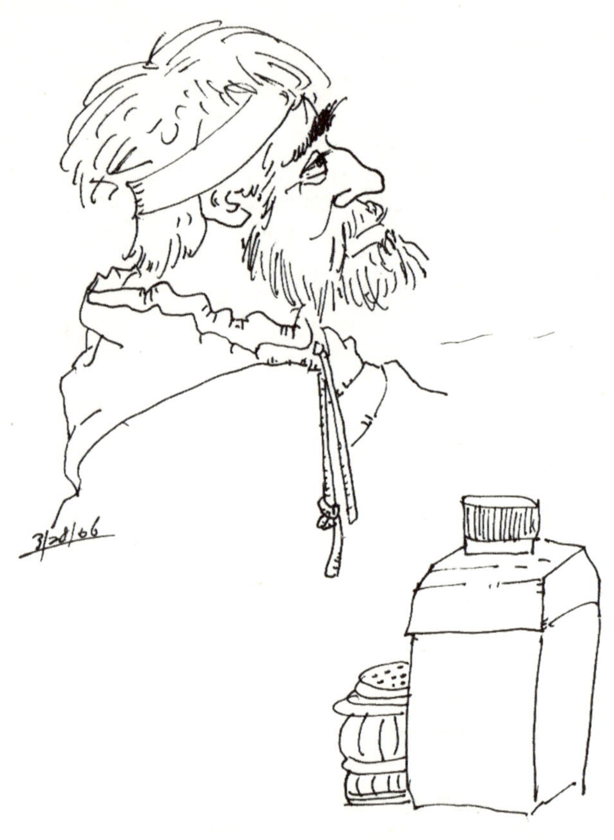

1996. 3. 28

목마른 거지. 그는 신선한 우유 한 잔을 생각하지 않았을까?

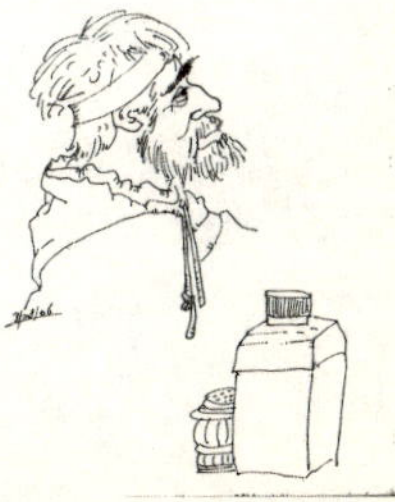

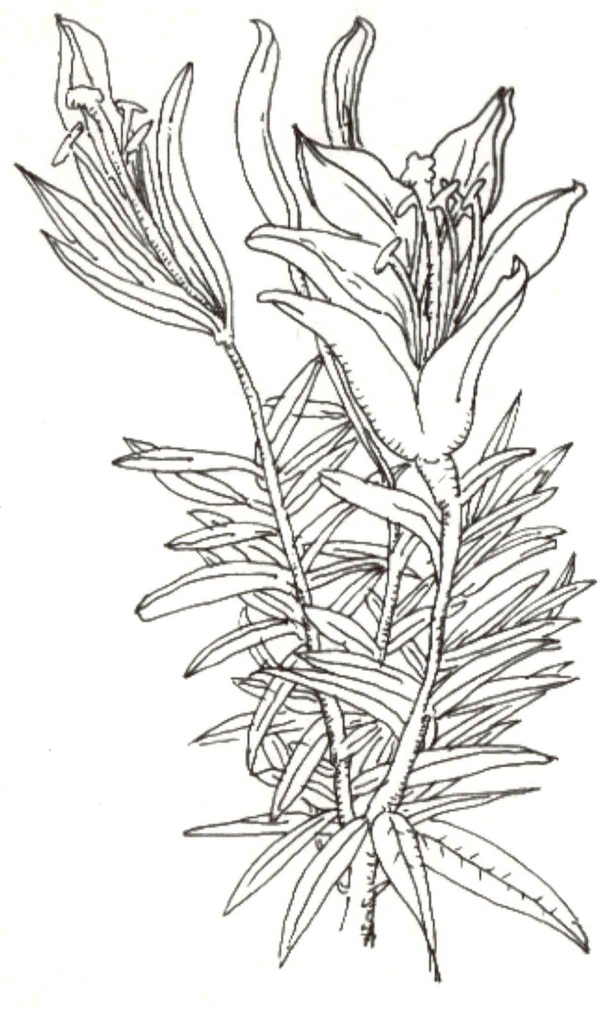

2003. 4. 6

필라델피아 교회 앞. 꽃이든 사람이든 피지 않고서는 봄을 알릴 수
가 없는 걸까?

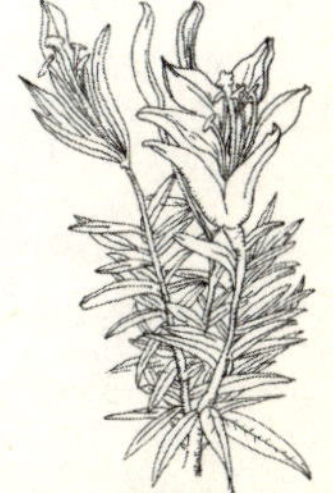

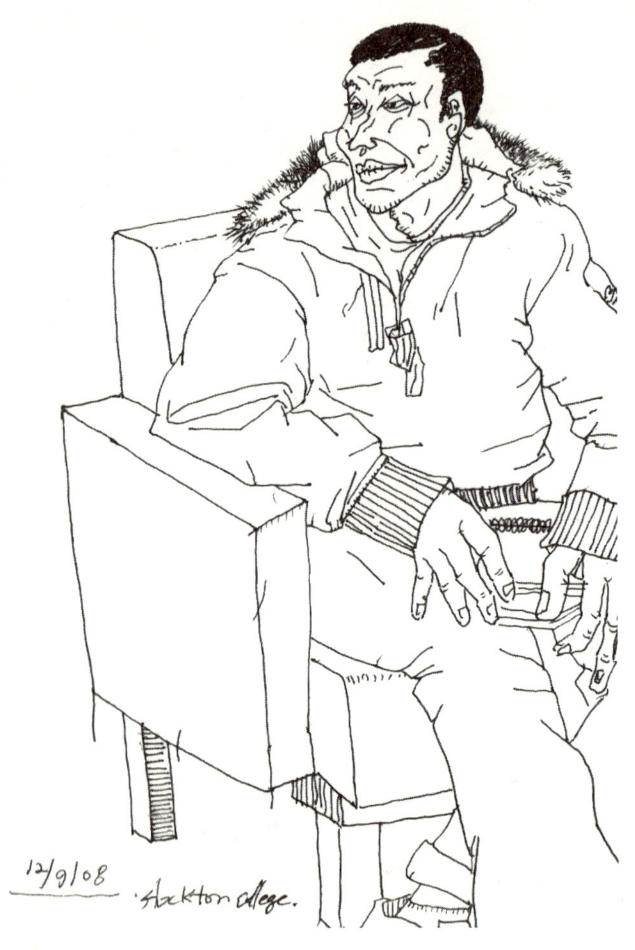

2008. 12. 9

스탁튼대학에서, 도톰한 겨울 재킷을 입은 학생.

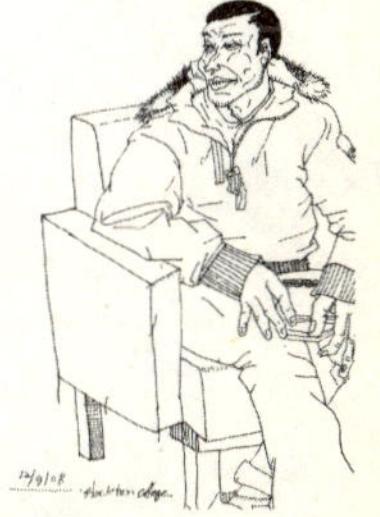

2000. 12. 21

뉴저지의 집으로 날아온 교수님의 편지.
우표 옆으로 바람이 불고 있다. 보낸 이의 마음도 저렇게도 흔들리
며 전해져 오는 걸까?

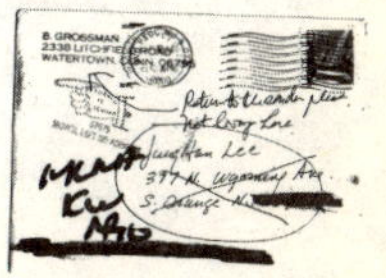

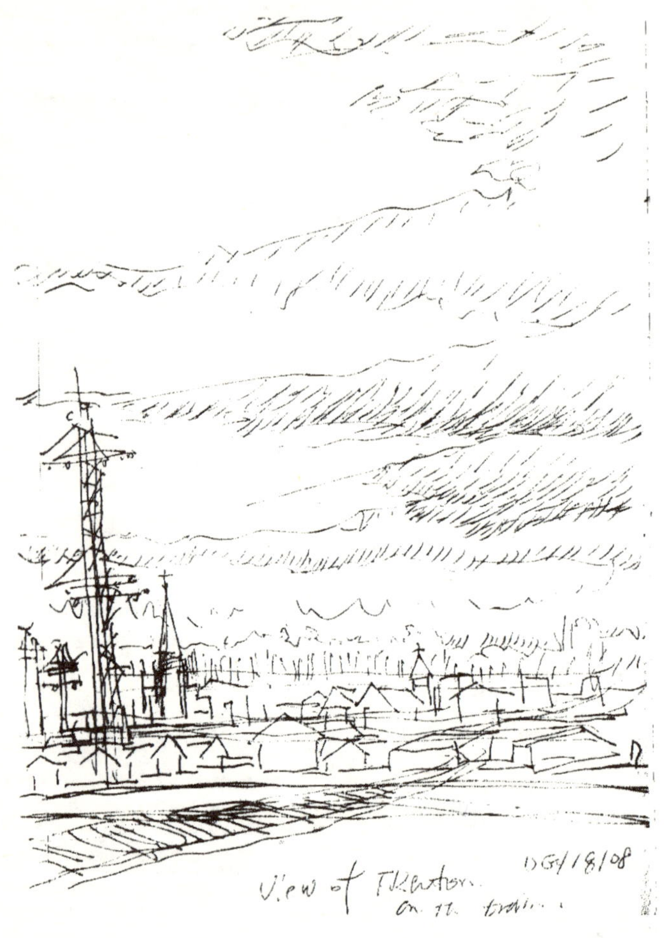

2008. 6. 18

기차를 타고 뉴욕과 필라델피아를 오가는 길. 창밖의 풍경, 저런 도시
의 얼굴에도 표정이 있어 영원히 웃지는 못한다.

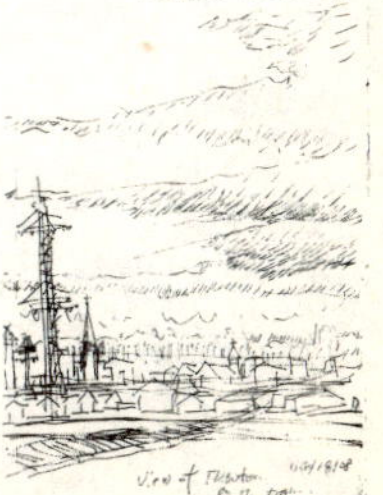

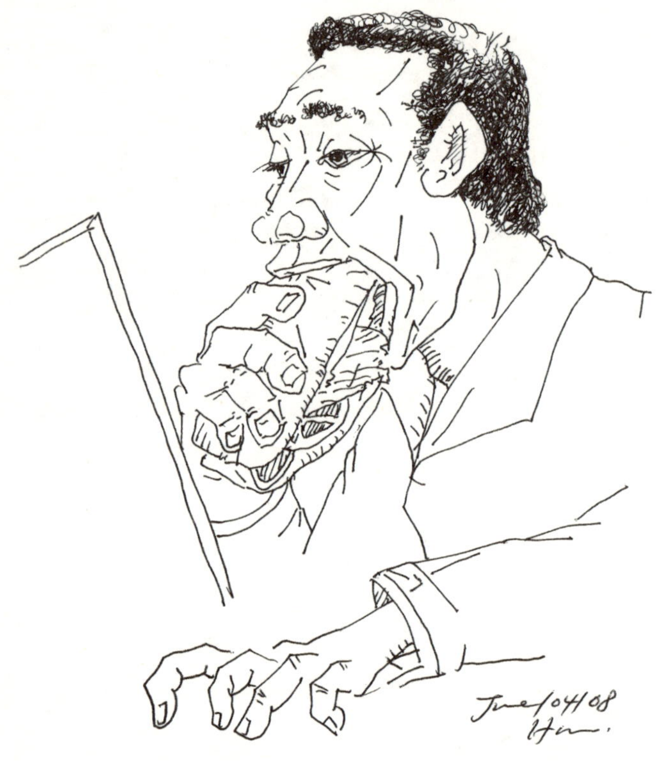

2008. 6. 4

샌드위치를 먹으며 부지런히 논문을 쓰는 친구 스티븐.

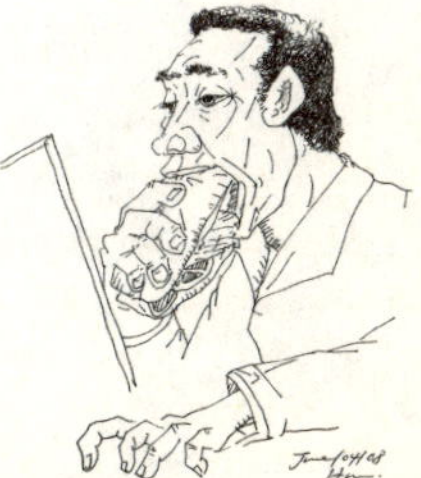

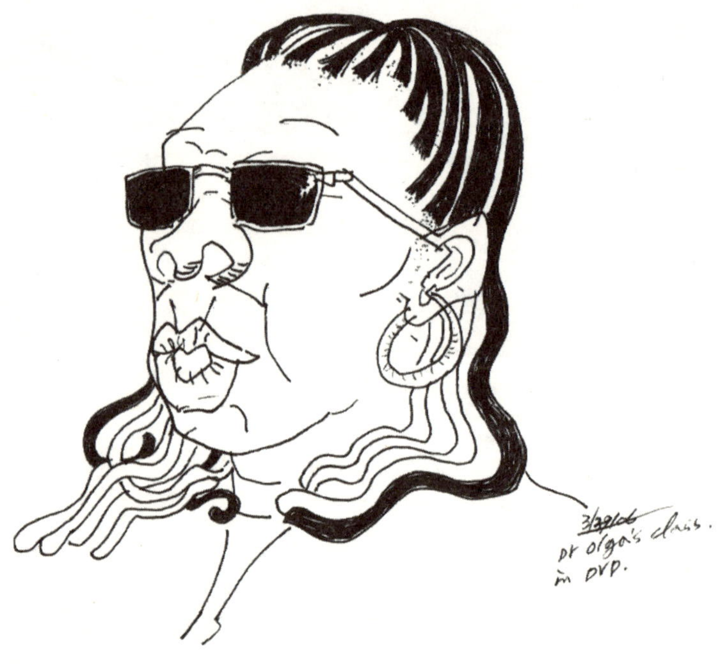

2006. 3. 28

전철에서 본 흑인 여성, 그녀의 아름답게 흘러내린 머리카락.

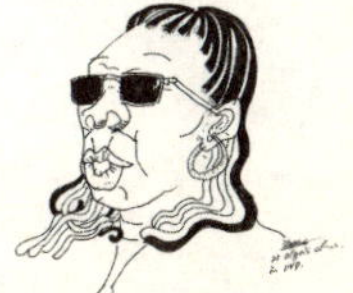

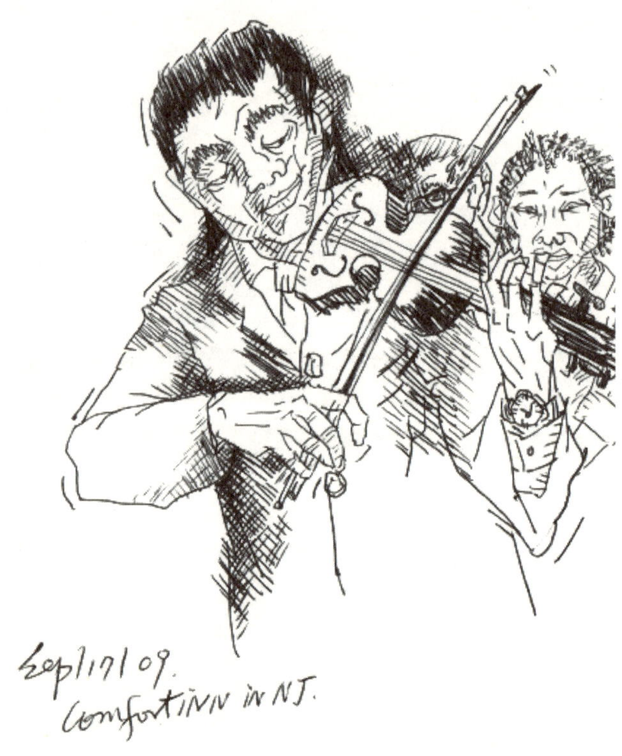

2009. 9. 17

뉴저지 거리의 악사. 악사의 턱이 바이올린에 기대는 동안 거리
를 맴도는 이들도 그의 연주에 하나가 된다.

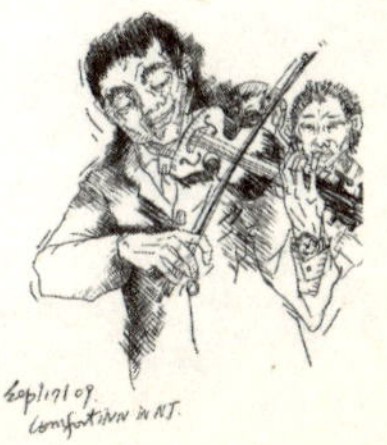
Comfort inn in N.J.

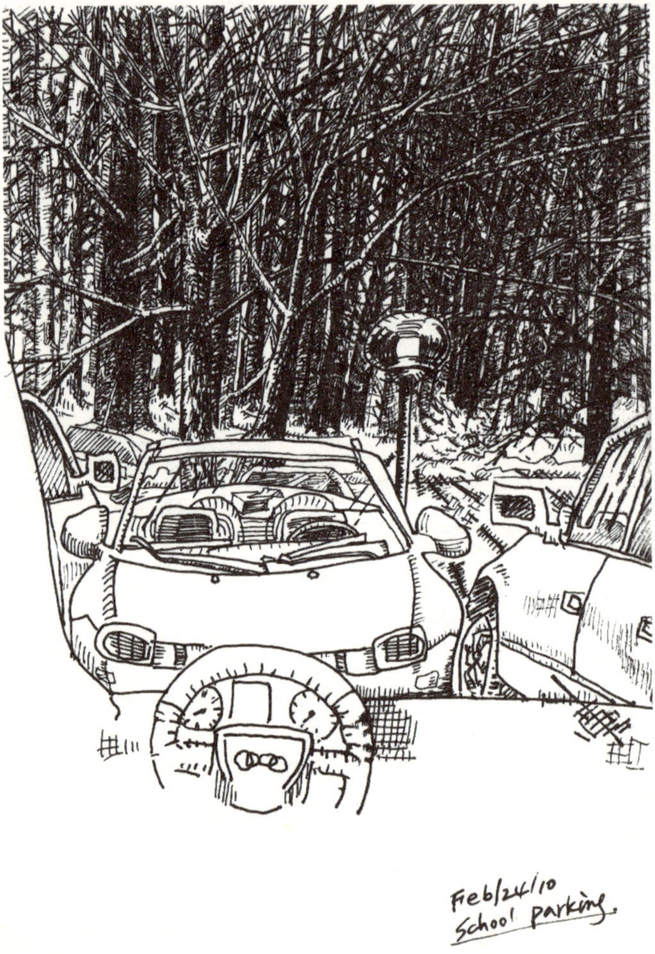

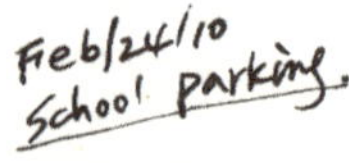

2010. 2. 24

가끔 자동차 안에서 드로잉을 한다. 신선한 바깥 공기를 마시며 스케치북에 옮기는 근경.

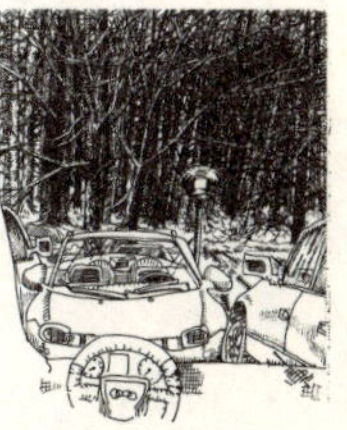

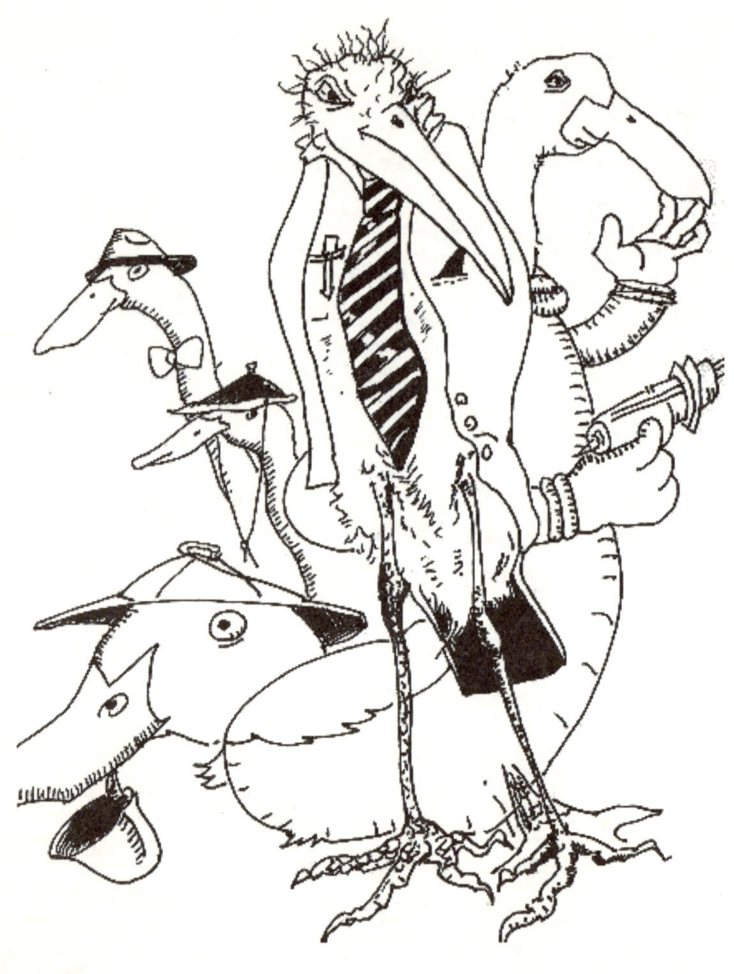

2008. 5. 23

007 영화를 본 후 공원에서 드로잉한 거위. 어느 누구에게도 다른 모습으로 보이는 흰색 거위가 스케치북처럼 보이는 눈부신 봄날.

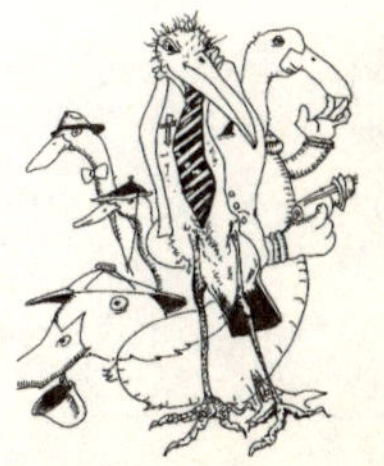

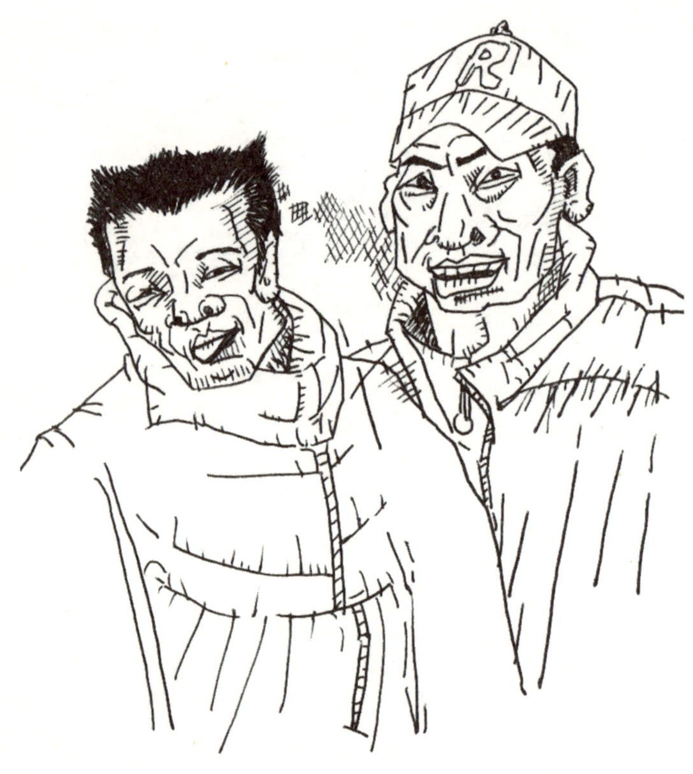

2009. 12. 19

연말에 만난 중국인 2세.

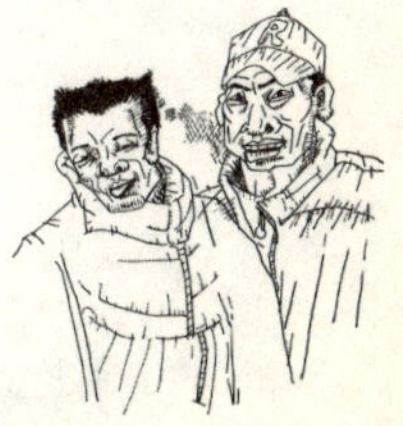

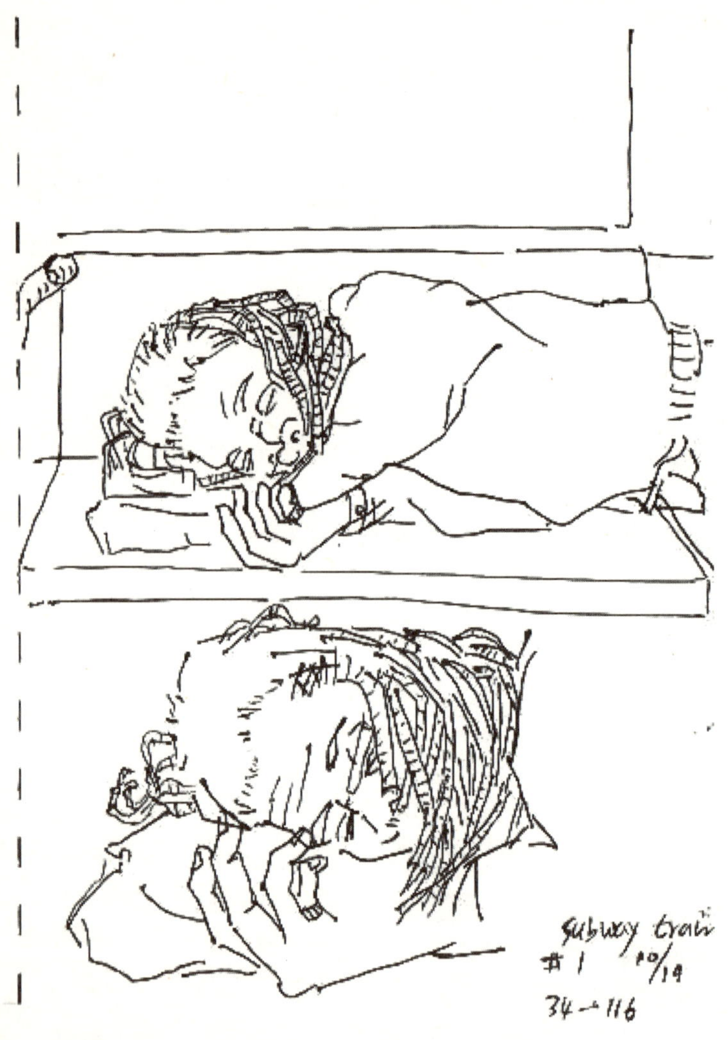

1998. 10. 14

전철 안에서 거지가 낮잠을 자고 있다. 스스로를 단잠에 가둬봐도 제가
지닌 향을 달게 만드는 재주는 없는가 보다. 승객들은 모두 도망가듯
사라졌지만, 나는 케케한 냄새를 풍기는 그를 곁에서 드로잉한다.

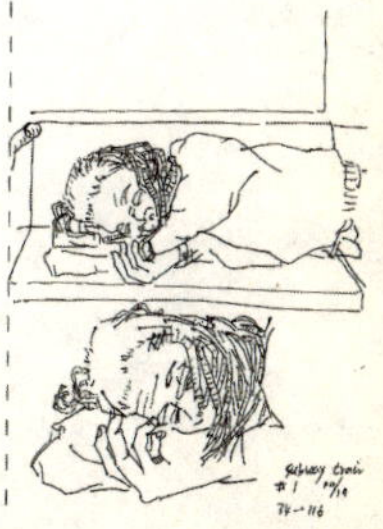

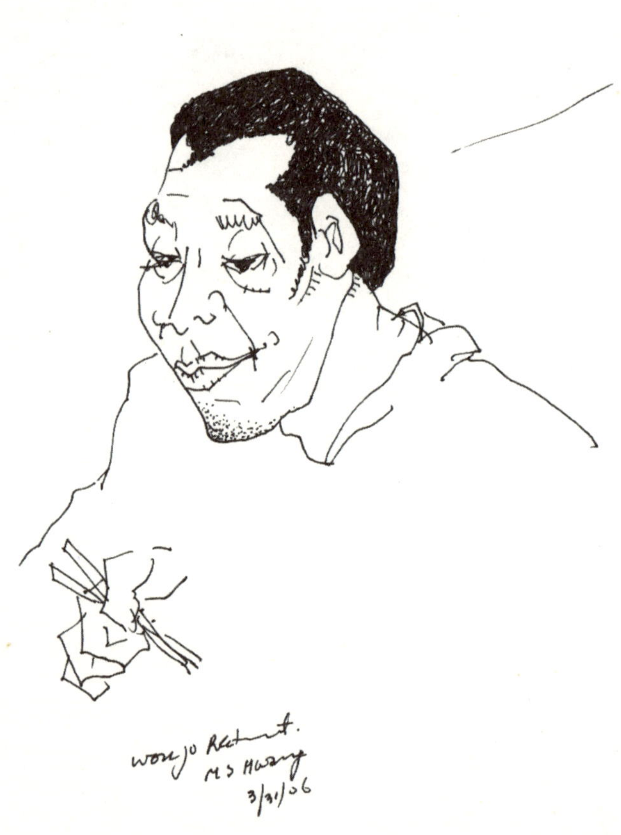

2006. 3. 31

내 모델이 되어 준 거지들과 가끔 점심을 함께 먹는다. 그는 예전에 잘
나가는 법률가였다고 한다.

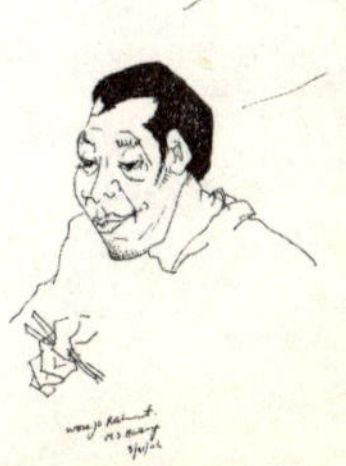

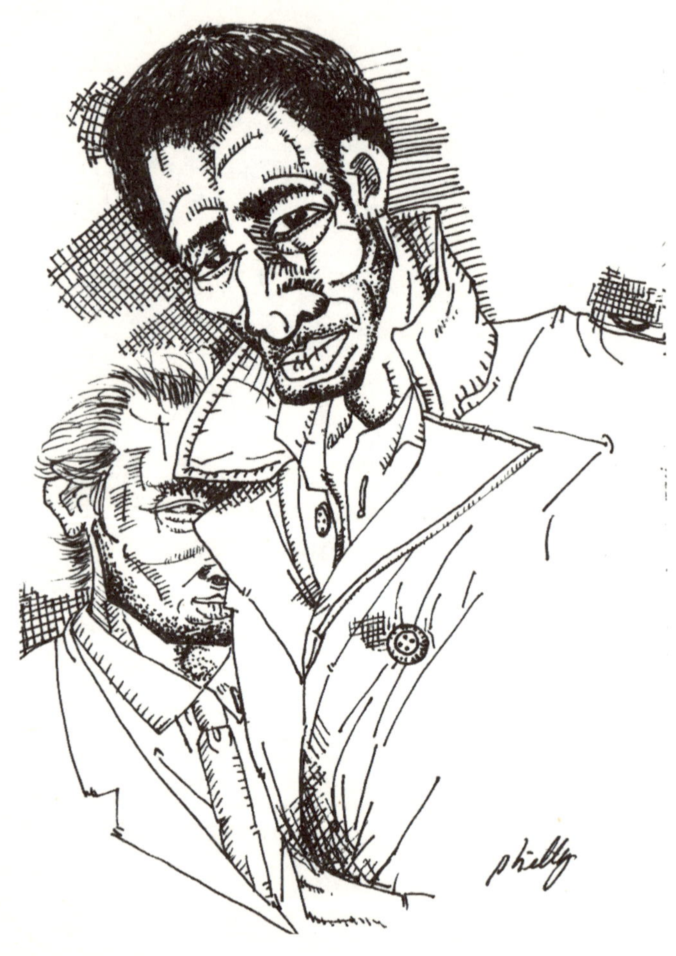

2010. 1. 25

뉴욕의 신사(왼쪽)와 필라델피아의 신사(오른쪽). 같은 듯 다른 느낌,
이 둘은 NBA를 즐긴다. 우리 셋은 종종 웃통을 벗고 농구 시합을 한다.

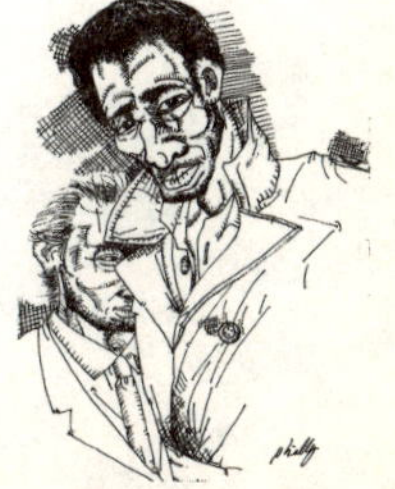

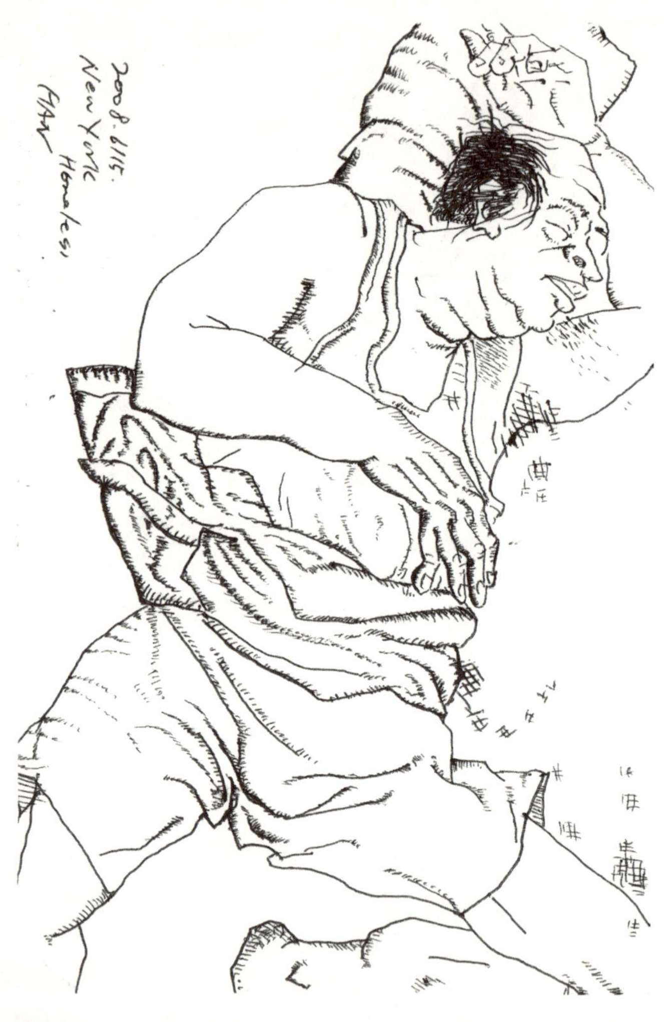

2008. 6. 15

69번가 줄리아드음대 앞에서 낮잠을 자는 거지. 벗겨진 머리가 가가멜
같다.

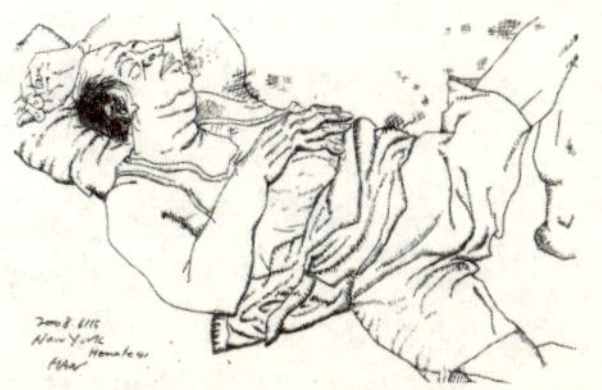

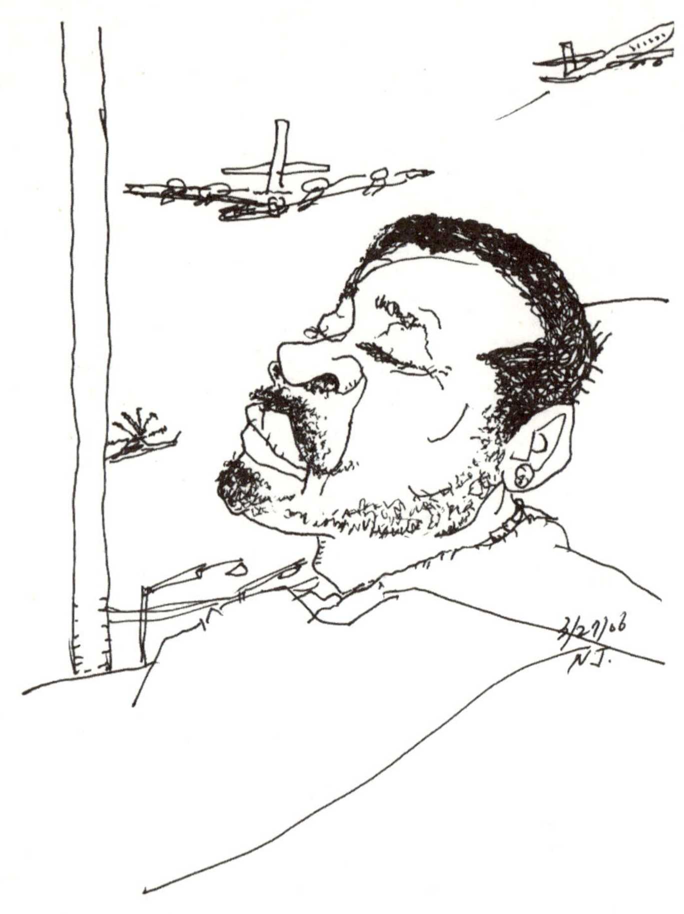

2006. 3. 27

그레이하운드를 타고 뉴욕에서 필라델피아로 가는 길목에 뉴욕국
제공항을 지난다. 하늘을 나는 비행기에게 나는 그리운 이들의 안부
를 동서남북 전한다.

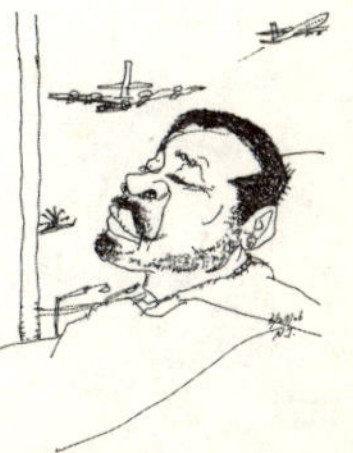

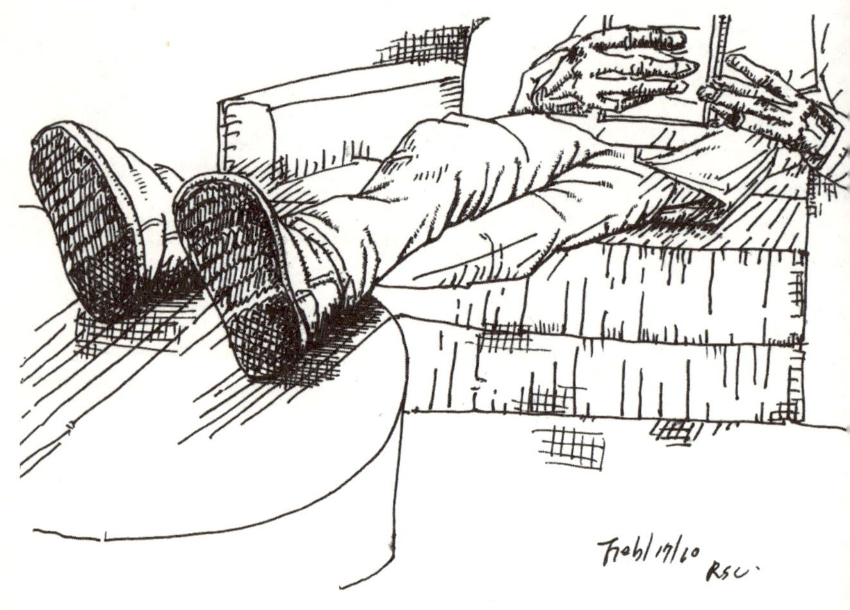

2010. 2. 17

뉴욕 어느 카페에서 독서를 하고 있는 거지의 느긋하고 자유로운 풍경.

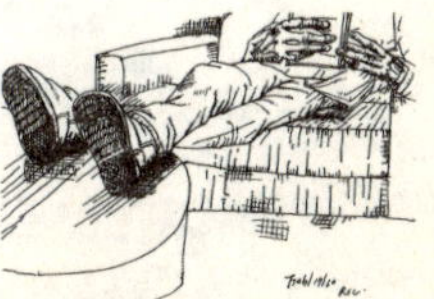

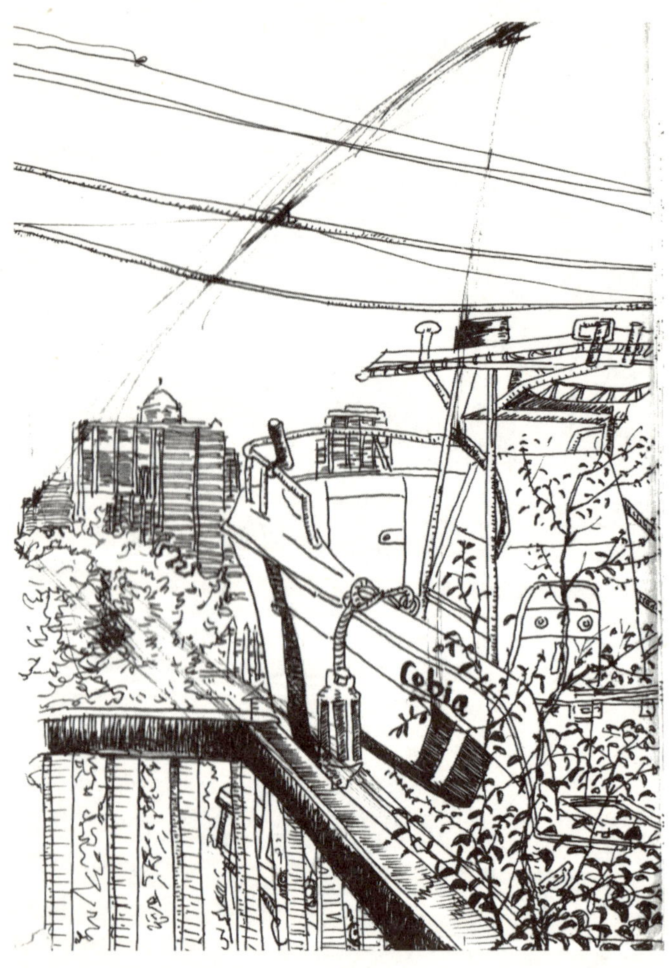

2008. 5. 16

애틀랜틱시티의 도박장들이 보인다. 해가 지면 울긋불긋한 색으로
치장하는 도박장의 불빛들로 도시가 환해진다. 그들이 내뿜는 색은
다음날 강의 시간에 새로운 아이디어를 제공해 준다.

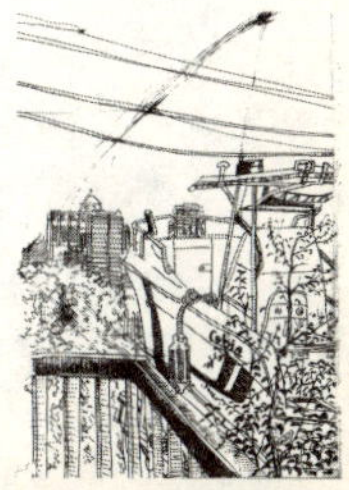

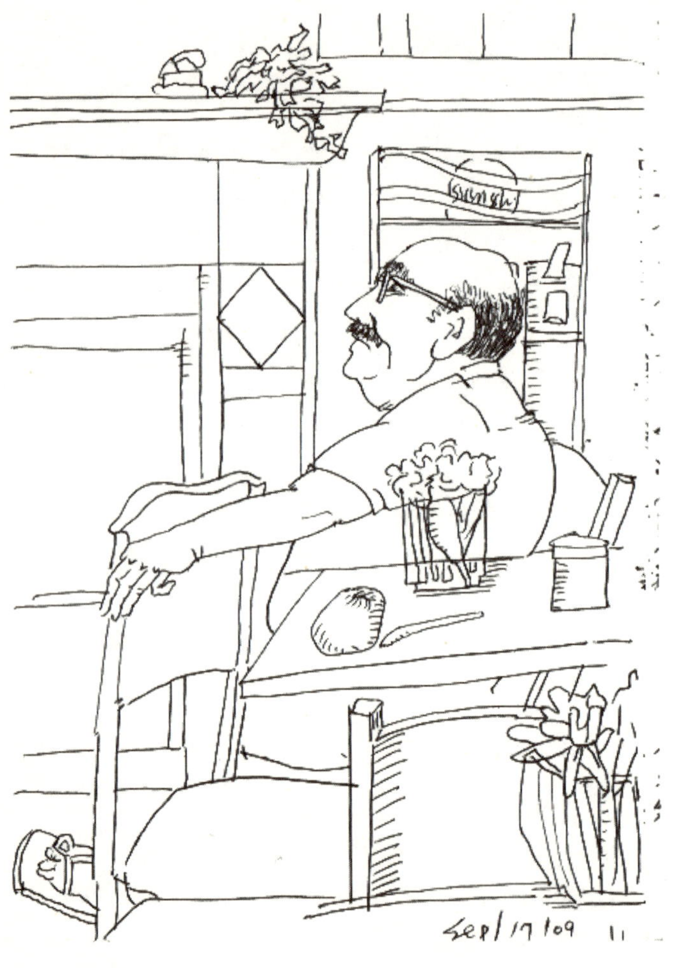

2009. 9. 17

같은 숙소에 묵고 있는 동료 교수 콜린. 이건 비밀인데 그는 늘 치질로 고생한다.

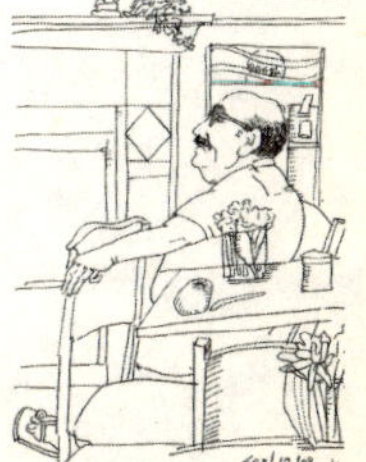

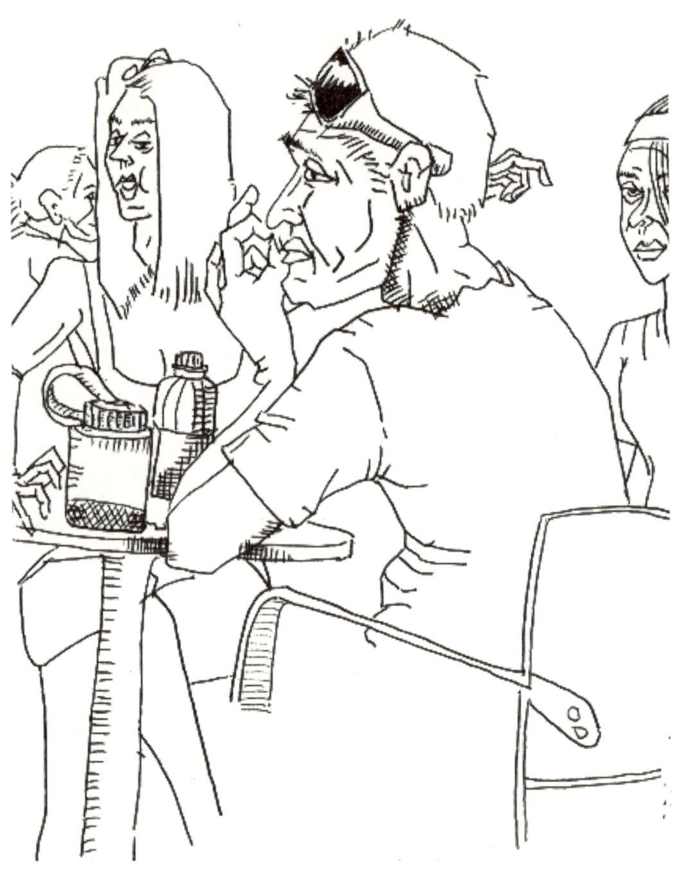

2009. 11. 19

가끔 강의실이 아닌 카페에서 자유롭게 강의를 하는데 한 학생이 코를
후비고 있다. 내 수업이 지루했나?

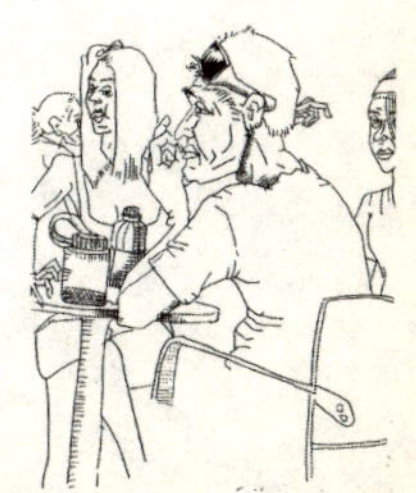

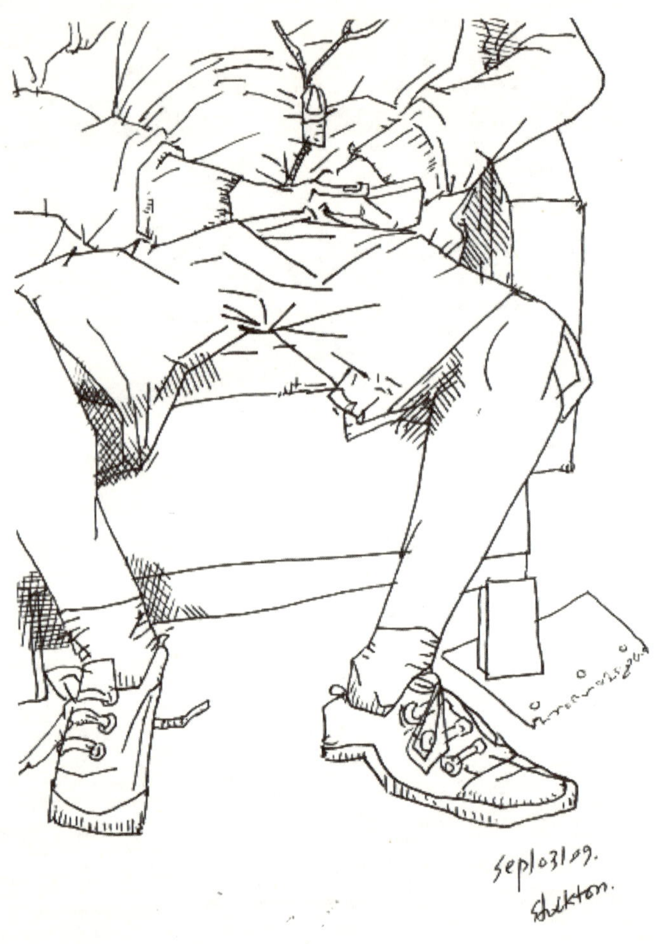

2009. 9. 3

대학 휴게실에서 잠든 학생의 몽정.

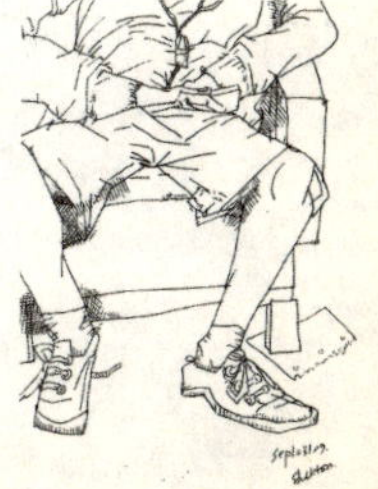

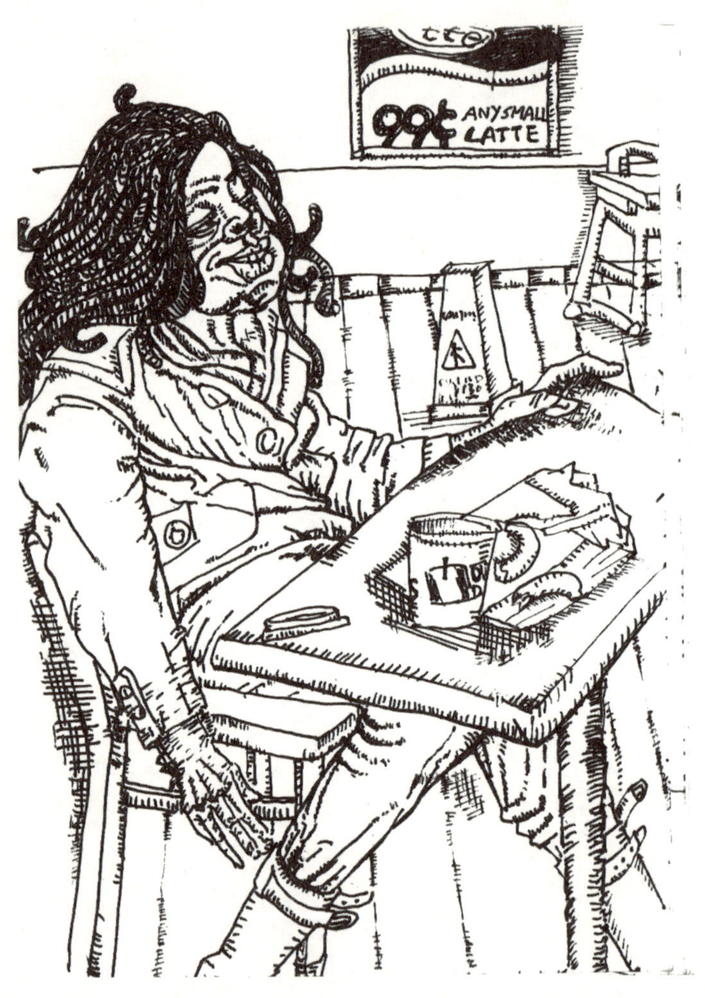

2009. 11. 9

15년 전 내가 처음 갔던 던킨 도넛. 이곳엔 유난히 거지들이 많다.
금방이라도 머리에서 벌레들이 우글우글 나올 것 같다.

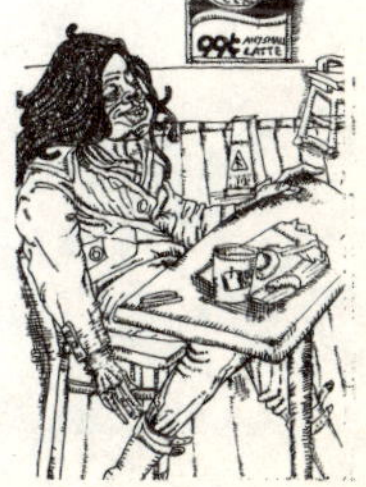

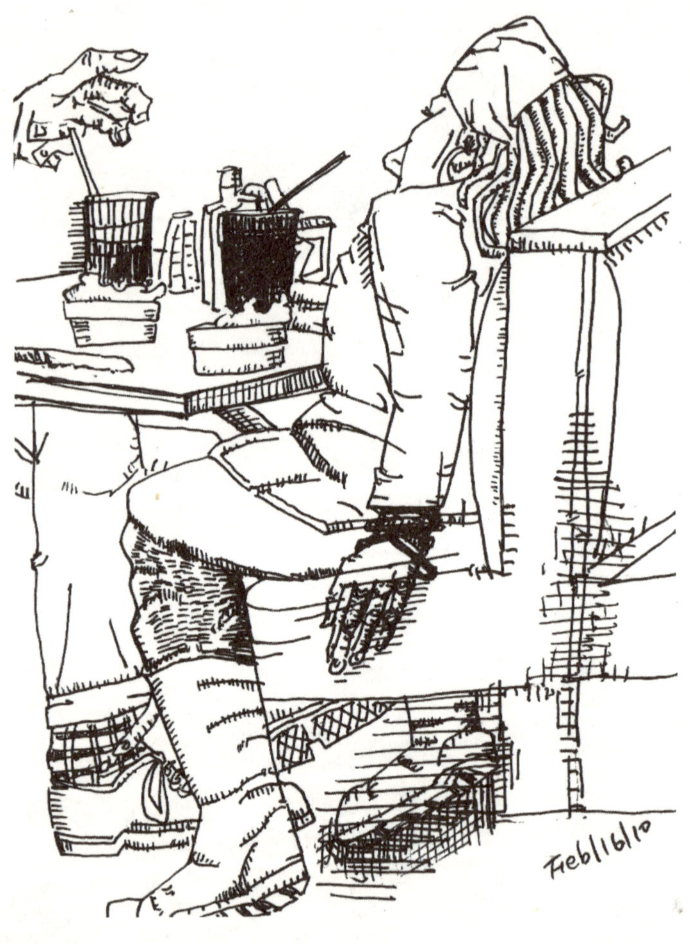

2010. 2. 16

여자 꼽추와 그녀의 남친. 둘만이 나누는 사랑의 대화가 온종일 뜨거웠다.

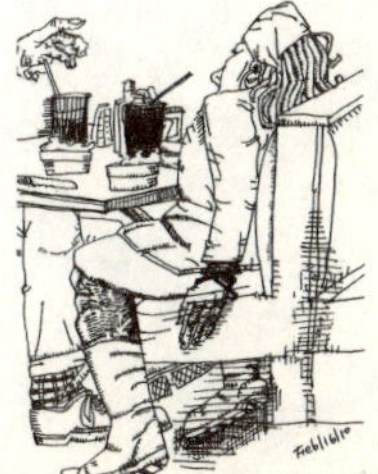

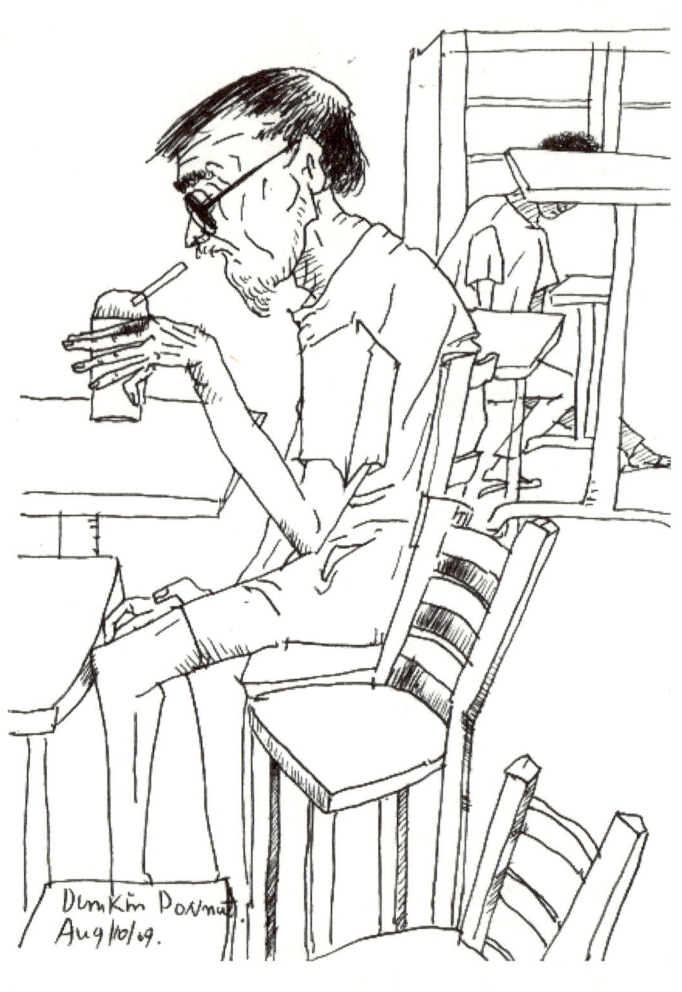

2009. 8. 10

시원한 커피를 즐기는 빼빼 마른 거지. 그의 숨소리는 금방이라도
멈출 듯했다. 올 크리스마스에도 그를 볼 수 있을까?

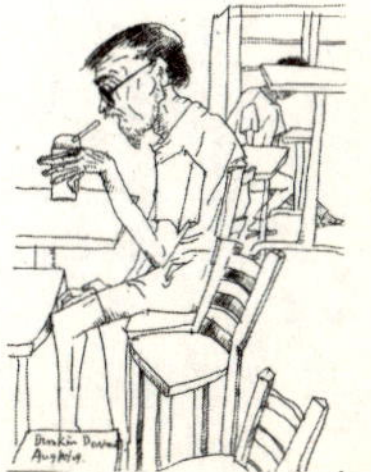

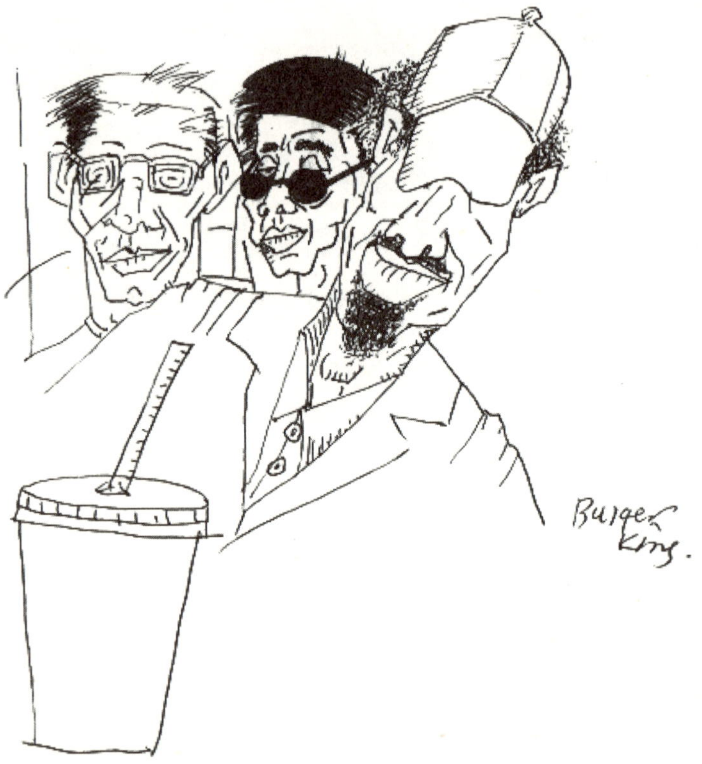

2001. 6. 11

3명의 거지가 한 잔의 커피를 시켜놓고 고민하고 있다. 누가 먼저 먹지?

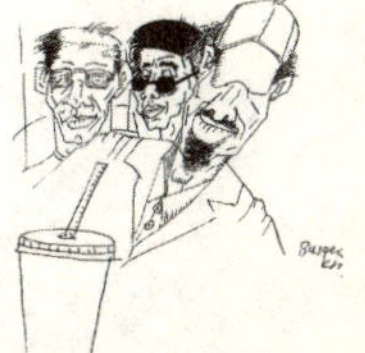

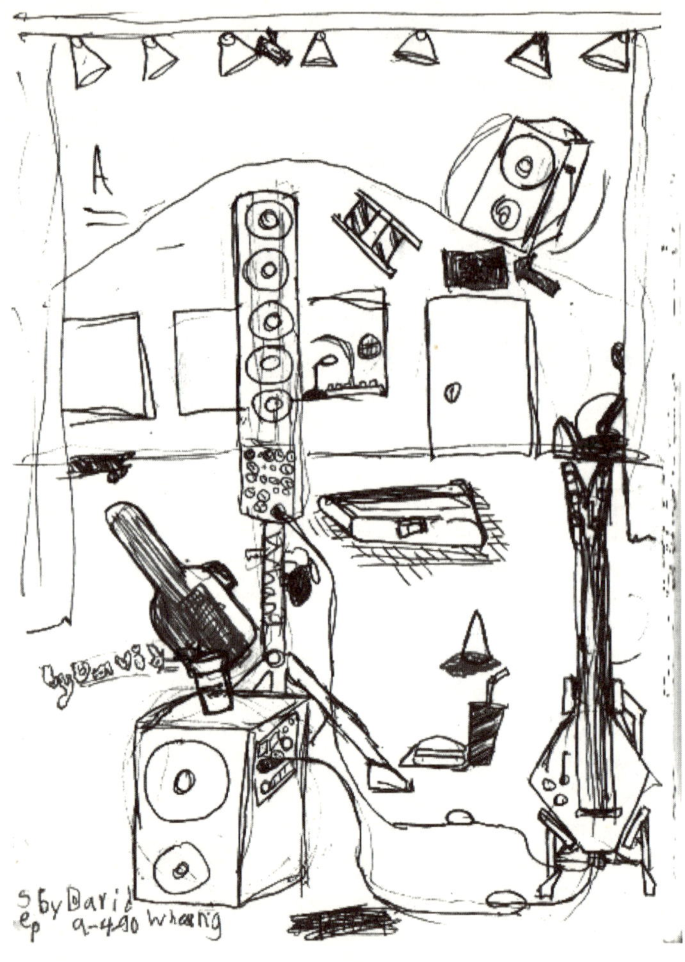

2009. 11. 30

미국의 한 음악연습실. 미국의 교육방식은 아이들에게 정답을 가르
쳐주는 것이 아니라 스스로 찾을 수 있게 질문을 유도해 주는 방식
이다.

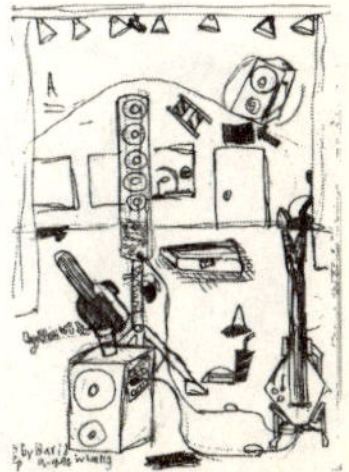

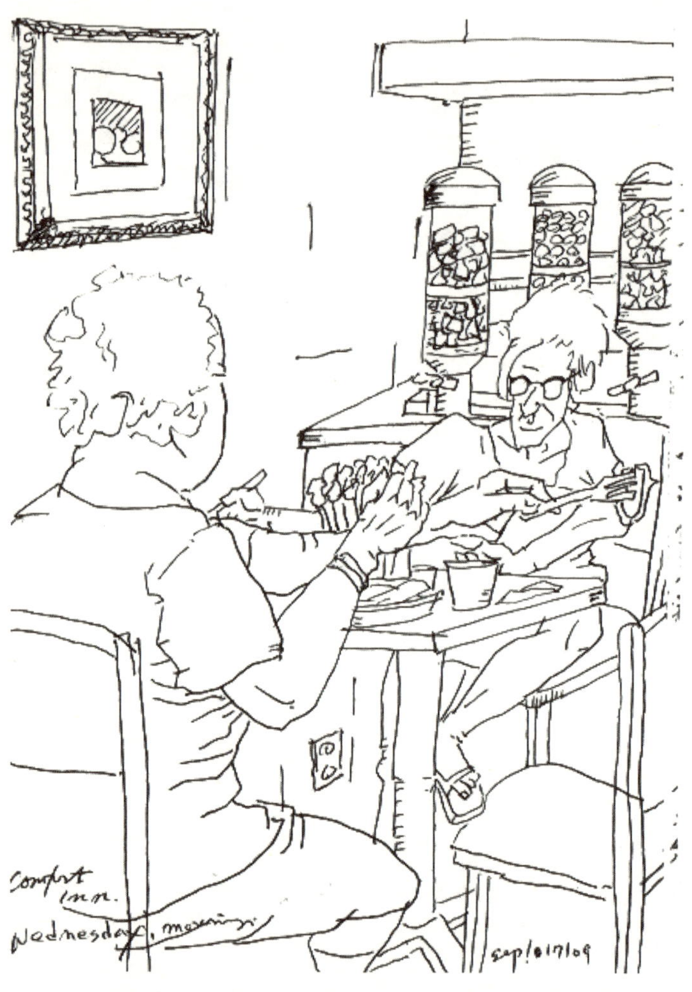

2009. 9. 17

동료 교수들의 아침식사. 아침을 먹을 때도 나는 드로잉을 멈추지 않
는다. 뒤에 보이는 통 3개엔 시리얼이 종류별로 들어있다.

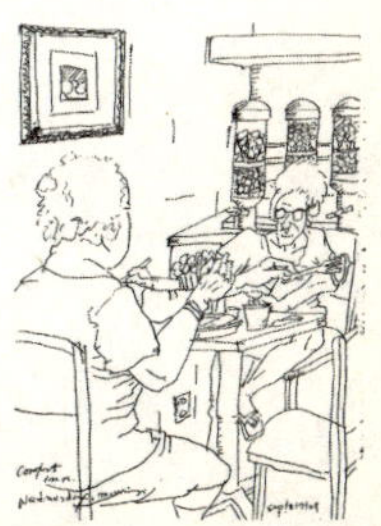

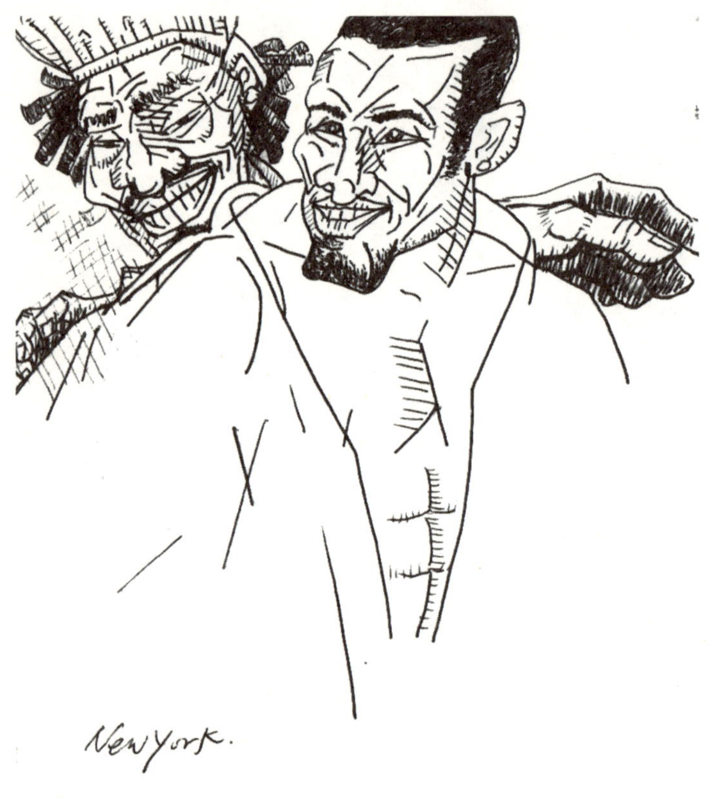

2000. 1. 15

보디빌딩한 친구와 거지의 웃음. 오늘은 내 생일이다.

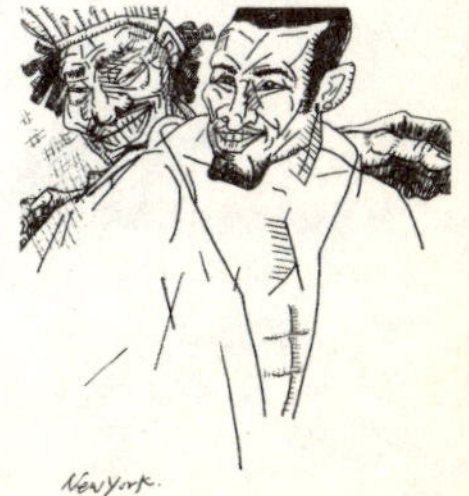
NewYork.

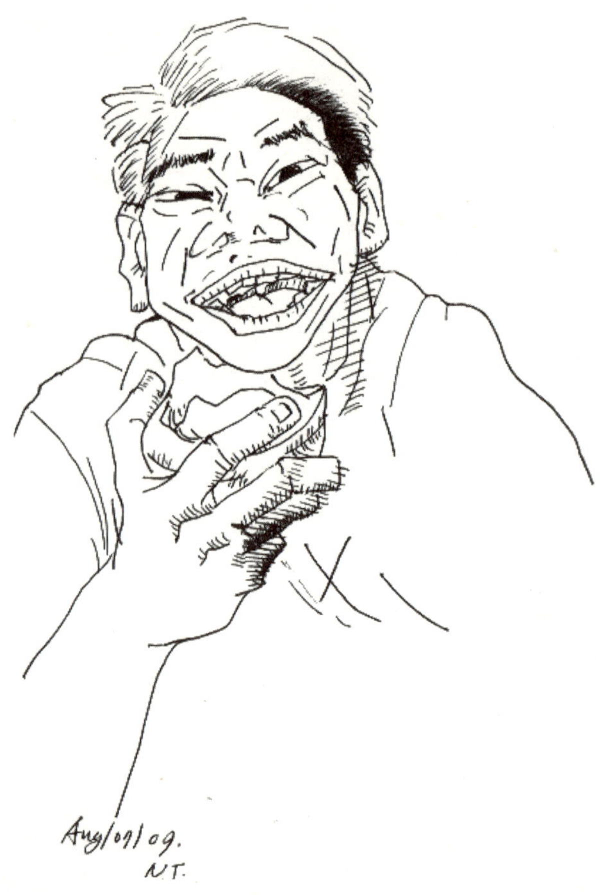

2009. 8. 7

샌드위치를 맛있게 먹는 동양인 학생. 검은 머리를 노랗게 염색했지만 홑꺼풀의 까만 눈동자가 그가 누구인지 말해준다.

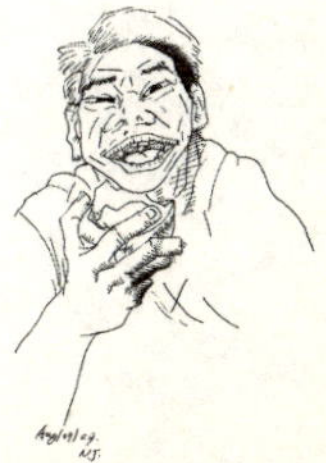

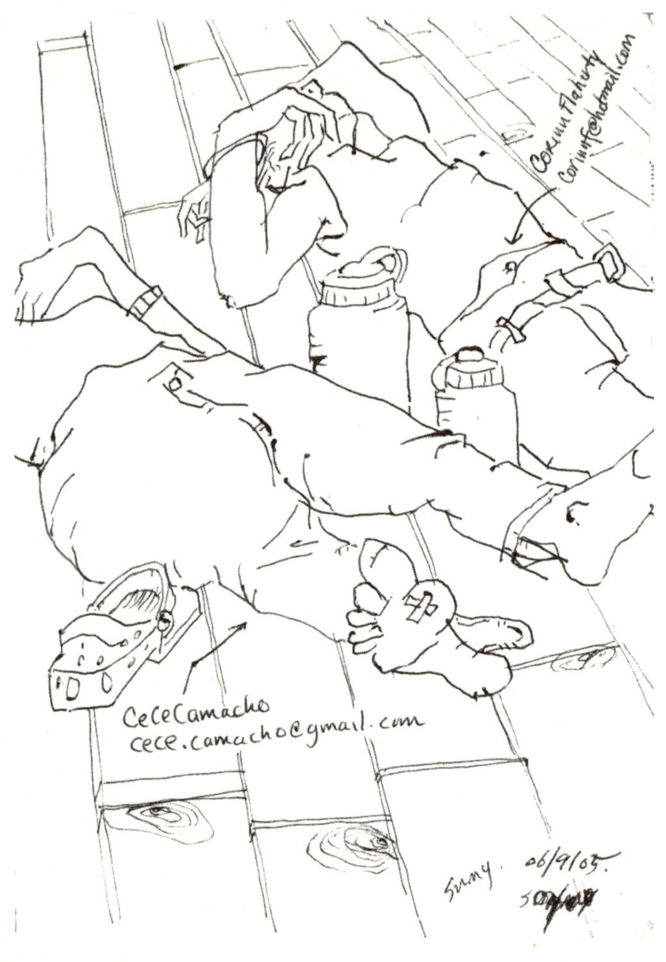

2005. 6. 9

여름 워크숍 때의 오후. 메인 주에선 가끔씩 해가 나오면 누구나 약속이라도 한 듯 벗고 누워서 햇볕을 마신다.

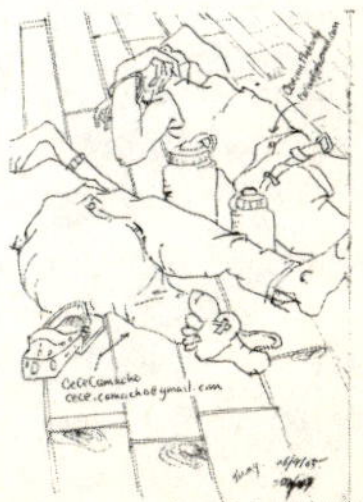

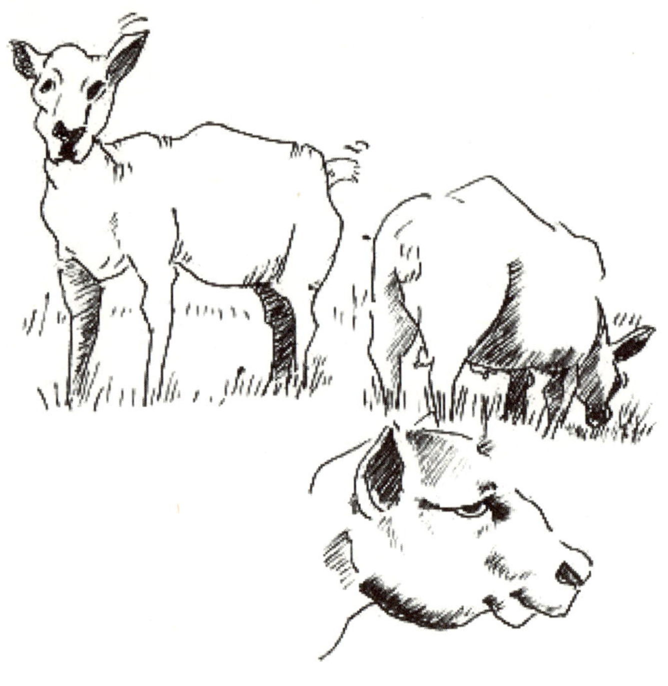

1999. 7. 20

버몬트스튜디오스쿨에서의 워크숍. 한가롭게 풀을 뜯고 있는 염소를 보며 내 외할머니의 고향 시골을 생각했다.

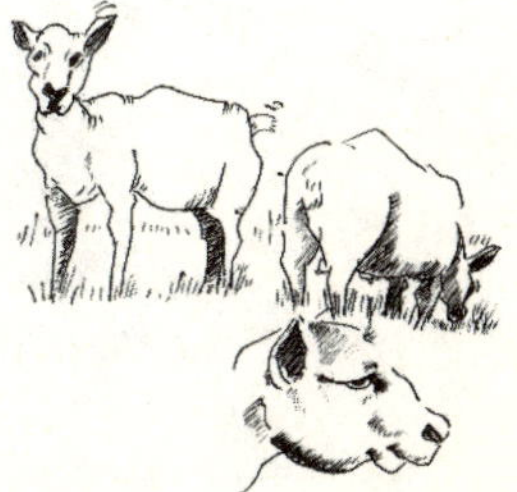

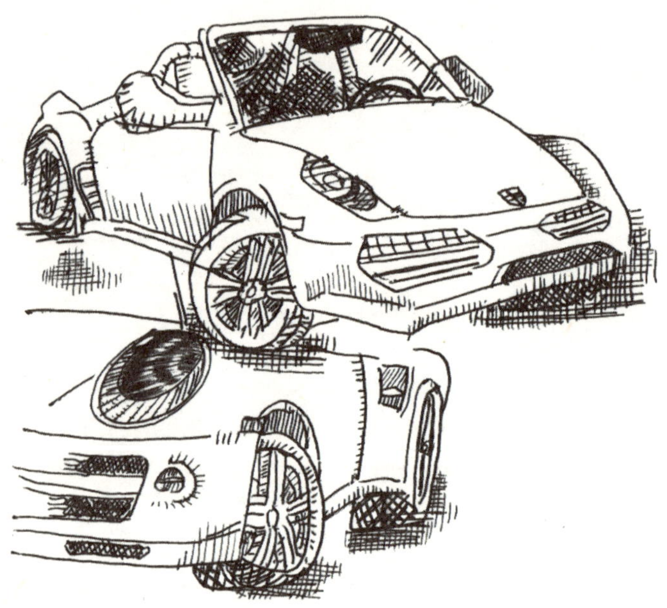

2010. 3. 15

기어를 넣다가 1센트 동전이 들어갔는데 200불을 주고 빼냈다. 1센트의 위력이 이렇게 큰 줄 예전엔 미처 몰랐다.

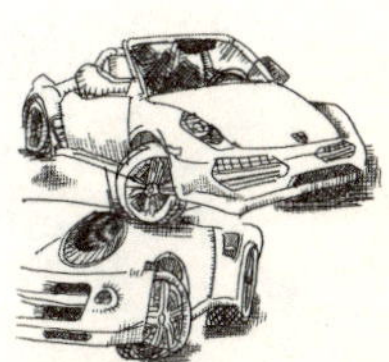
PORSCHE SERVICE
T) 610-299-4100

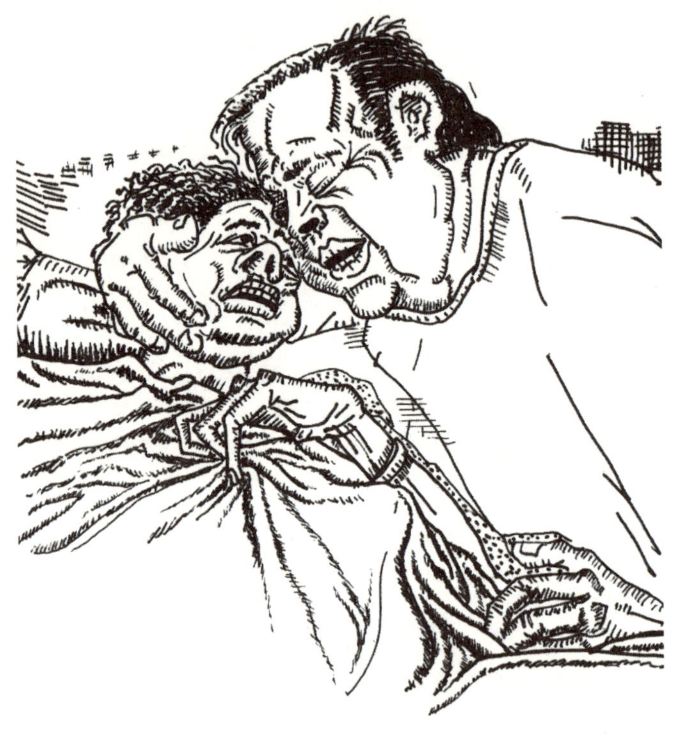

아내가 무슨 몹쓸병에 걸렸는지 남편이 통곡하고 있다. 저들에게도 신의 은총이!

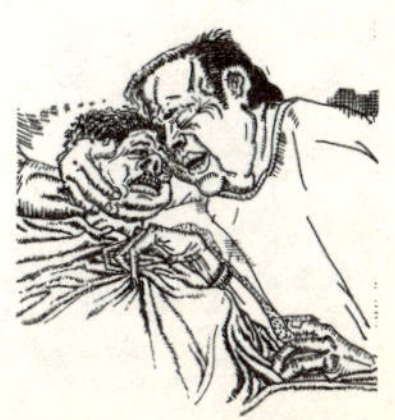

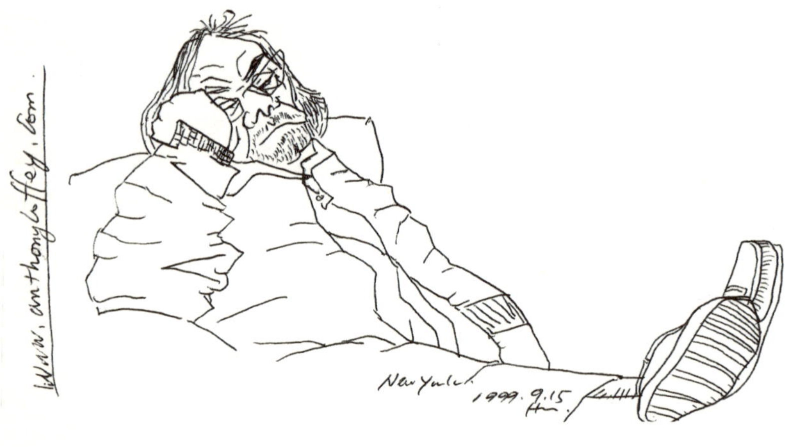

1999. 9. 15

짝짝이 신발을 신고 낮잠 자는 거지. 저것도 뉴욕의 패션이다.

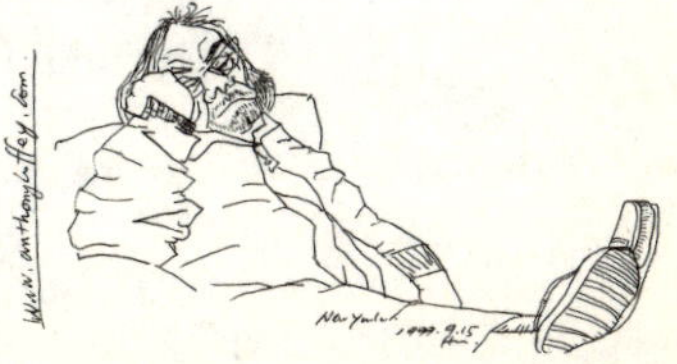

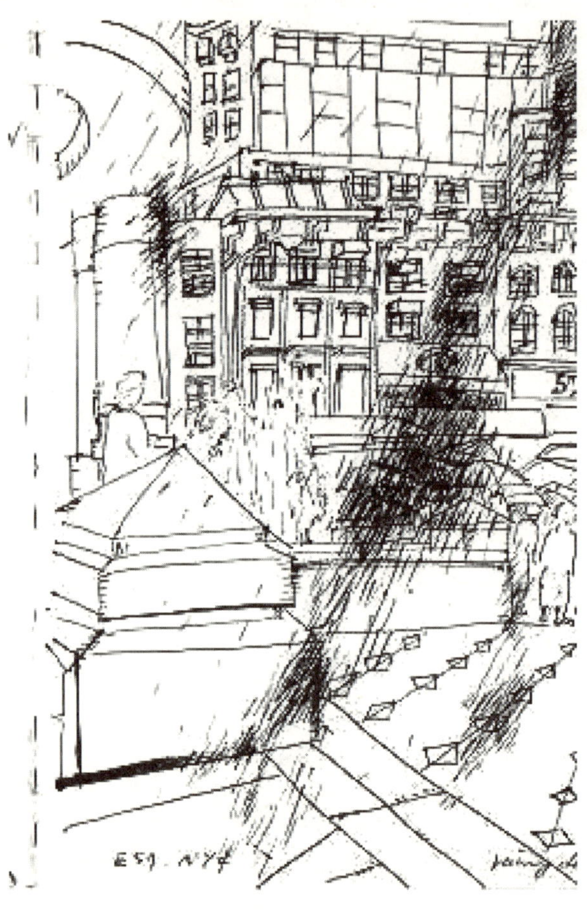

1998. 9. 10

한낮, 역수같이 쏟아지는 뉴욕의 빗줄기. 그 속으로 보이는 파
란 무지개를 따라가고 싶다.

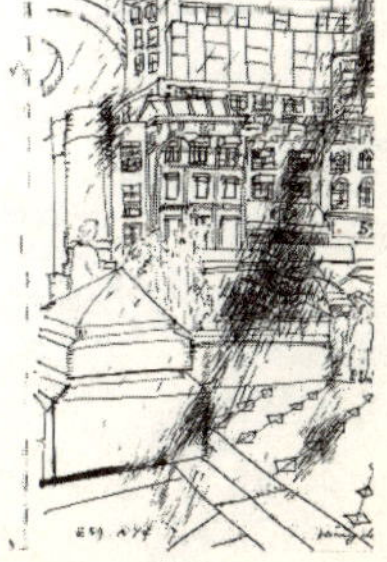

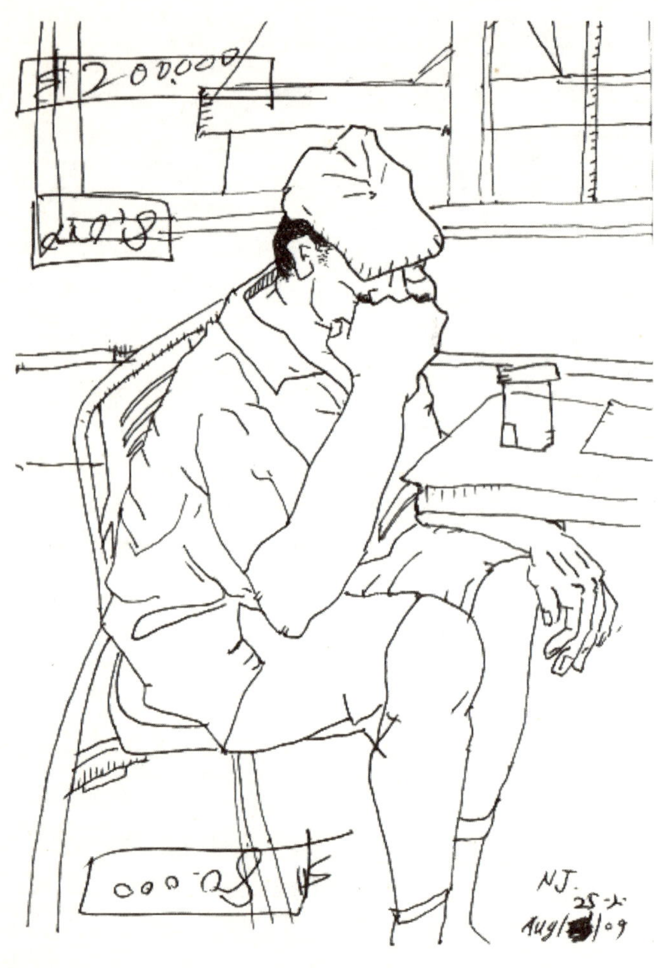

2009. 8. 25

빵모자를 쓰고 생각에 잠긴 중년 신사. 떠나간 연인을 생각하
나?

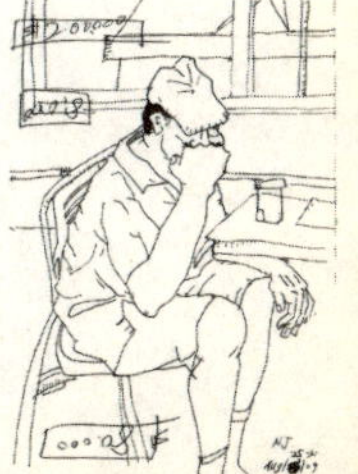

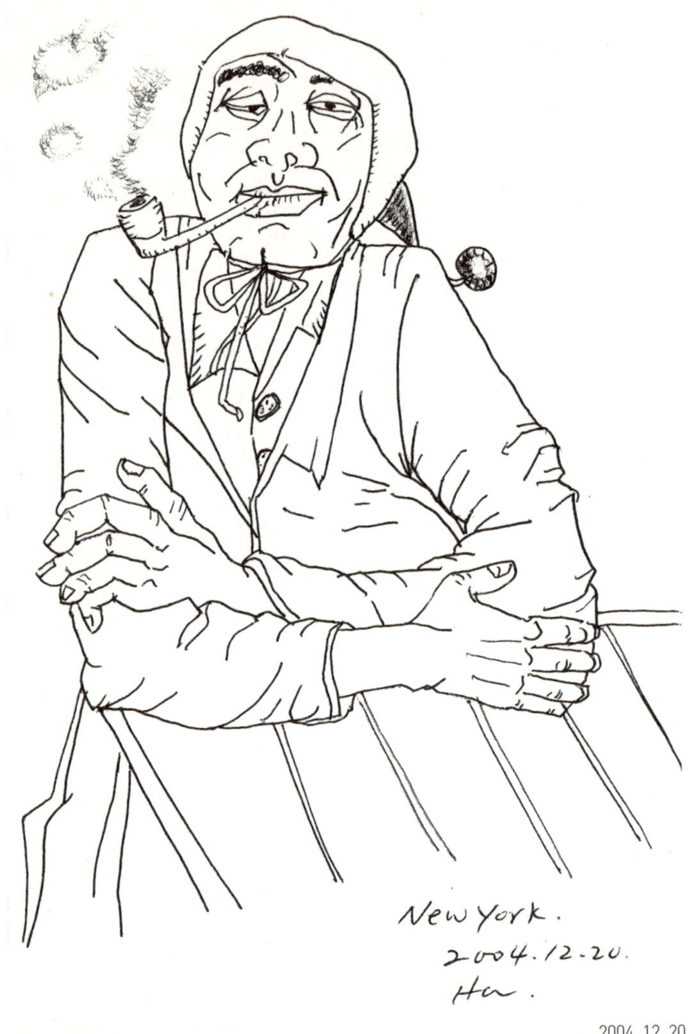

2004. 12. 20

크리스마스 시즌 뉴욕에선 빨간 모자를 쓴 사람들을 종종 볼 수가 있다.
그 중에 한 사람. 그가 내뿜는 담배 연기는 마치 숨쉬는 하트, 큐피트의
화살을 맞은 내 심장 같다.

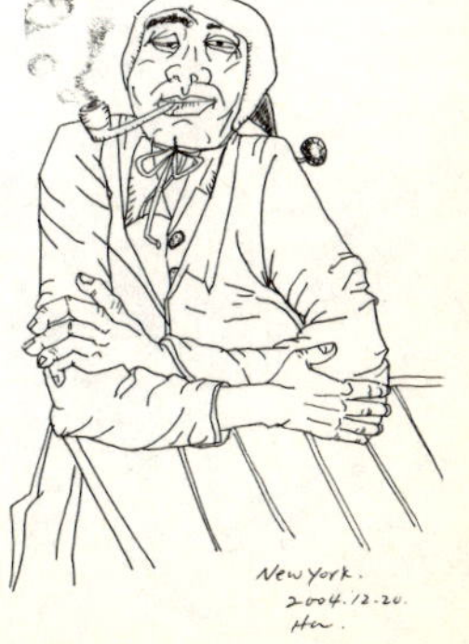

New York.
2004. 12. 20.
Hn.

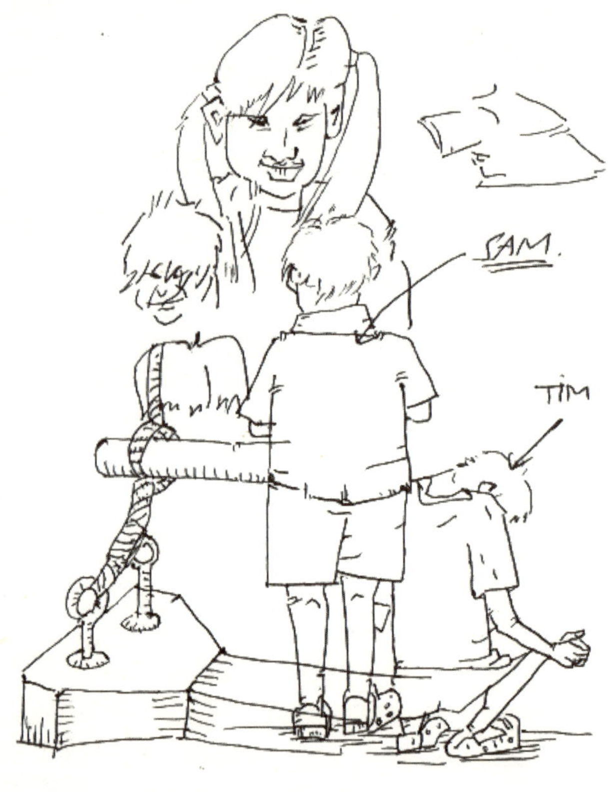

2009. 8. 12

교회 놀이터에서 노는 아이들을 그리자 내 스케치북이 놀이터
가 된 것 같다. 삶이 오로지 기타 연주인 3살의 천재 기타리스
트 팀은 내 가장 가까운 친구다.

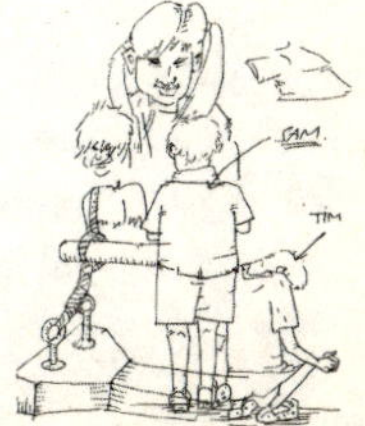

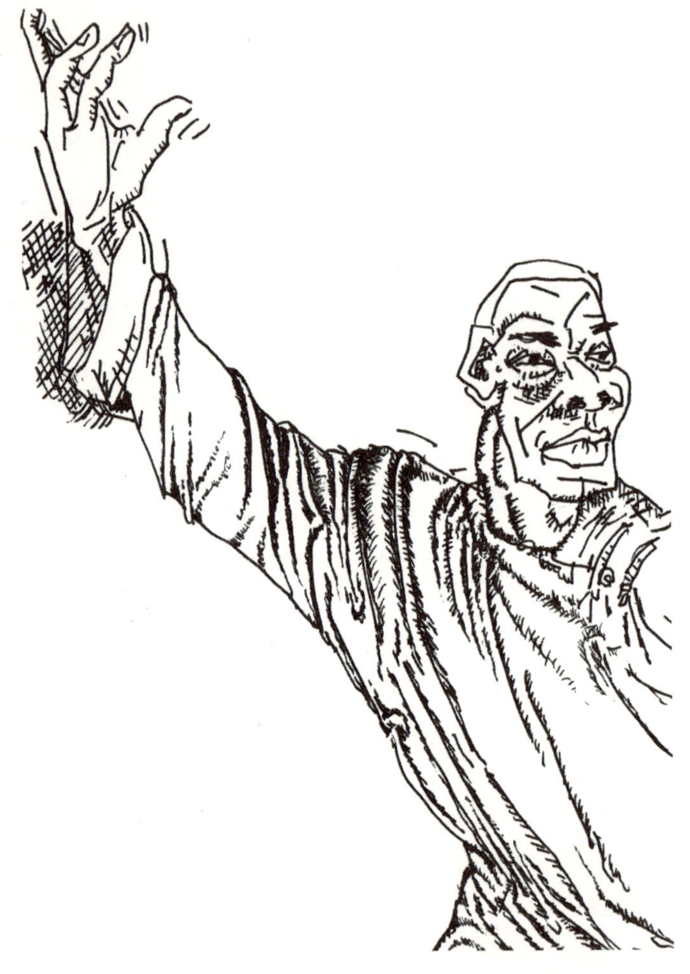

2007. 10. 15

늦가을 센트럴파크에선 중국인들이 모여 태극권을 하는 모습을
쉽게 볼 수 있다. 순간의 움직이는 동작을 놓치지 않고 그대로 담
아 본다.

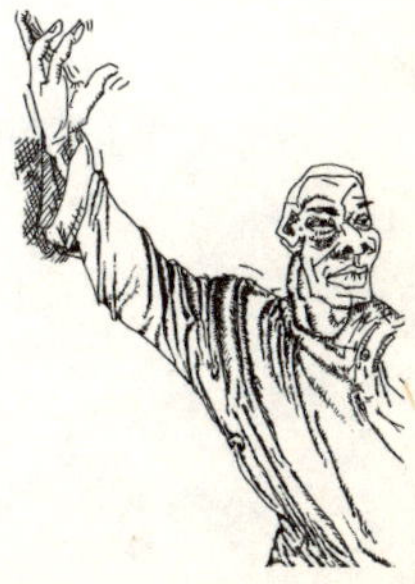

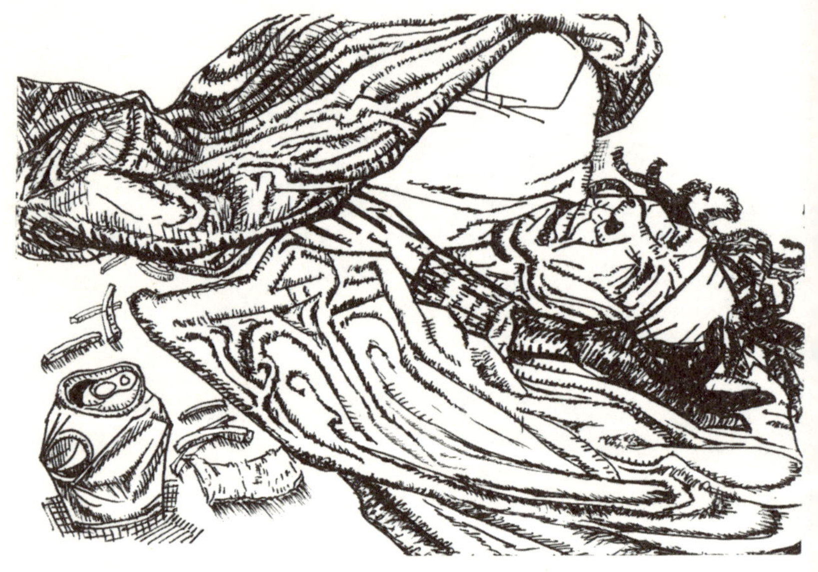

2010. 2. 15

초고층빌딩이 늘어선 34번가 펜역의 거지. 찌그러진 펩시 캔과 과자
부스러기 몇 개.

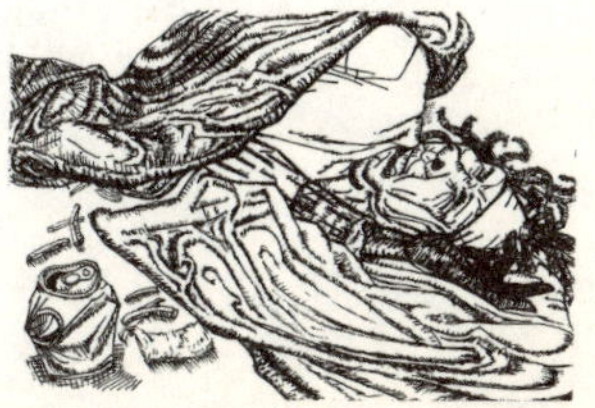

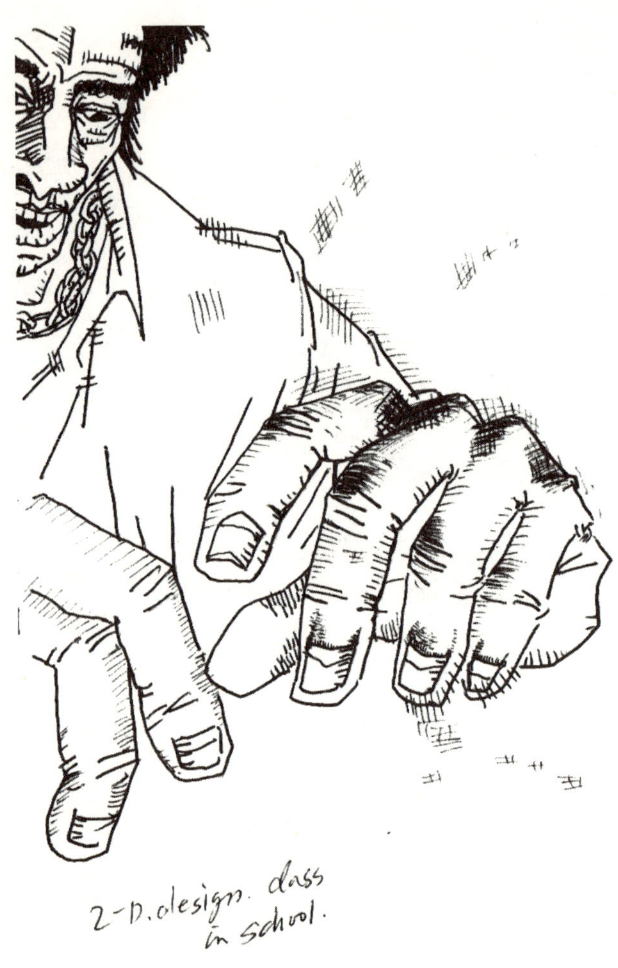

2009. 10. 10

쇠사슬을 목에 건 학생. 투박한 손가락으로 늘 빛나는 목걸이를 디
자인하는 아프리카계 흑인 학생.

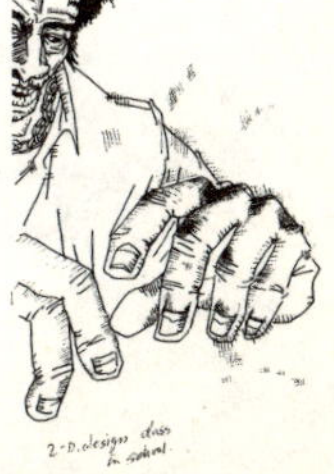

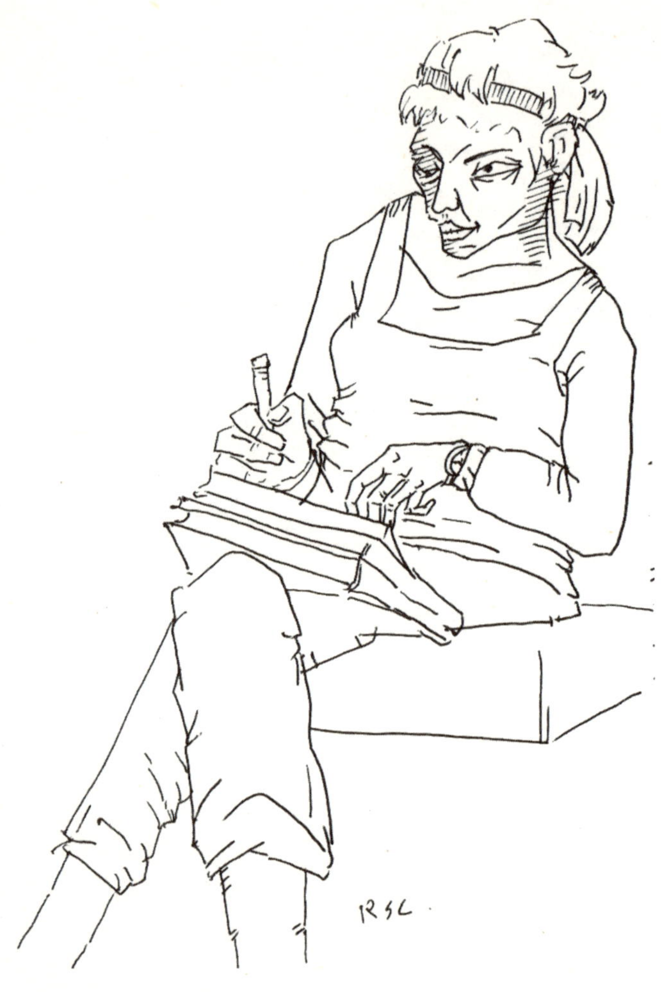

2008. 9. 16

강의를 들으며 껌을 씹는 학생. 그러나 그녀는 A학점의 모범
생.

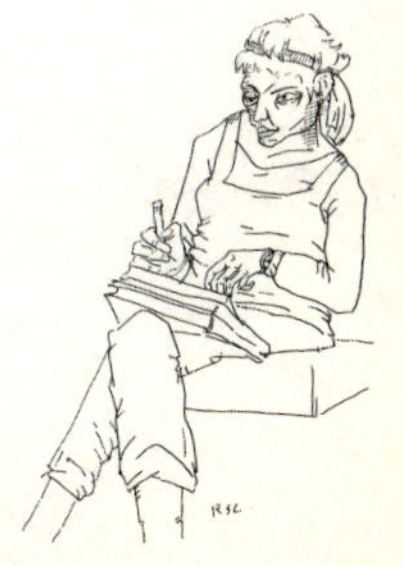

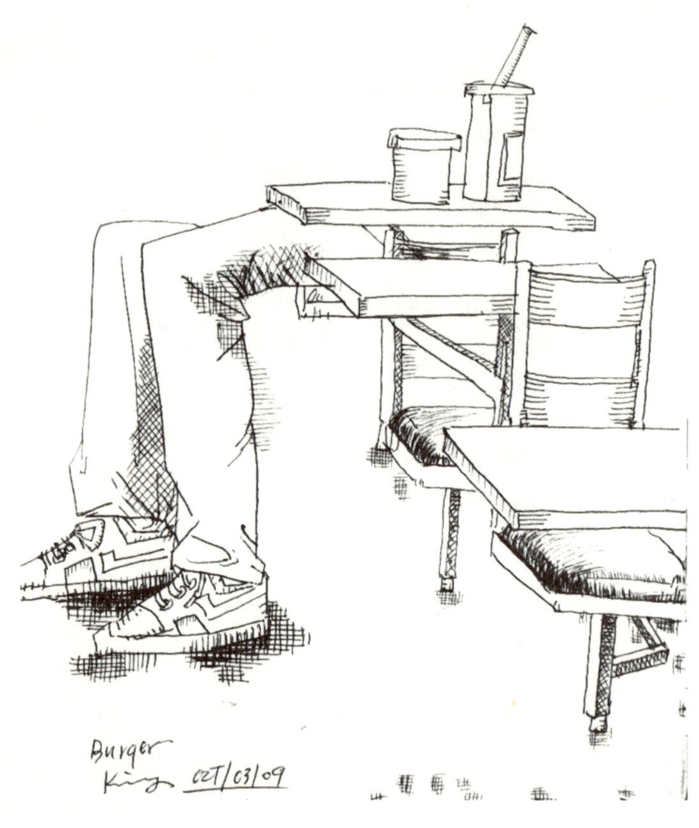

2009. 10. 3

버거킹에서 본 낯선 이방인의 긴 다리.

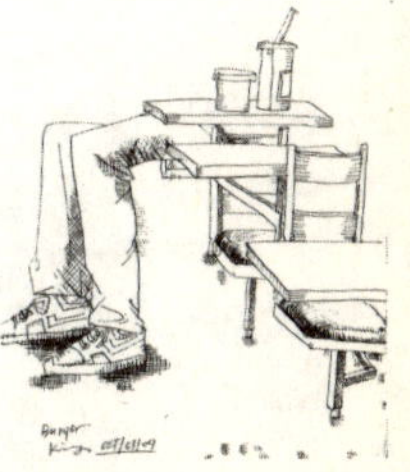

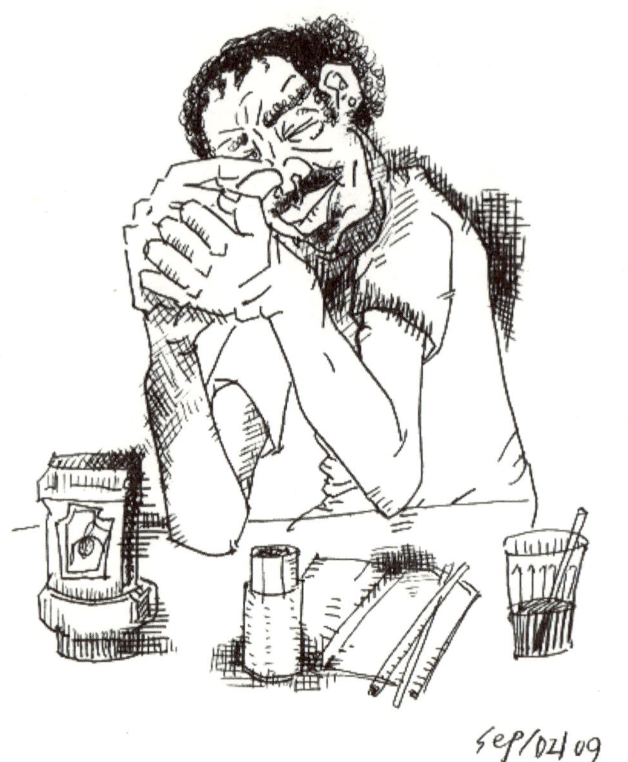

식당에서 기도를 하고 있는 어느 흑인.

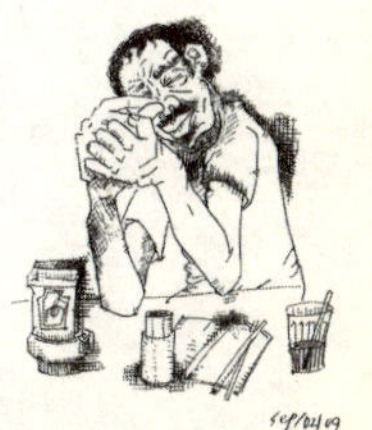

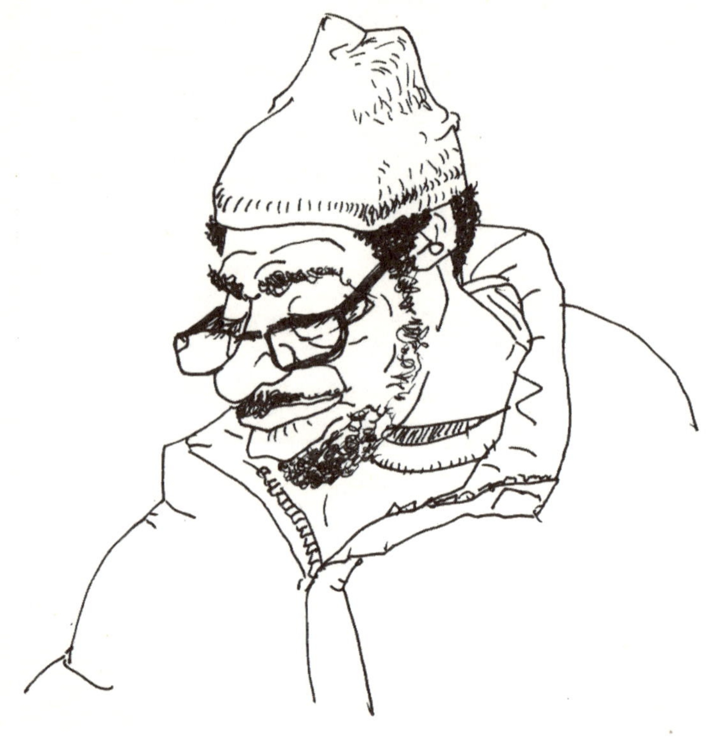

2009. 11. 5

식당에서 사귄 친구 안토니. 그는 오래된 싸구려 사진과 묵은 책을 파는 세월의 장사꾼이다. 항상 힙합을 틀어주었는데 어느 날 나는 나훈아씨의 CD를 주면서 틀어달라고 했다. 내가 가게를 스쳐지나갈 때면 뒷편에서 물레방아 소리가 들린다.

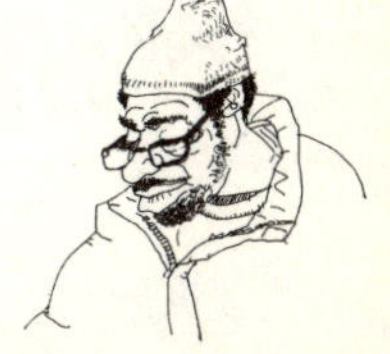

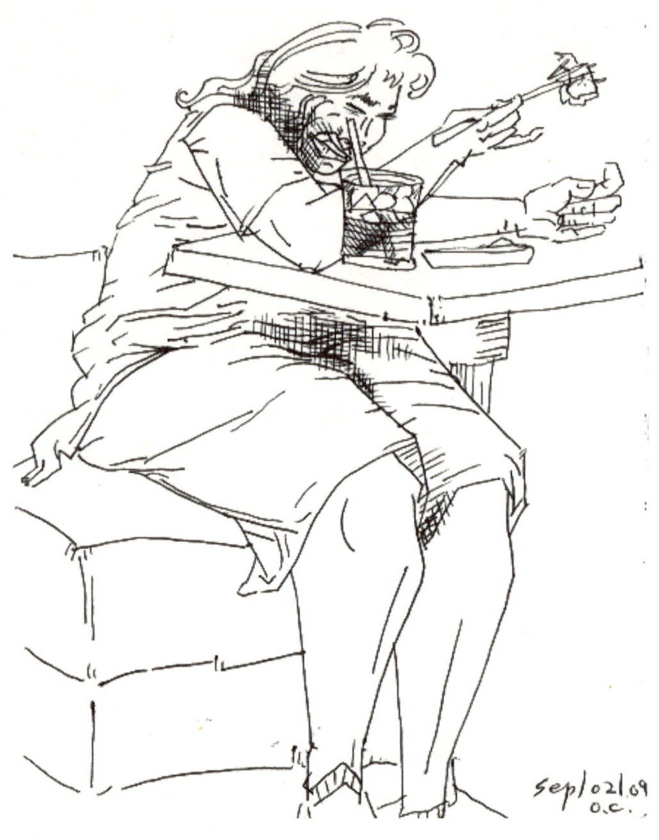

2009. 9. 2

올르컨트리뷔페에서. 사랑하는 이에게 건네주는 따뜻한 음
식.

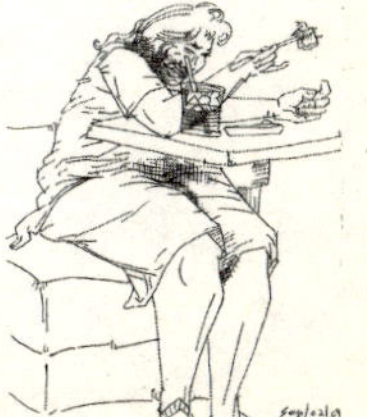

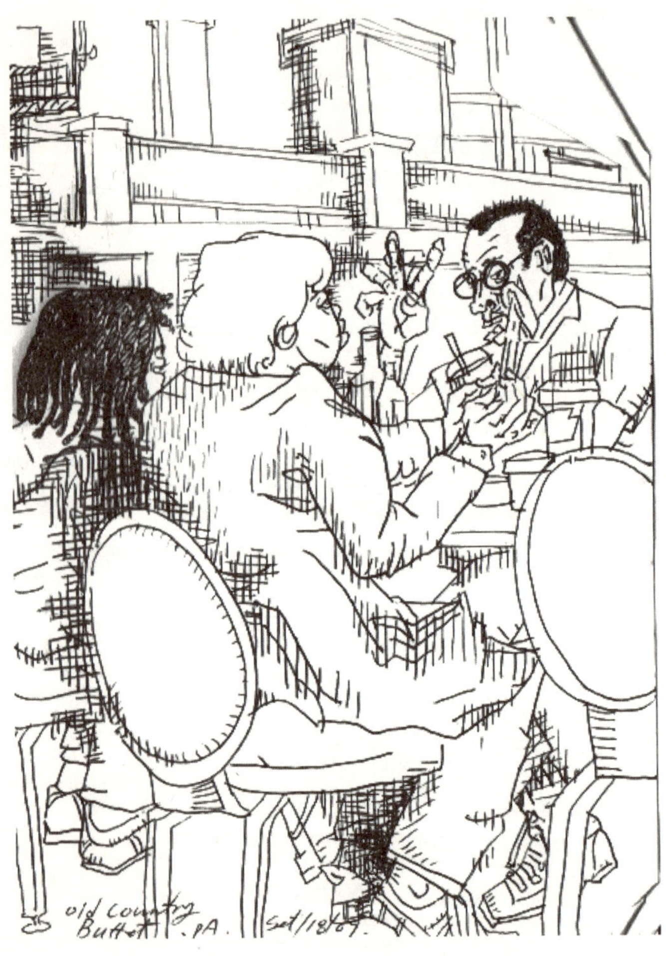

2010. 1. 15

올르컨트리뷔페에서 듣는 거친 흑인들의 목소리, 난 그 목소리를
종이에 담고 싶어 자주 이곳을 찾는다.

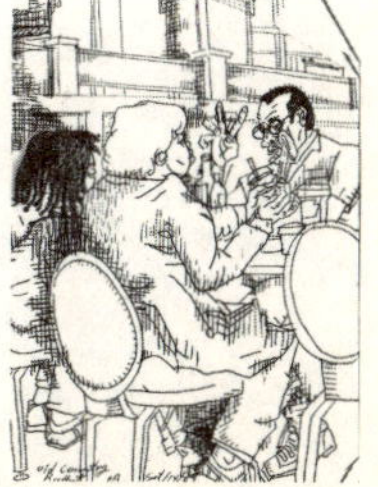

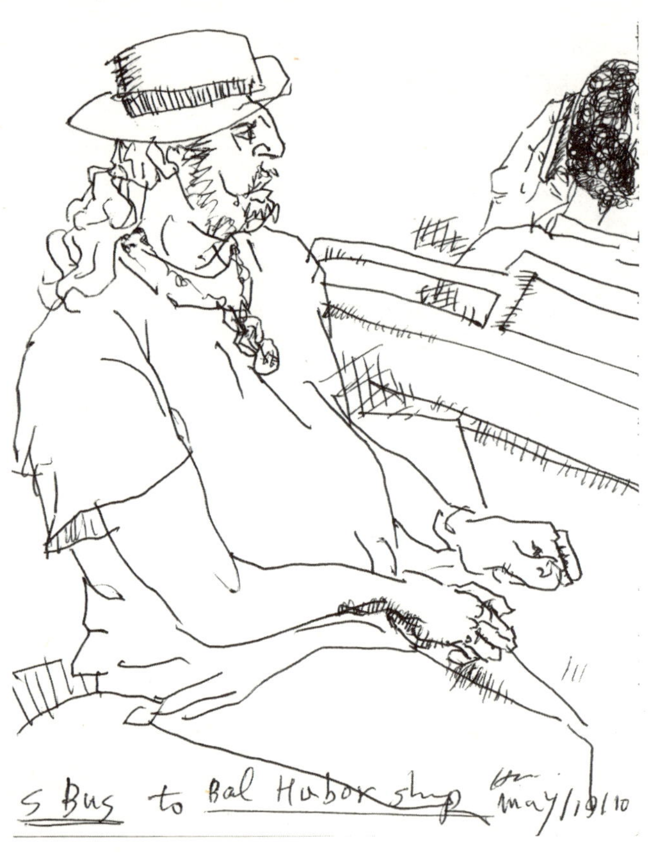

2010. 5. 19

커피숍에서 자주 보는 토론과 예술의 만남.

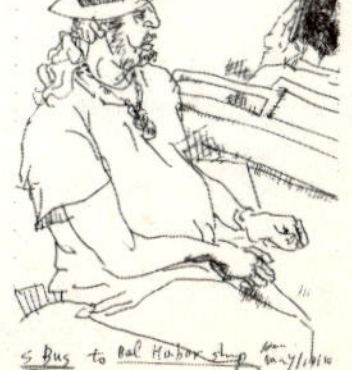
coffee와 어저 방울...
S.Bus to Pol Habor stop

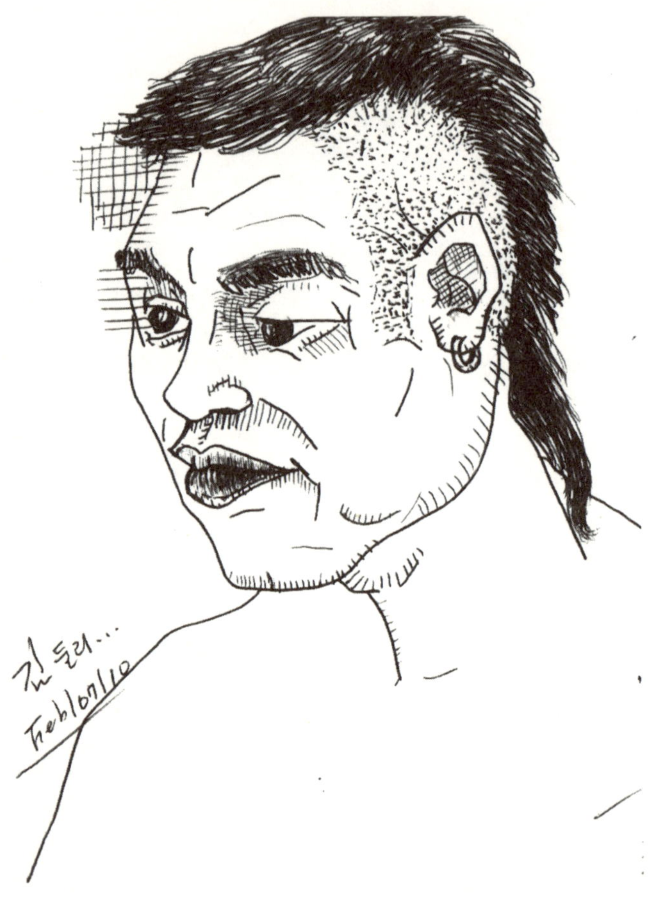

2010. 2. 7

한국에서 온 둘리. 내가 직접 기가 막힌 스타일로 이발을 해주었다.
그는 최고의 요리사가 되려고 뉴욕 유학길에 올랐다. 둘리는 내가
붙여 준 별명이다.

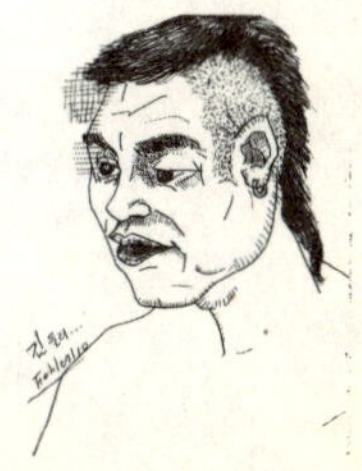

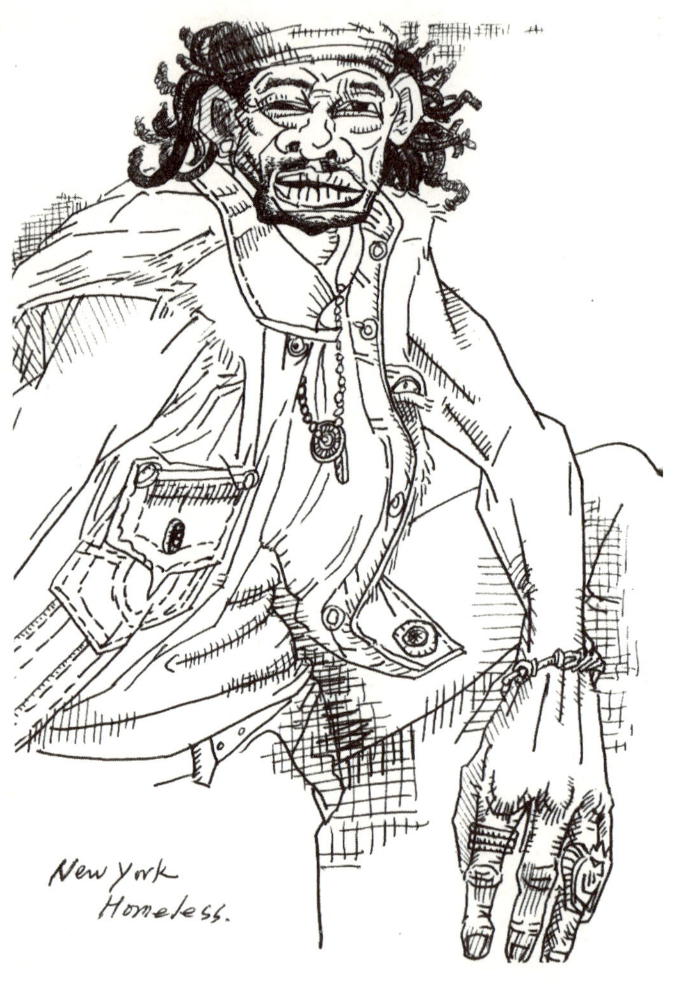

2009. 10. 20

근래에 보기 드문 모델, 물론 거지다. 그는 훌륭한 포즈로 나를 현혹한다. 던킨 도넛에 있는 거울을 하루에도 100번씩 보면서 포즈를 취하는 특이한 다운타운의 거지다.

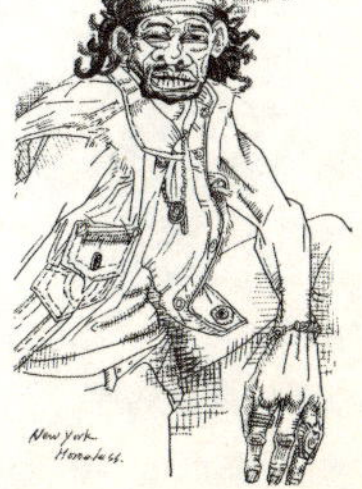
New York
Homeless.

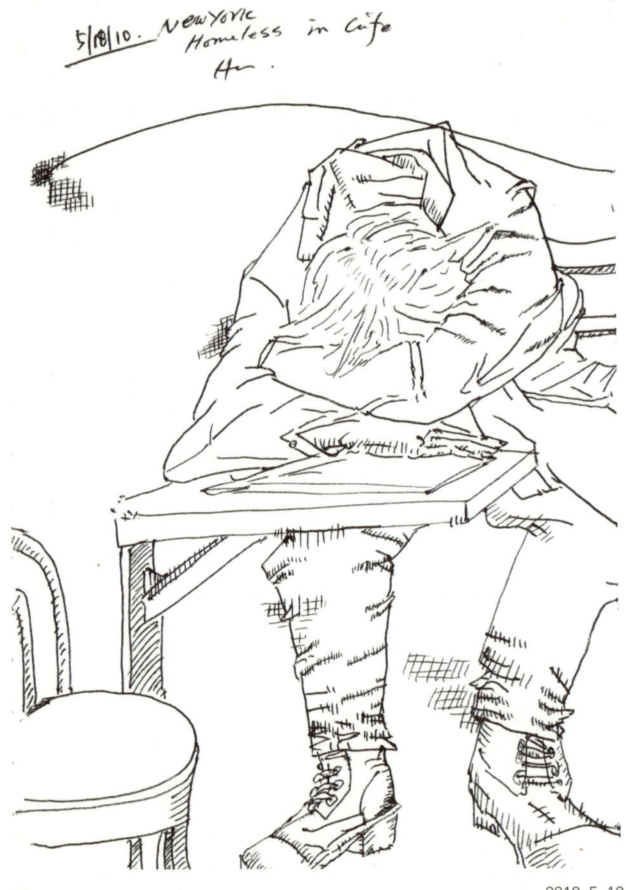

2010. 5. 18

삶에 취해 자는 거지. 눈이 오면 카페 앞을 치워주고 항상 이 카페
를 떠나지 않는 안정된 뉴욕의 거지다.

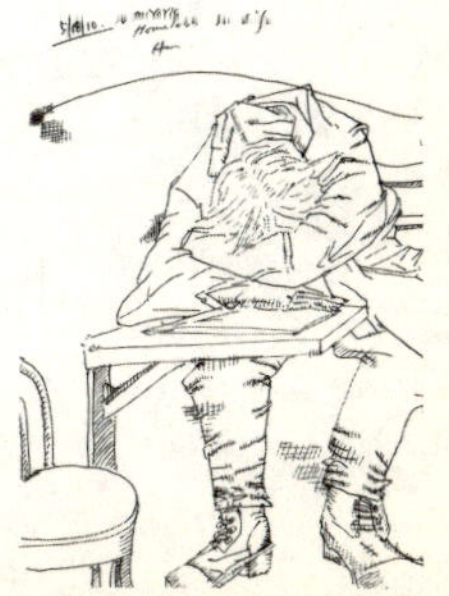

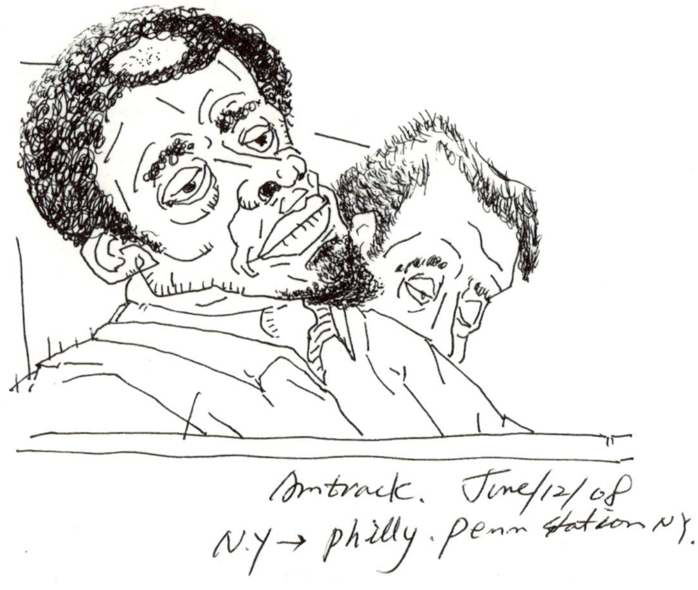

2008. 6. 12

버스 안, 지친 뉴요커들.
많은 사람들이 뉴욕과 뉴저지를 오가면서 출퇴근을 한다. 뉴욕에서 워
싱턴 브릿지를 건너면 뉴저지다. 저소득층 사람들은 대부분 싼 버스를
탄다.

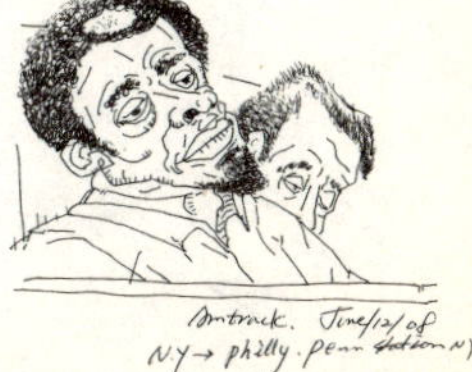
Amtrack. June/12/08
N.Y → philly. penn station N.Y.

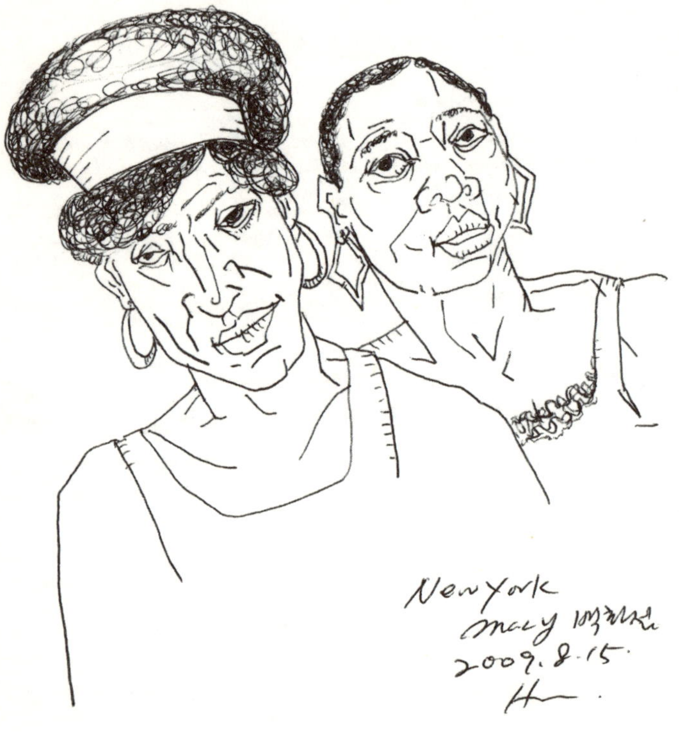

2009. 8. 15

메이시백화점에서. 그들의 헤어 스타일과 귀걸이 모양이 훌륭하다.

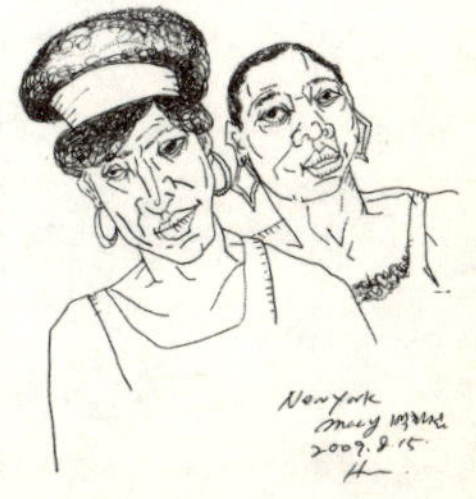
New York
2009. 8. 15.

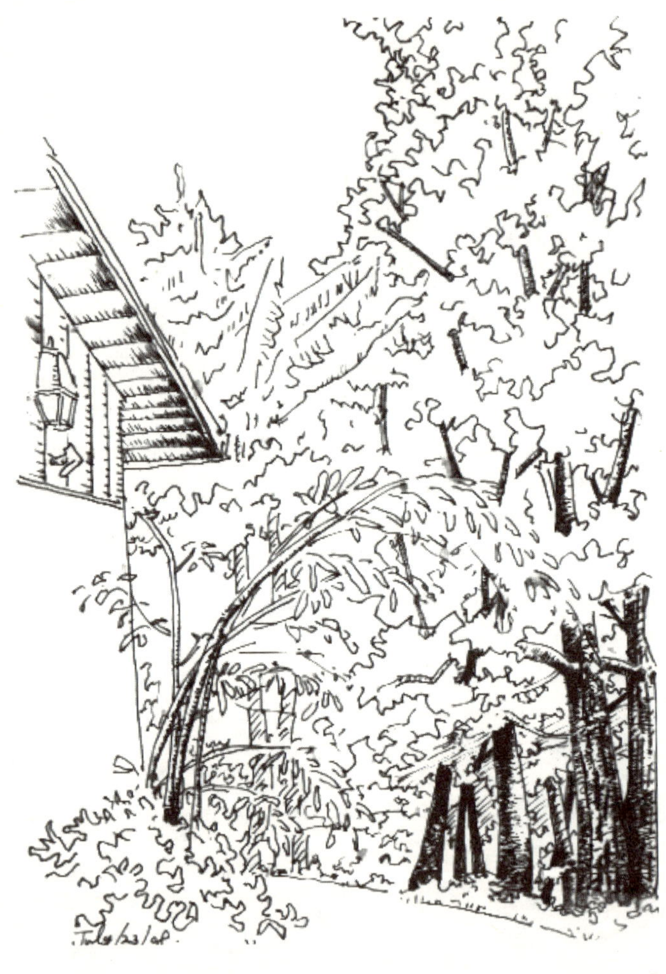

2006. 6. 7

교회의 하계 수련회 새벽에.
뽀얀 안개가 꽉 차 있는 새벽녘. 난 얼른 작은 의자를 가져와 손때
묻은 스케치북을 가지고 드로잉을 한다. 보이지 않지만 가만히 들
리는 산새소리에 장단 맞추며…

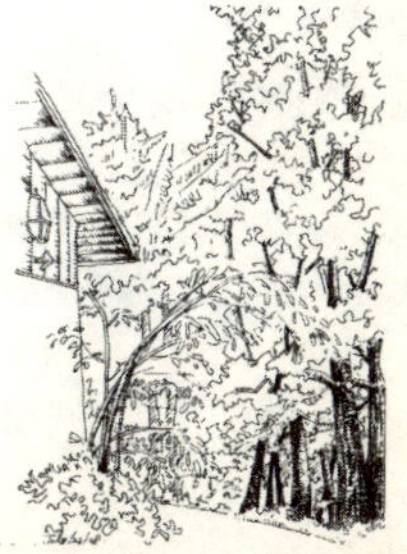

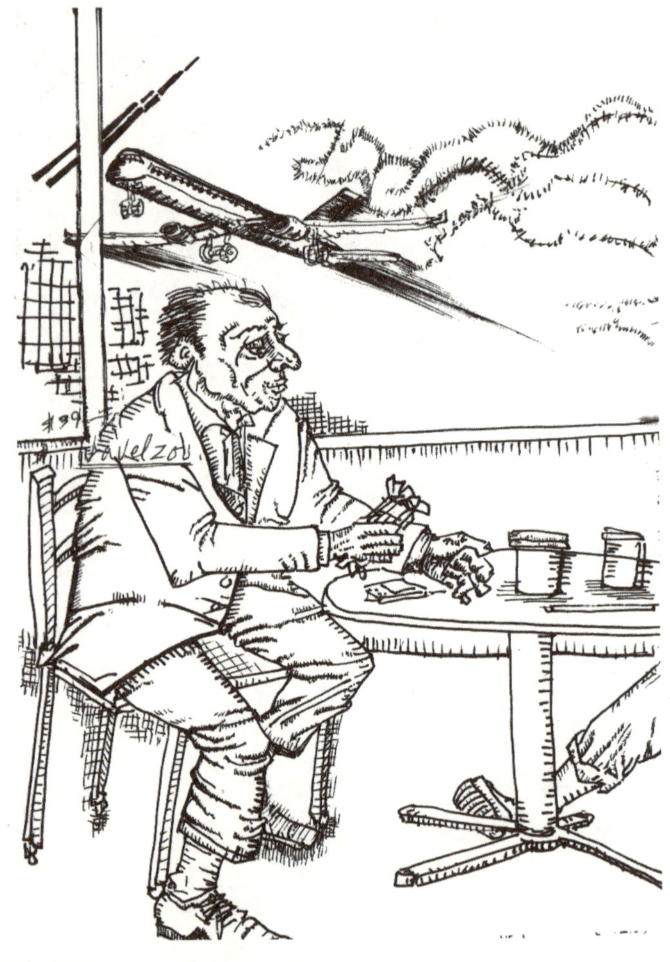

2010. 6. 14

오랜만의 한국 방문, 인천국제공항.
몇 년만에 느껴보는 뜨거운 감정인가. 오르르 파문 이는 내 가슴에
나의 조국 대한민국!

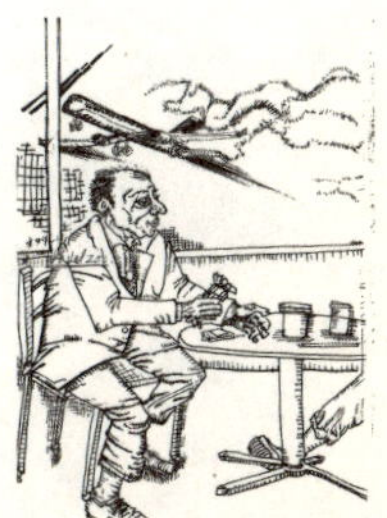

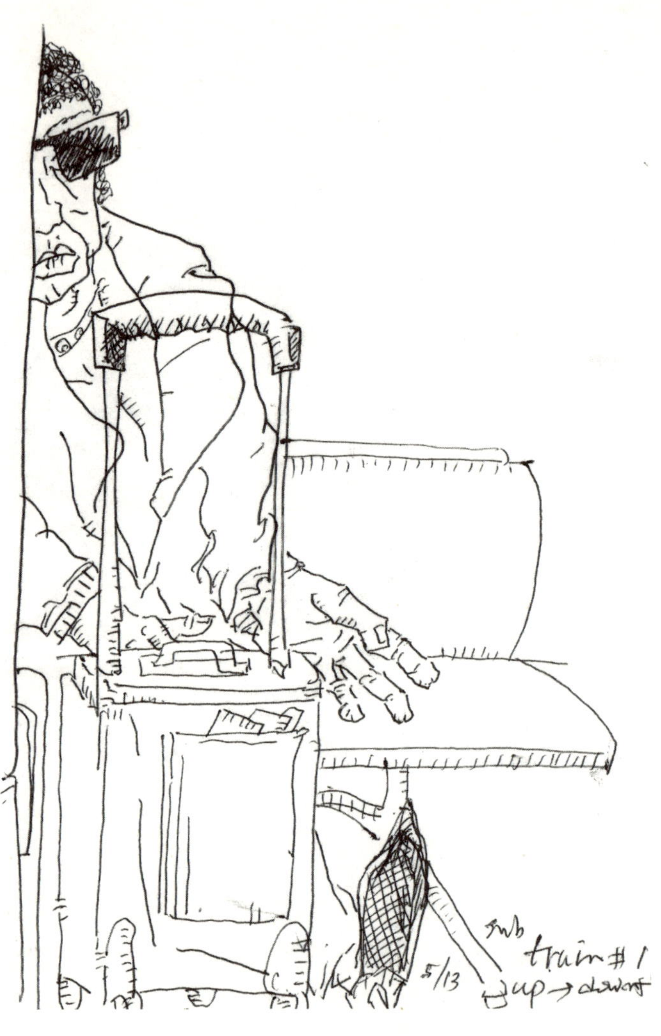

2009. 5. 13

기차를 기다리다 지친 이가 역 대합실 기둥을 베개 삼아 잠에 들었다.

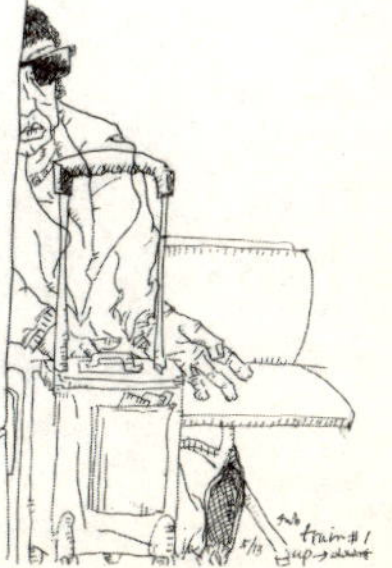

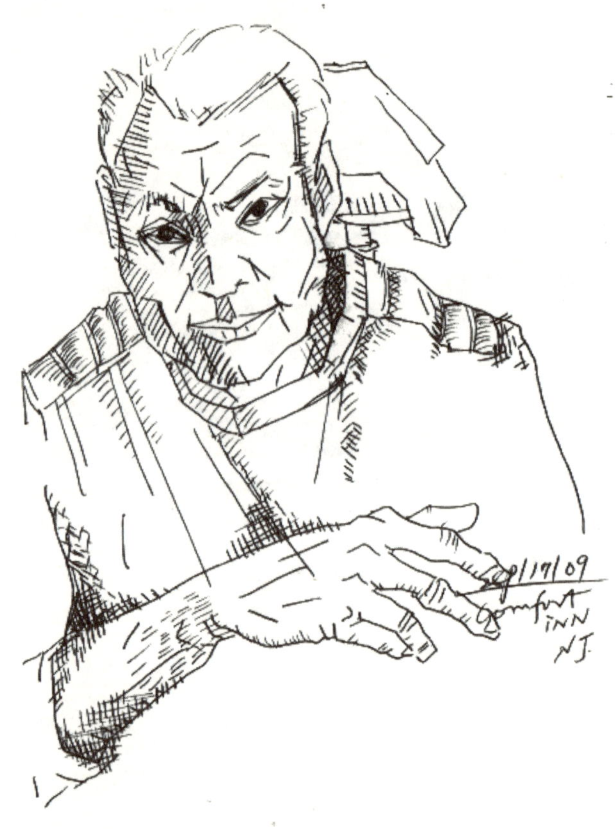

2009. 9. 17

빨래를 하고 나면 항상 전등에 걸어 놓았다. 어깨 너머로 전등에 걸려 있는 빨래가 보인다. 그리고 조용한 분위기에서 나와의 대화를 종종 나눈다.

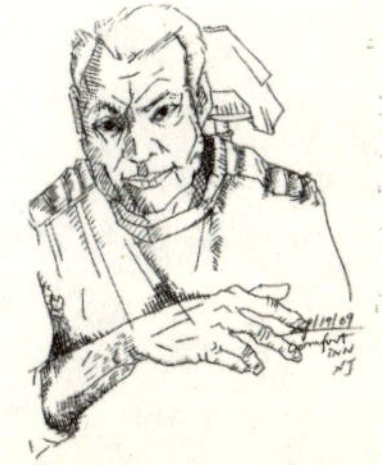

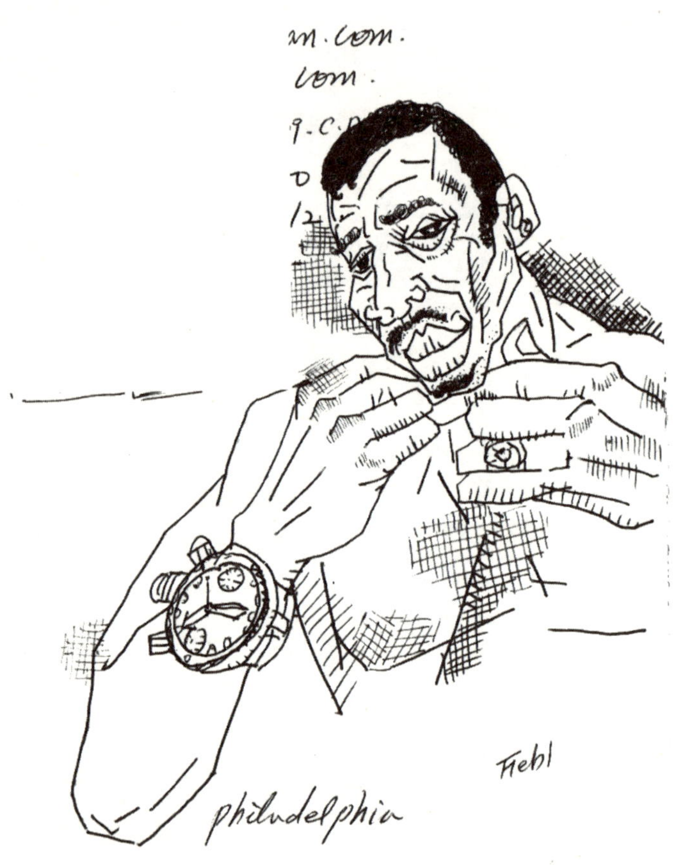

2009. 2. 14

흑인들이 밀집해 있는 필라델피아. 그들은 자유분방함을 즐긴
다.

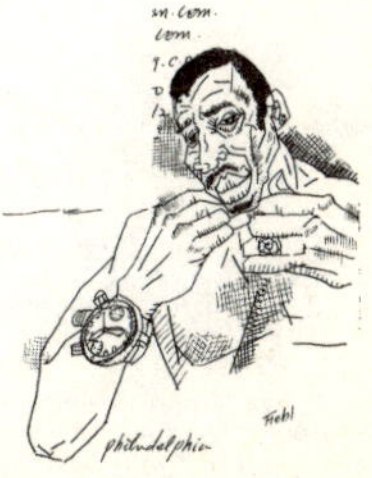

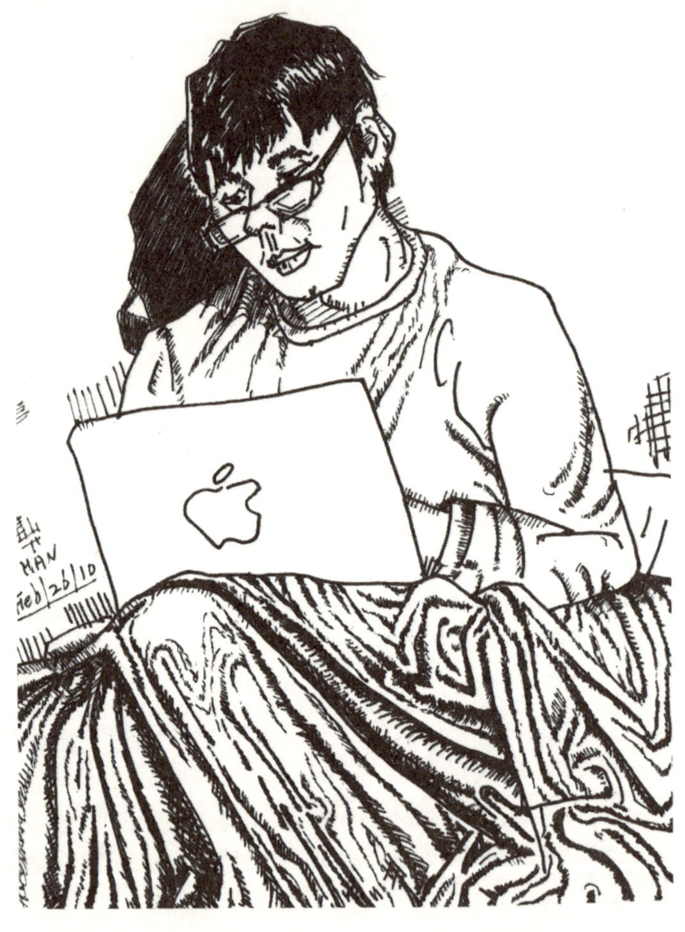

2010. 12. 19

요즘 젊은이들은 몸으로 하는 활동보다 상상력으로 활동한다. 옛적 그리운 님에게 보내지 못하는 편지를 쓰면서 흐르는 냇물 소리에도 울었다.

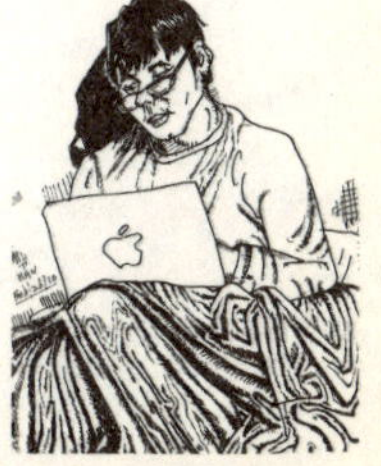

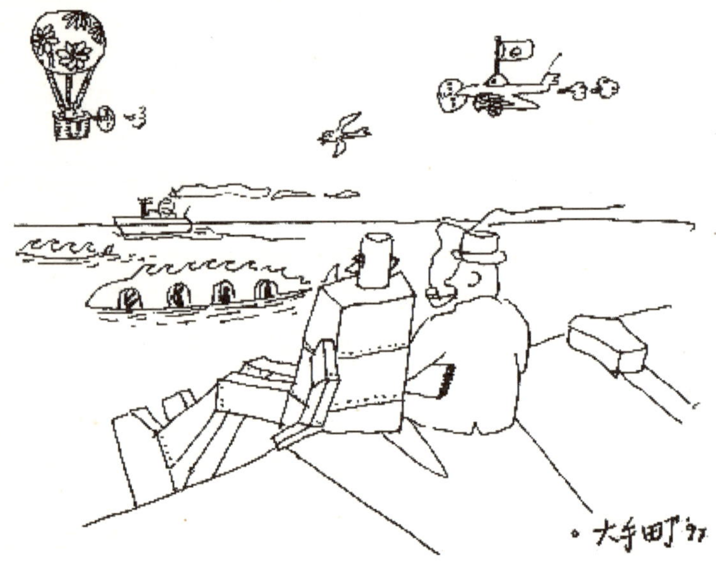

1997. 7. 8

일본의 동경. 바다를 보면서 나름대로 상상의 나래를 펼쳐 보았다. 저 풍선을 타고서 이번 여름에는 알래스카로 가고 싶다. 그리고 내 작은 스케치북에 빙산 위에서 놀고 있는 펭귄을 담고 싶다.

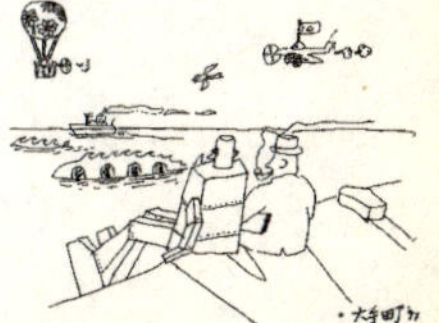

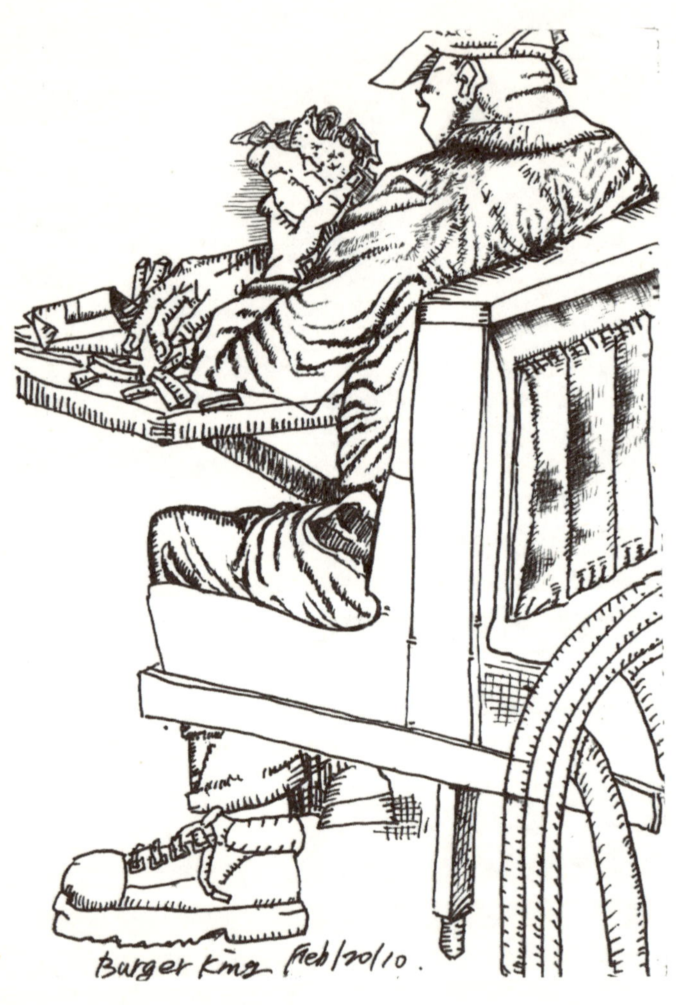

2010. 2. 20

거리 청소를 하는 흑인, 햄버거로 배를 채우고 있다. 밖에는 대형 청소차를 세워두고, 잠시 요기를 때우고 있다. 그가 신은 구두는 등산화 같은 느낌이고 그의 두 손은 시골 농사꾼의 손 같다. 무지하게 손등도 두껍다. 거리를 청소하는 거리의 예술가다.

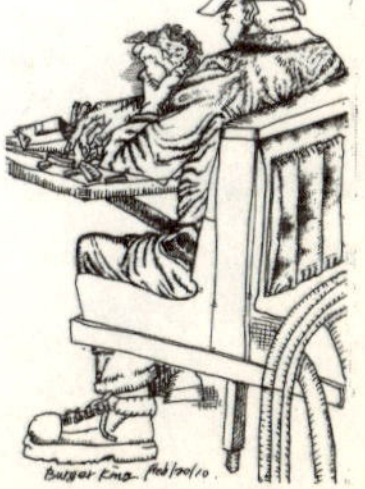

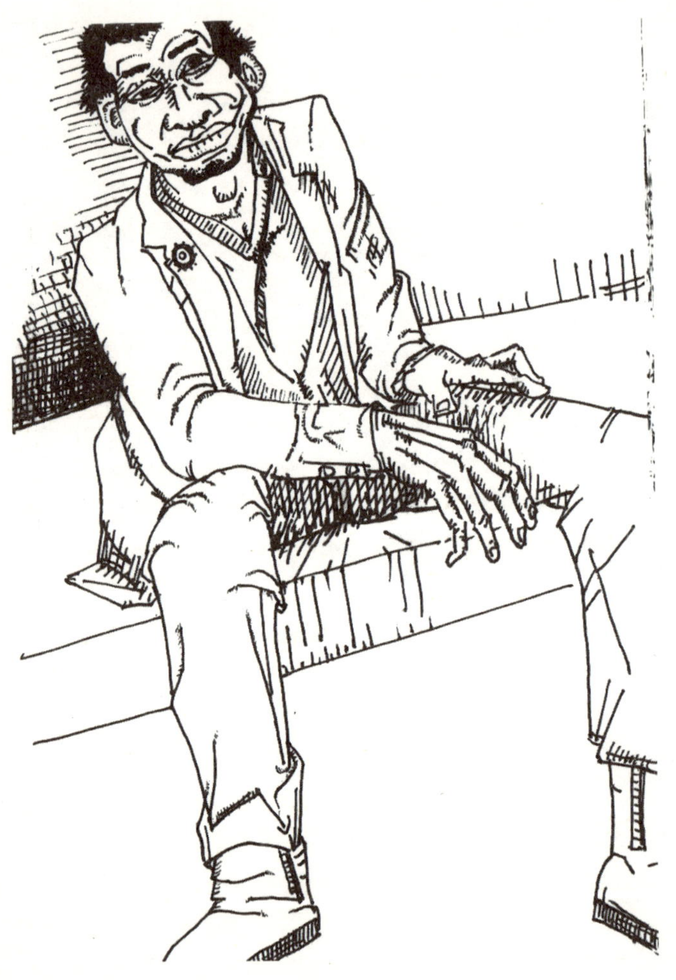

1998. 11. 10

전철 안의 젊은 흑인 1.
뉴욕 전철을 기다리던 흑인을 잠시 서서 퀵 드로잉을 했다. 잠시 그
는 "테이크 이지"라고 하면서 포즈를 취해 주었다.

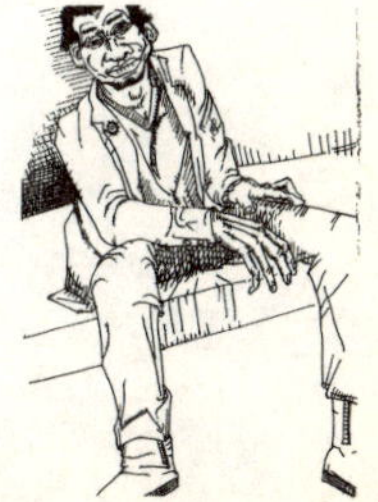

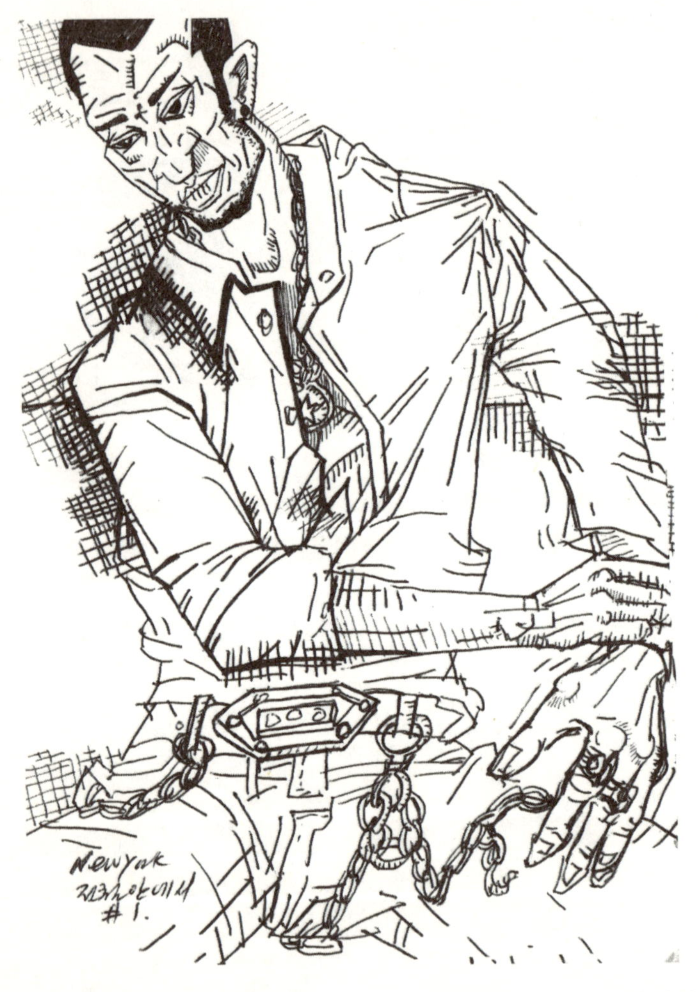

2009. 12. 12

전철 안의 젊은 흑인 2.
체인으로 온몸을 감은 뉴요커. 그리고 때가 엄청 묻은 낡은 리바이
스 청바지.

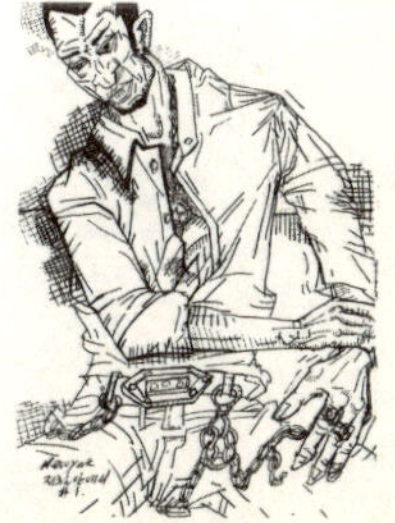

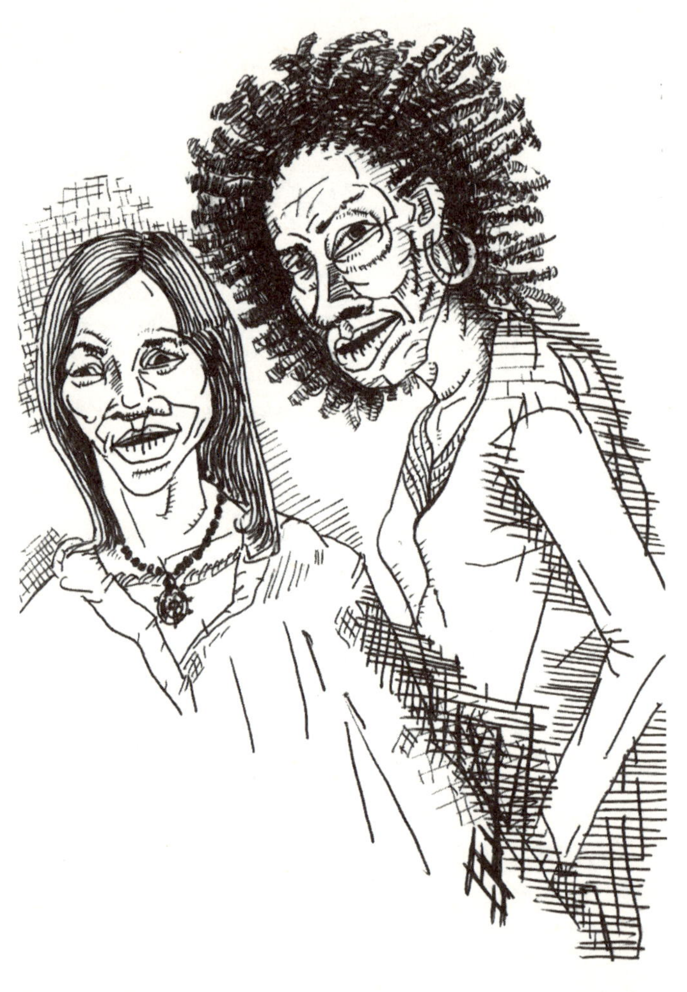

1999. 8. 15

두 여인의 헤어스타일. 마치 번개 맞은 흑인 귀신 같은 모양이었고 뒤에 있는 그의 친구는 동양적인 스타일이었다. 특히 흑인은 자신의 목걸이가 할머니께 물려 받은 귀한 것이니 특별히 잘 그려 달라고 윙크까지 한다.

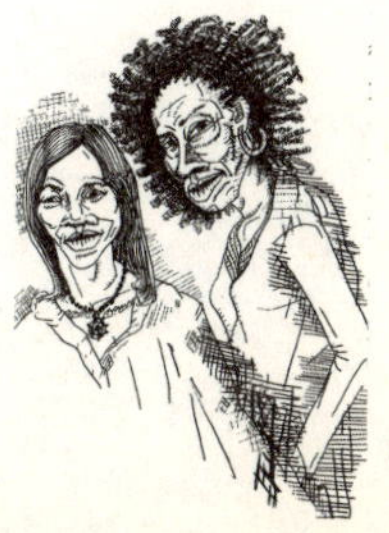

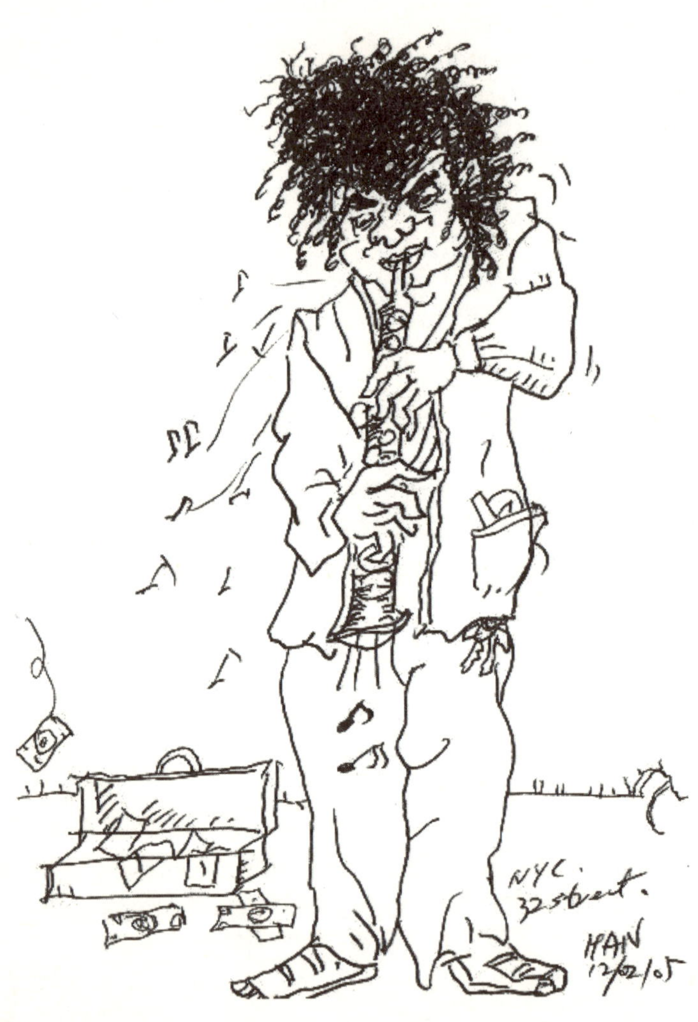

2005. 12. 2

전철역에서 슬픈 연주를 들려주던 거리의 악사.
클라리넷을 불면서 그는 늘 슬픈 모습이다. 언젠가 기쁜 연주곡
으로 주문을 할까 보다.

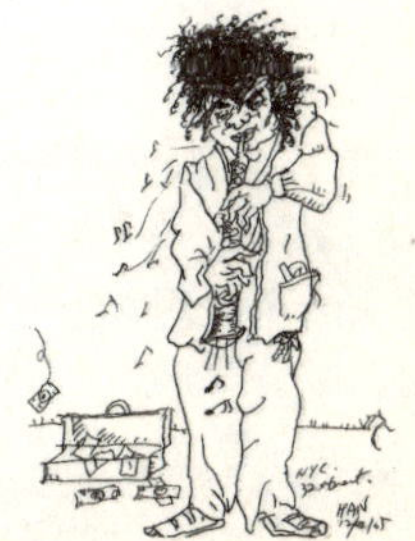

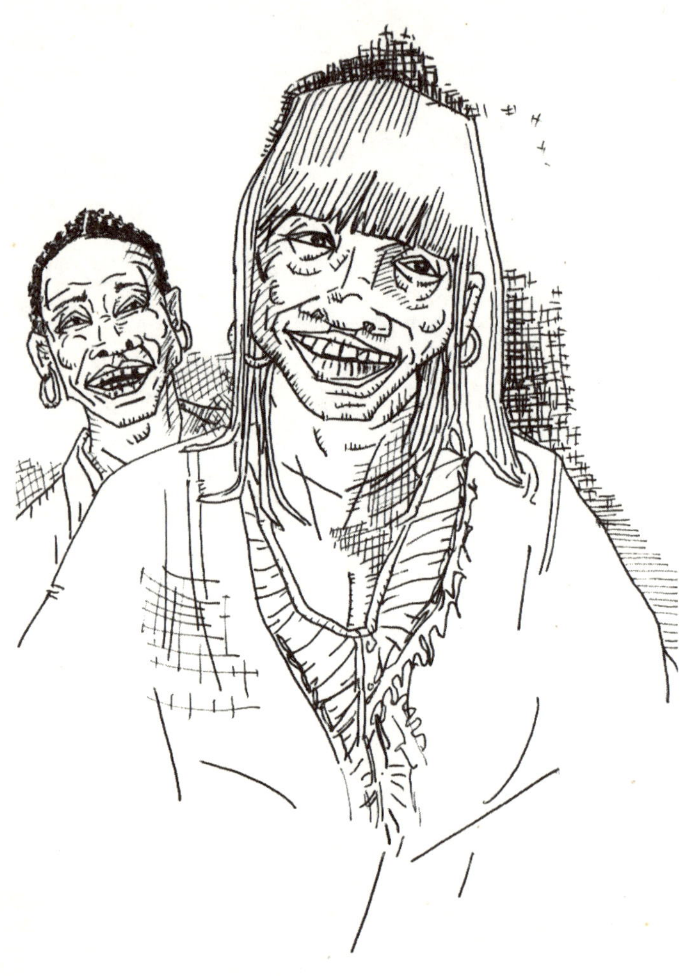

2010. 11. 15

전철을 기다리며 환하게 웃는 젊은 흑인 여인들.
헤어스타일이 멋있다. 현재 흑인사회에서 유행하는 형이란다.

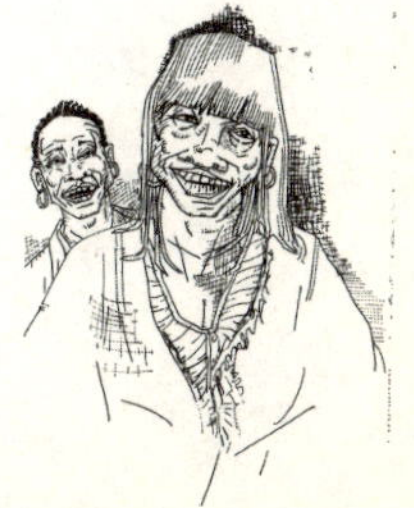

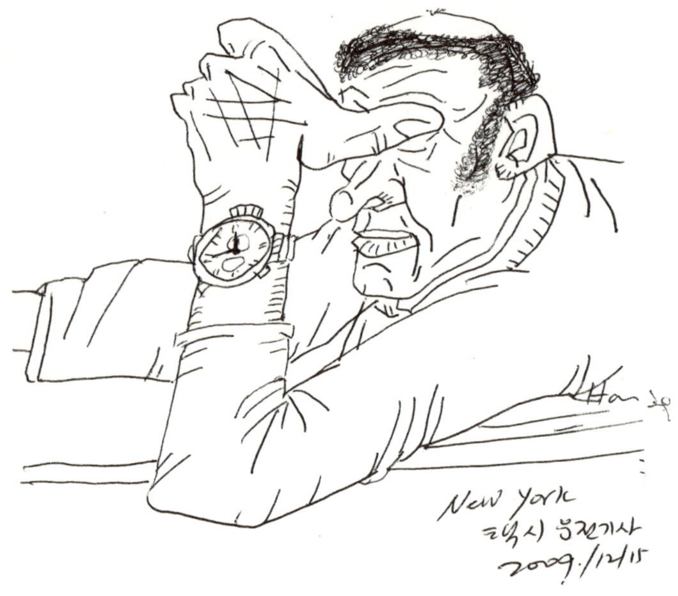

2009. 12. 15

뉴욕의 옐로우택시를 운전하는 기사. 하루하루 삶이 고단한 듯.
타지나 외국에서 온 승객을 태우면 뉴욕거리를 뺑뺑 돌리면서 요금
을 올려 받는 운전사들이 종종 있다.

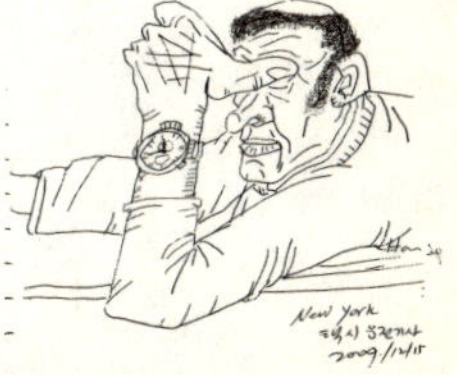
New York
택시 S7잡기다가
2009/12/15

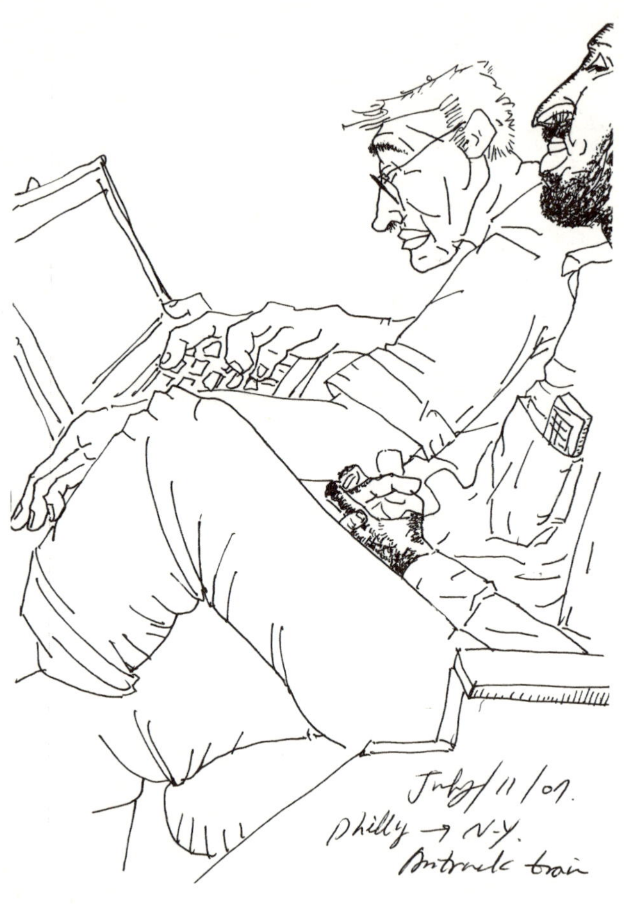

2007. 7. 11

필라델피아에서 뉴욕까지, 기차 안에서.
몇 번이고 눈치를 보면서 몰래 드로잉을 한다. 그리고 까만 선
글라스를 착용한다. 이러한 발상을 놓치지 않기 위해 난 수업
중에도 늘 선글라스를 이마에 걸고 있다.

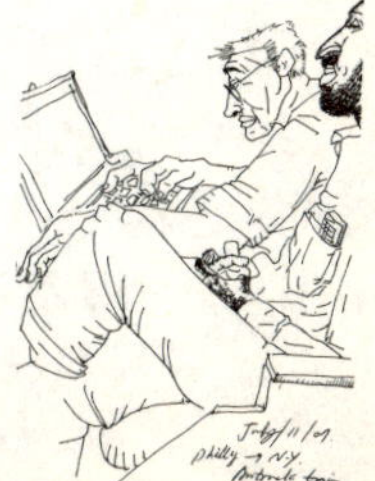
July 11/09.
Philly → NY
Amtrak train

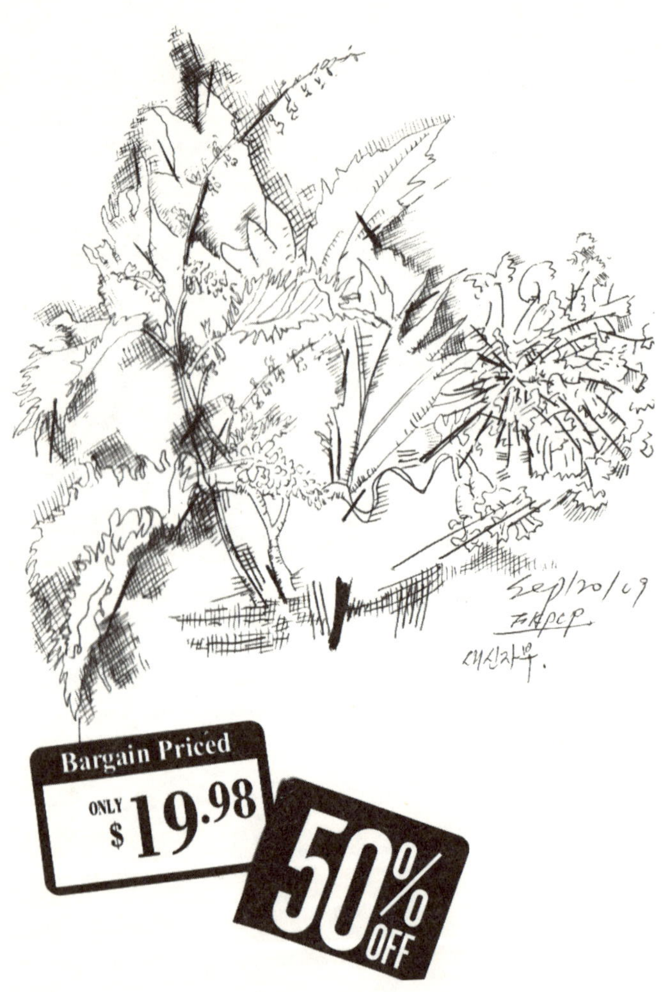

2009. 9. 20

내가 다니는 필라델피아 교회 새신자부에 꽂혀 있는 꽃나무.
박 집사님께서는 늘 새로운 꽃을 친교실에 꽂아 둔다. 난 새신자부실
에서 새로운 꽃들을 만나며 11년 동안 한 자리를 지키고 있다. 이름하
여, 난 새신자부 고문이다. 내가 만들어낸 직책이다.

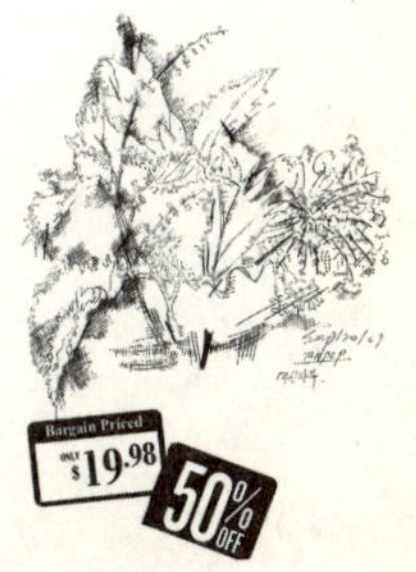

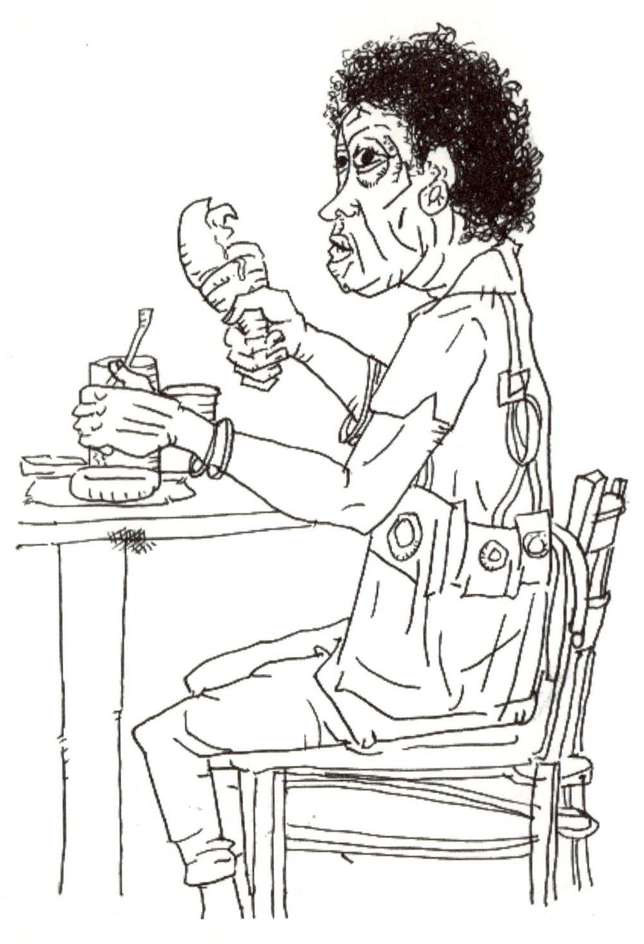

2010. 3. 15

던킨 도넛에서 아이스크림을 먹는 거지.
우연하게도 그가 한 입 베어 먹은 아이스크림과 그 흑인의 모양
이 너무나 닮아 있다. 나는 다 먹기 전에 순간을 스케치북에 담
았다.

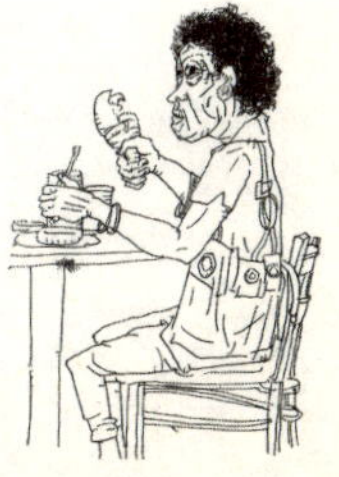

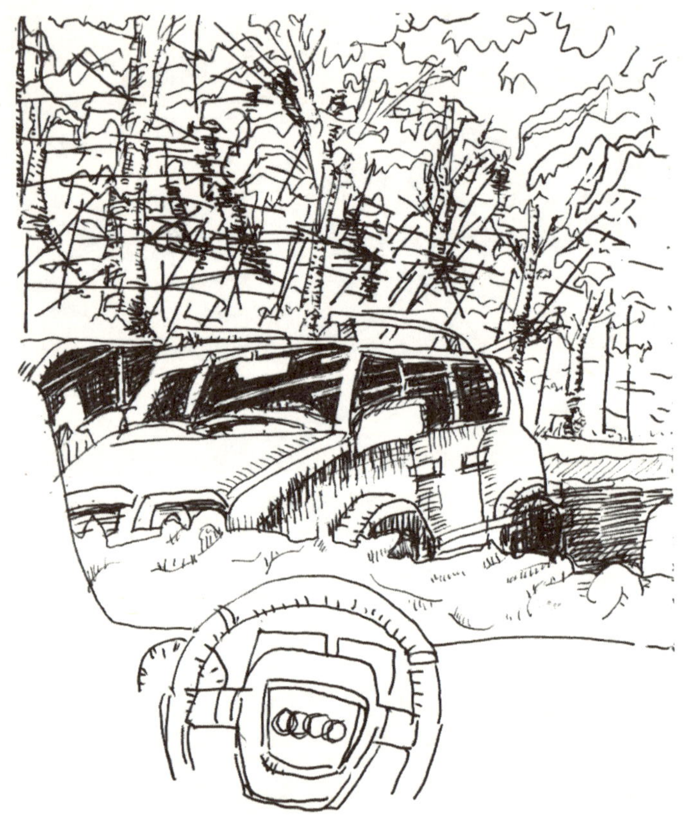

2010. 2 11

학교 주차장에서.
폭설로 차가 움직이지 않자 드로잉을 한다. 다른 사람들
은 난리다. 난 정말로 행운아다. 이런 때도 드로잉을 할
수 있는 재능을 주셔서.

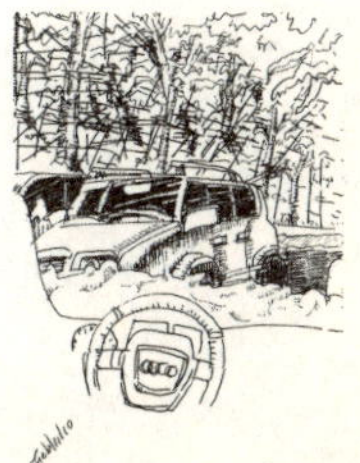

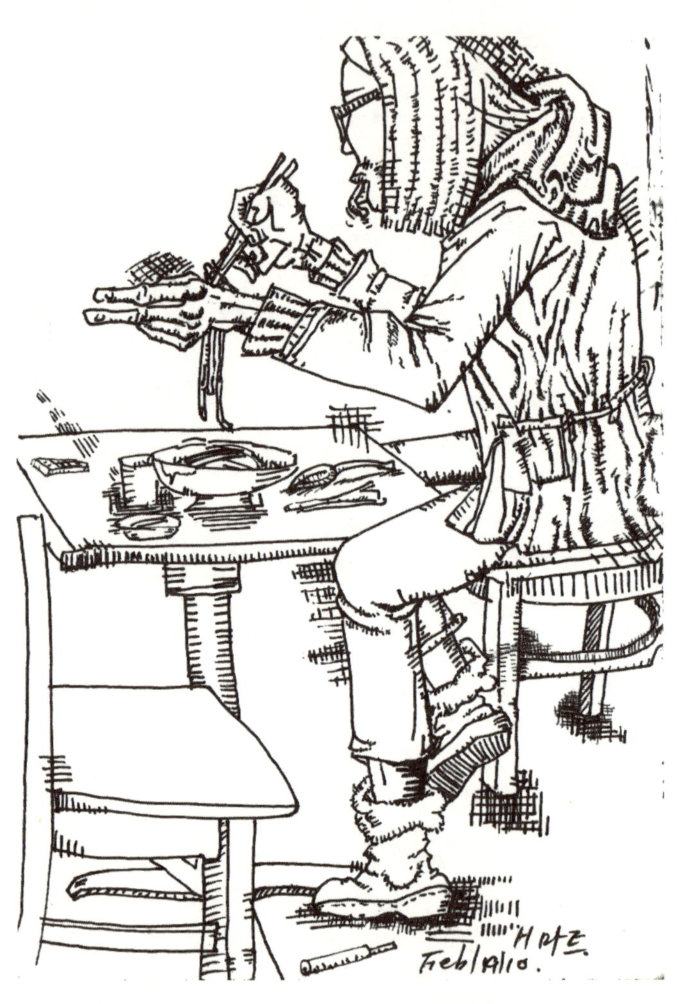

2010. 2. 19

자장면을 즐기는 흑인 거지. 정말 신기하다. 이 생소함을 어떻게 표현하면 좋을까? 다행스러운 일이다. 만약 내가 캔버스에 유화로 그린다면 자장면 색깔이랑 흑인 여인의 색깔을 어떻게 표현해야 할지?

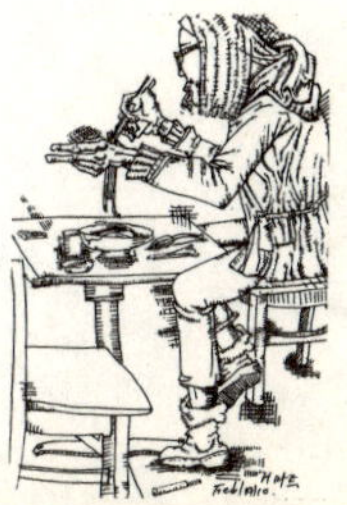

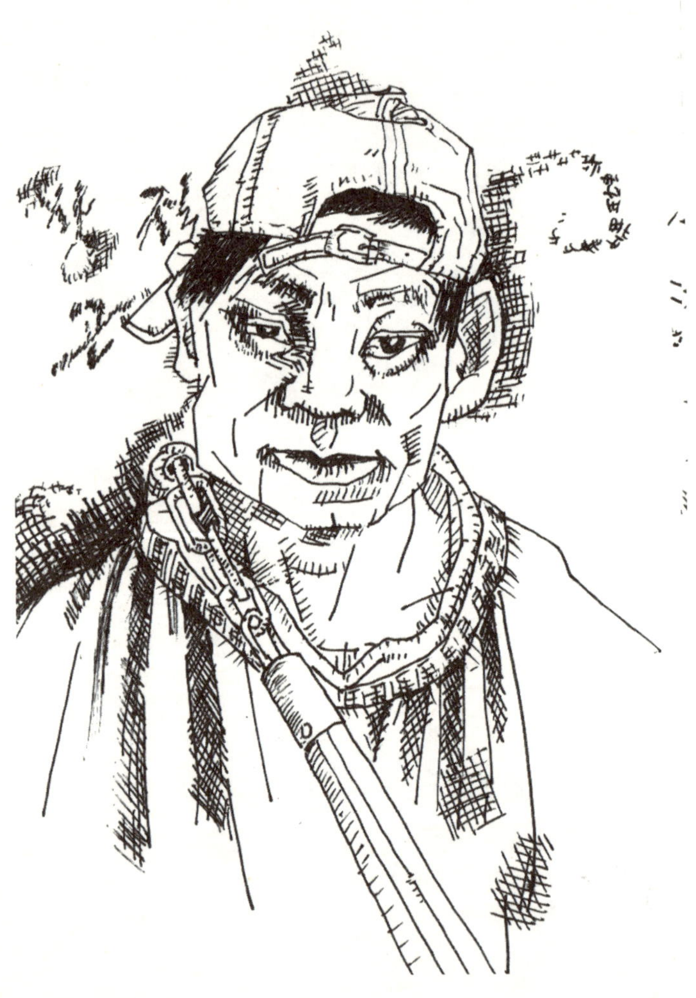

2009. 11. 15

체육관에서, 쌍절곤을 목에 두른 나의 제자.

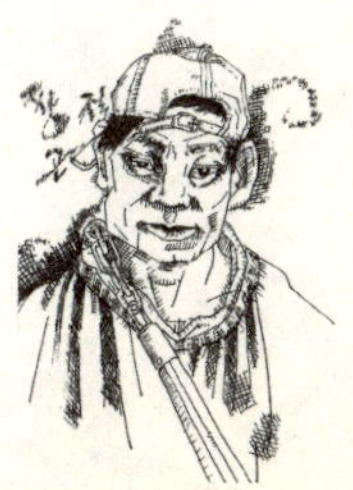

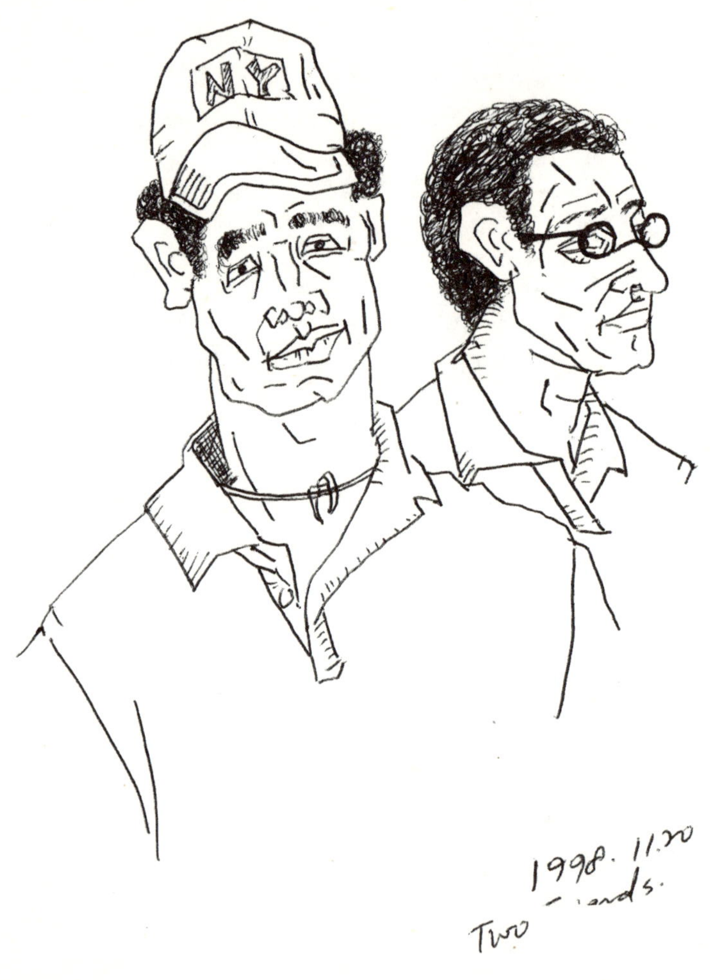

1998. 11. 20

두 친구. 그리고 악어 이빨을 목에 건 뉴요커.

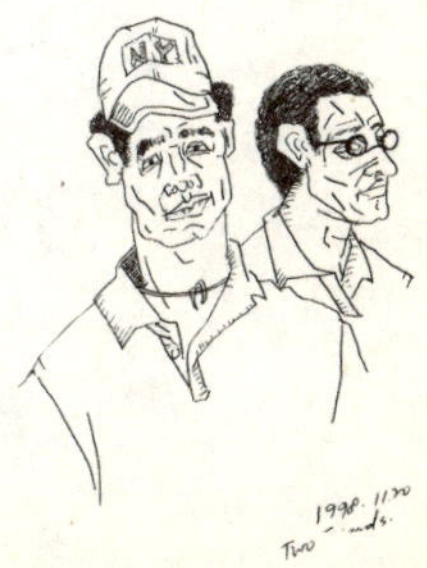

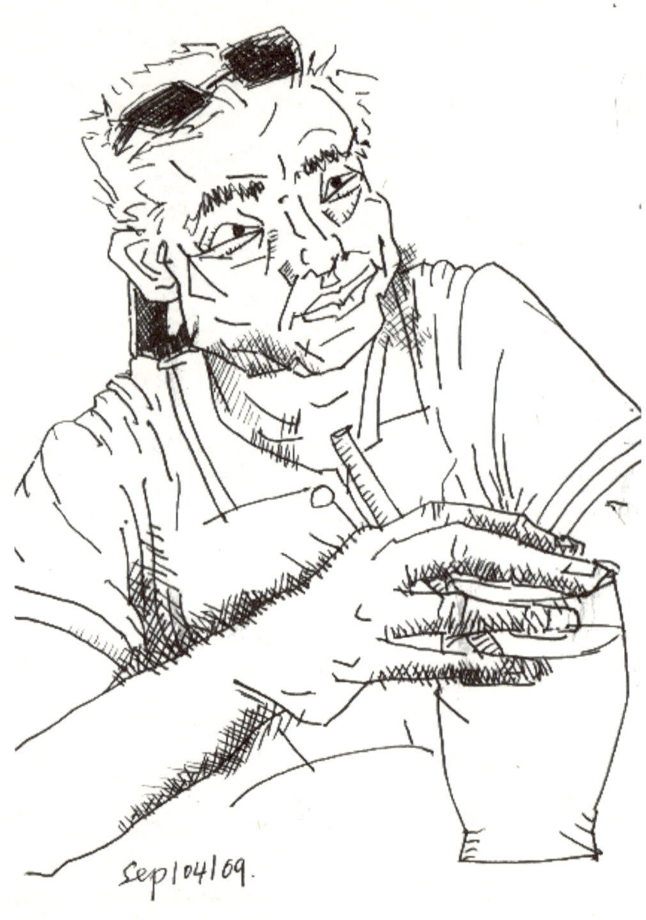

2009. 9. 4

학교 카페에서. 한국에서 방문한 친구 교수.

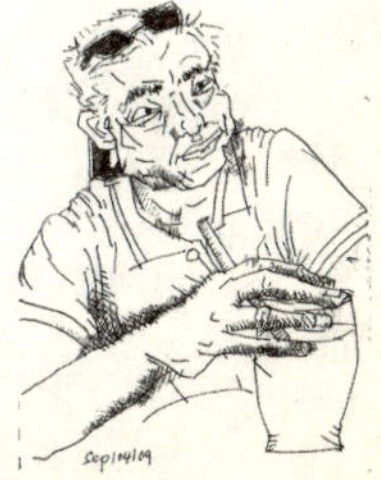

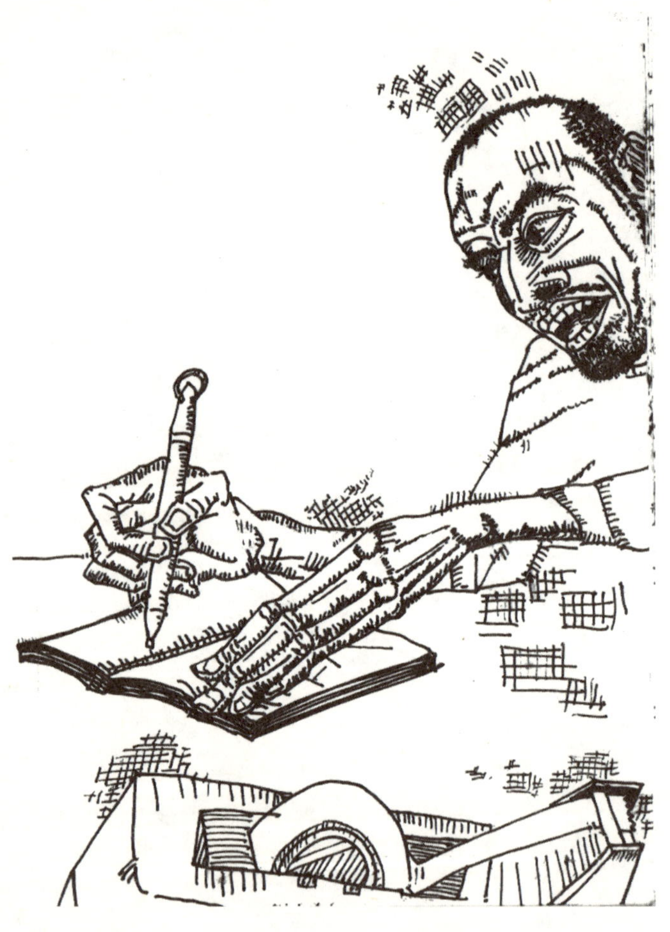

2007. 11. 1

컬럼비아대학 도서관에서 공부 중인 인도 친구 하산.

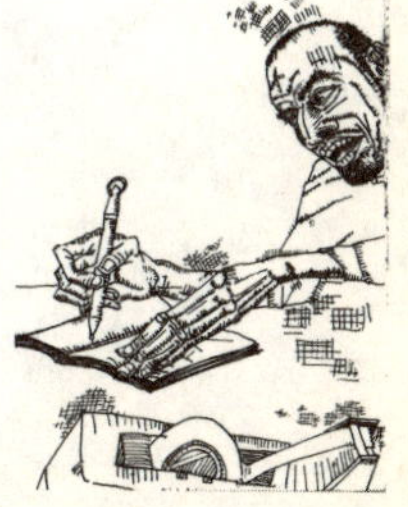

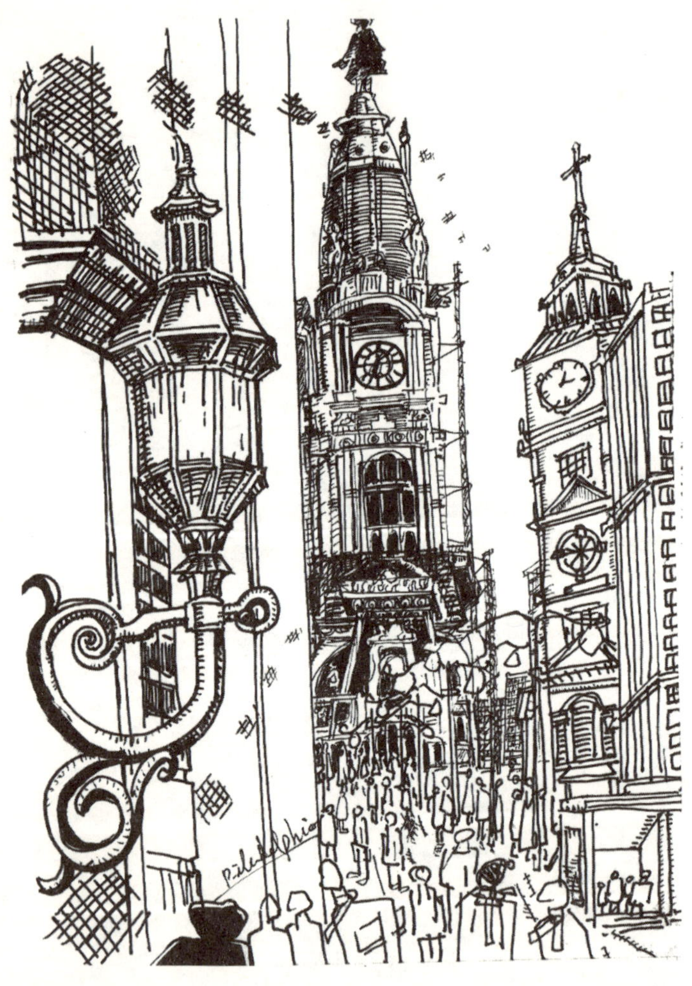

2009. 6. 24

필라델피아는 내게 제 2의 고향이다. 시청과 교회가 우뚝 서 있는 다운타운. 시청 꼭대기 지붕에는 윌리엄 펜의 동상이 있다.

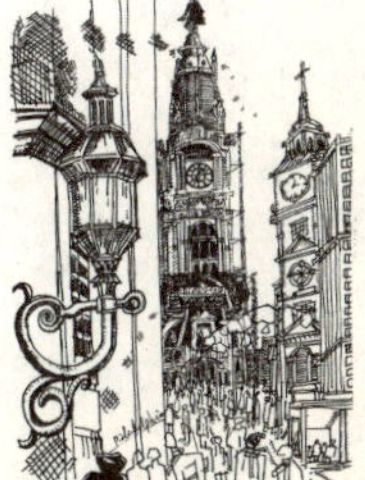

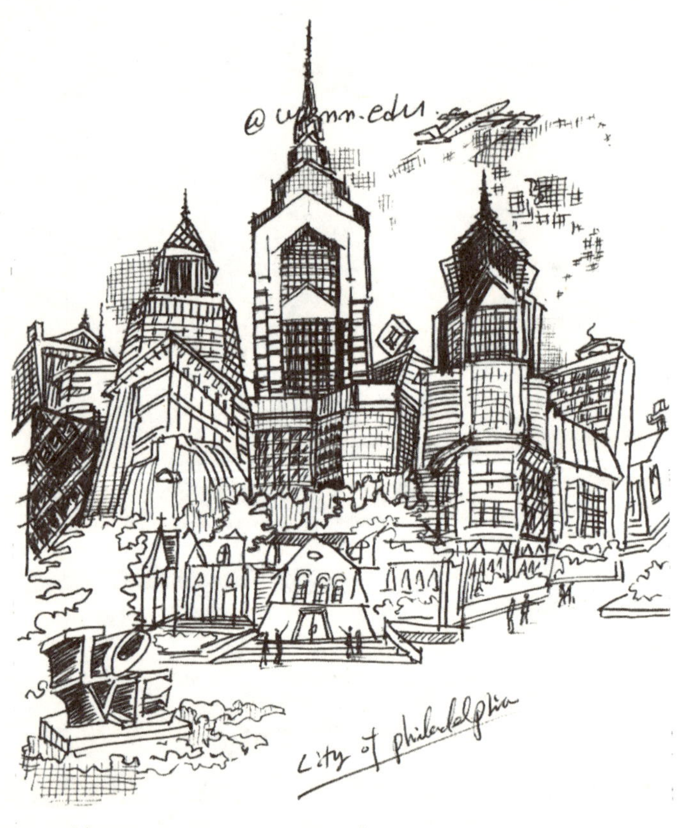

Freh/05/10. upenn. 2층 Cafe.

2010. 2. 10

필라델피아 다운타운, 그리고 멋진 조각 작품 'LOVE'.

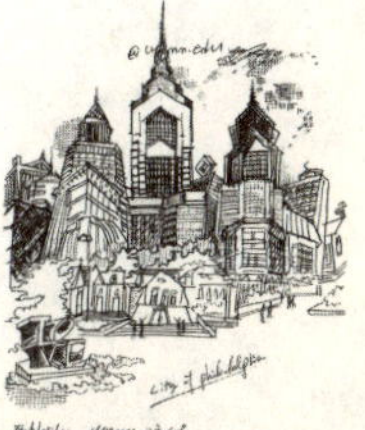

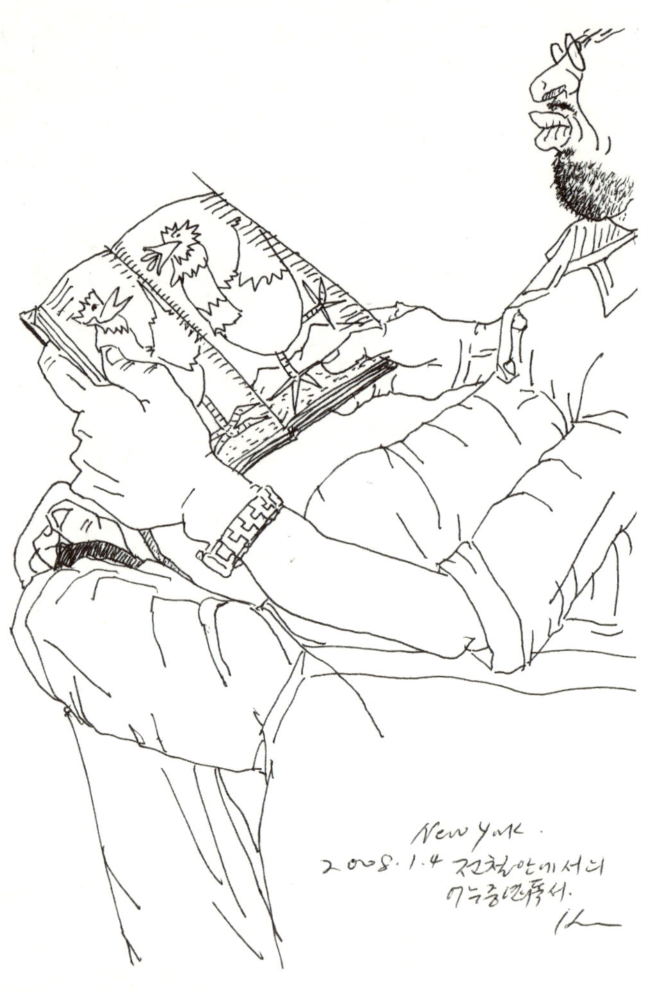

전철 안 어느 중년의 독서. 그 책에는 동물 그림이 가득하다.

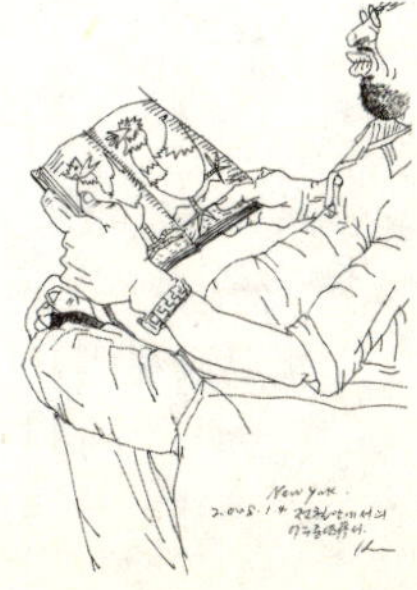

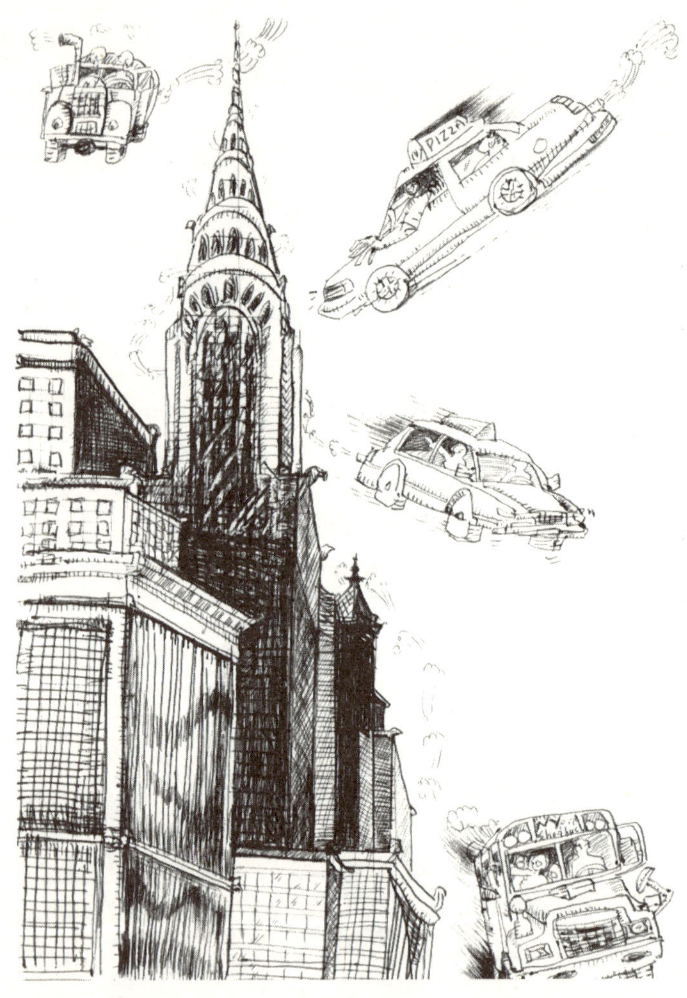

2009. 10. 17

크라이슬러빌딩이 보이는 뉴욕의 다운타운.
미국을 대표하는 자동차 본사 빌딩. 나는 그 빌딩 주위를 빙빙 날아
다니는 자동차를 상상한다.

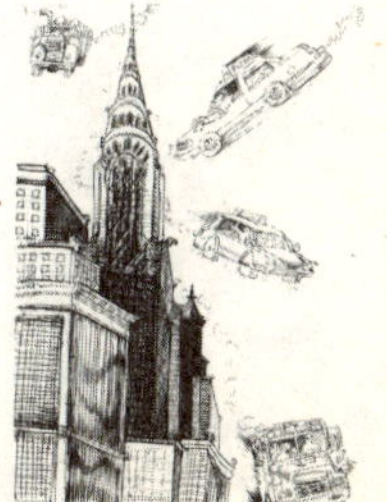

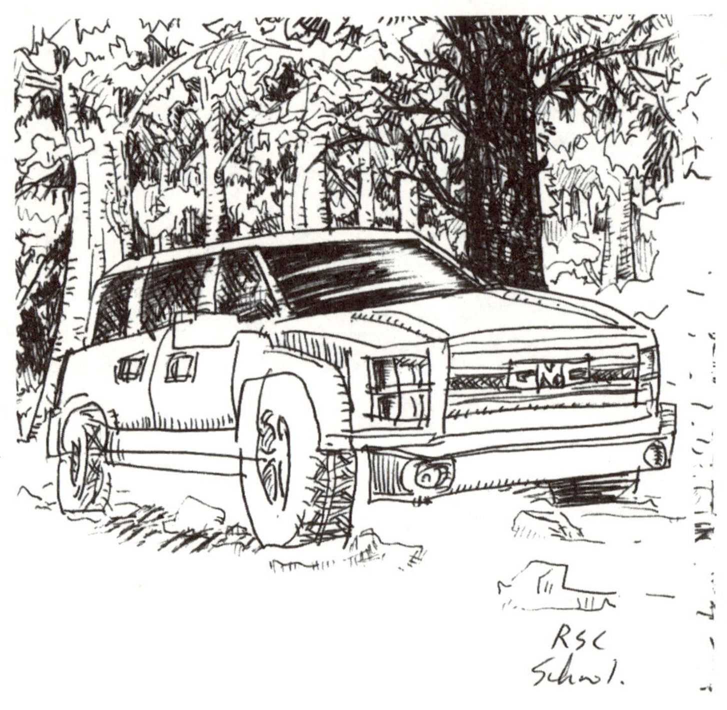

2008. 11. 16

자동차 안에서 그린 다른 자동차.
내 앞에 놓인 지프가 있다. 자동차 바퀴를 보니 새것이다. 아마 이번 겨울
을 대비해서 새로운 것으로 바꾼 것 같다. 그리고 저 차가 약간씩 움직인
다. 분명 두 남녀가 차 안에 있다. 그려보자. 움직이는 것을.

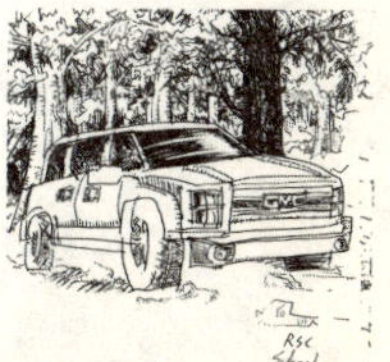

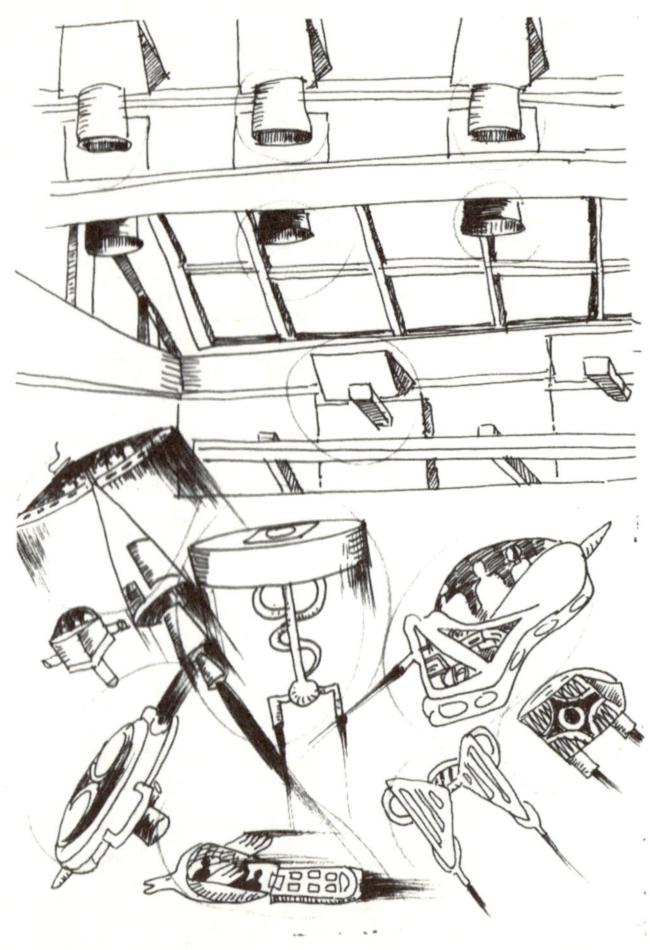

1998. 12. 21

누워서 천장을 바라보며 만들어 본 이미지.

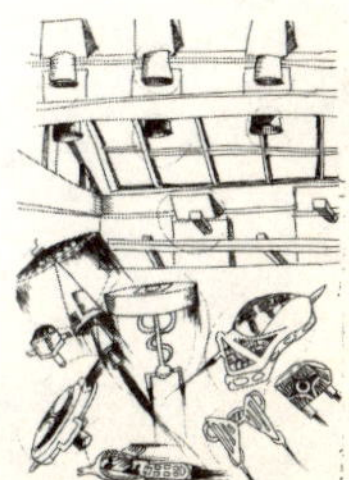

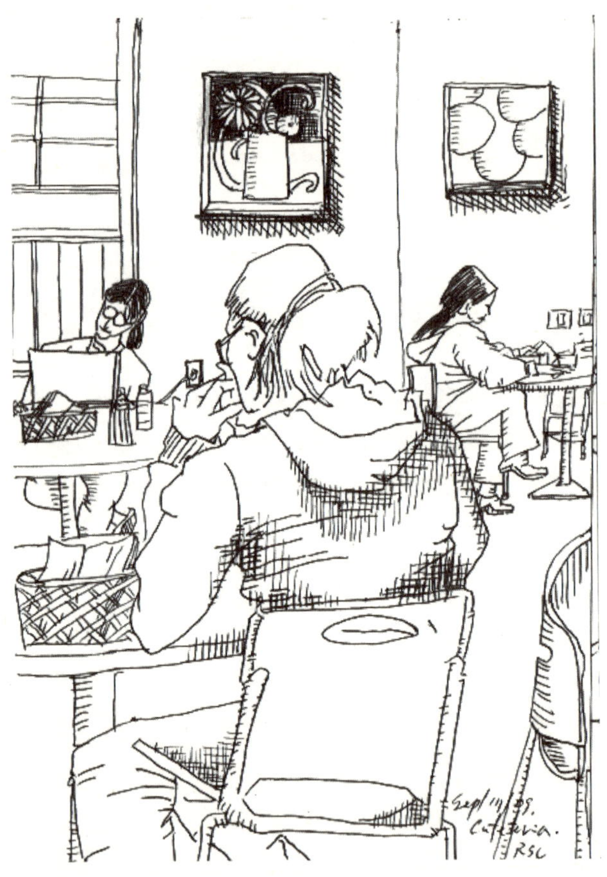

2009. 9. 17

야외 수업 중에 그린 카페. 그들은 제각기 조를 지어 문제를
푼다.

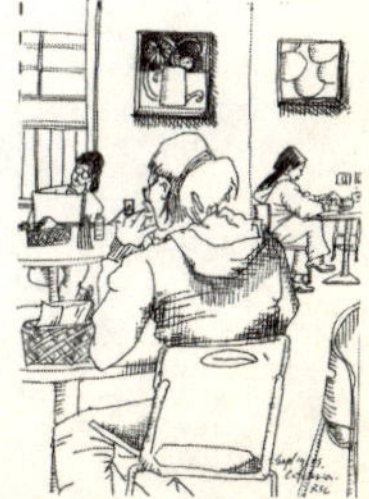

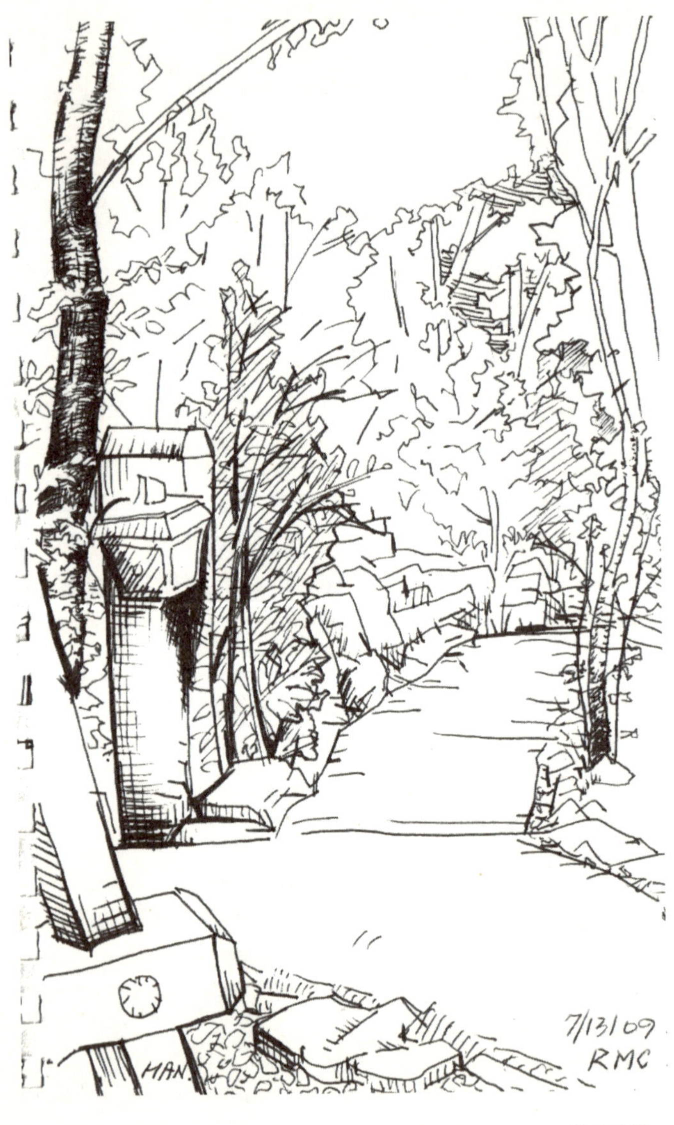

2009. 7. 13

스탁튼대학 캠퍼스 뒤뜰.

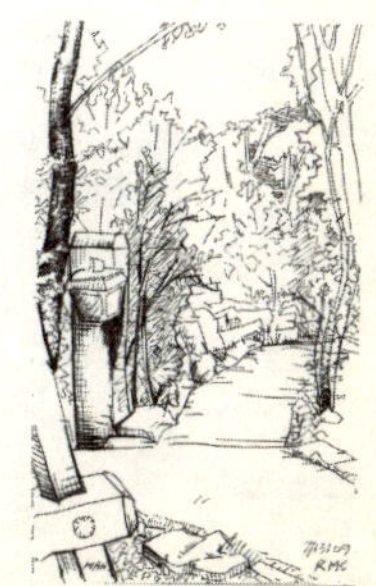

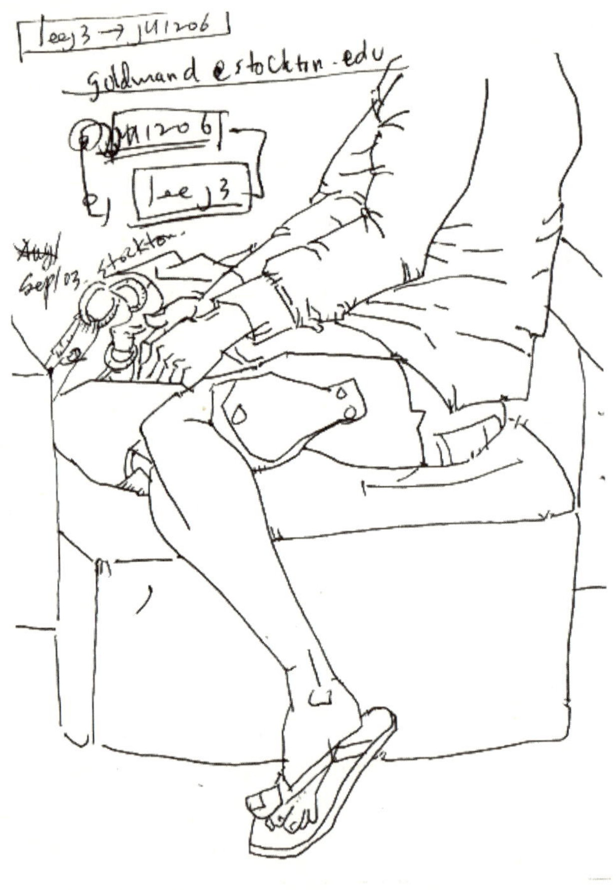

2008. 4. 19

수업 중에 딴짓하는 학생은 어디에나 있다.

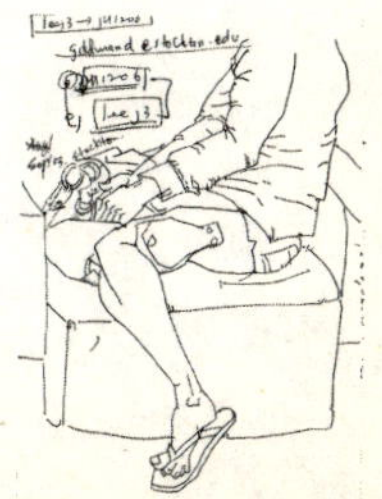

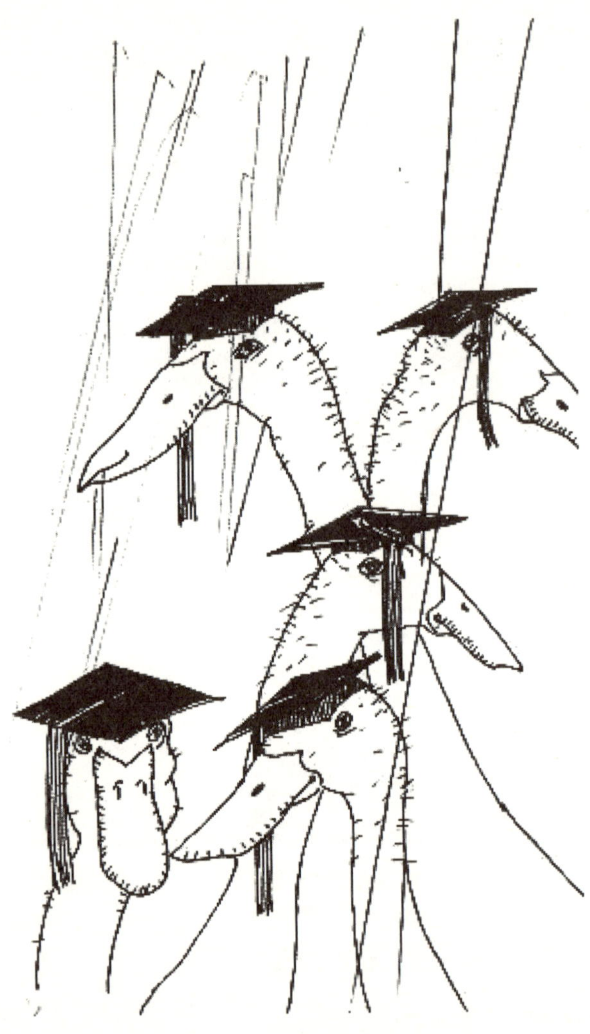

1998. 5. 29

한국엔 비둘기가 많지만 뉴욕의 공원엔 거위들이 많다. 거
위에게도 영광스런 학사모를 씌워보았다.

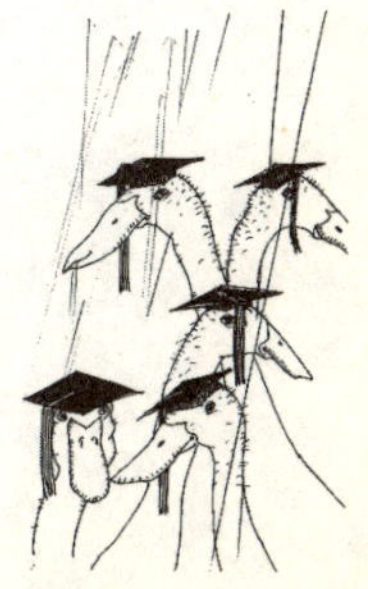

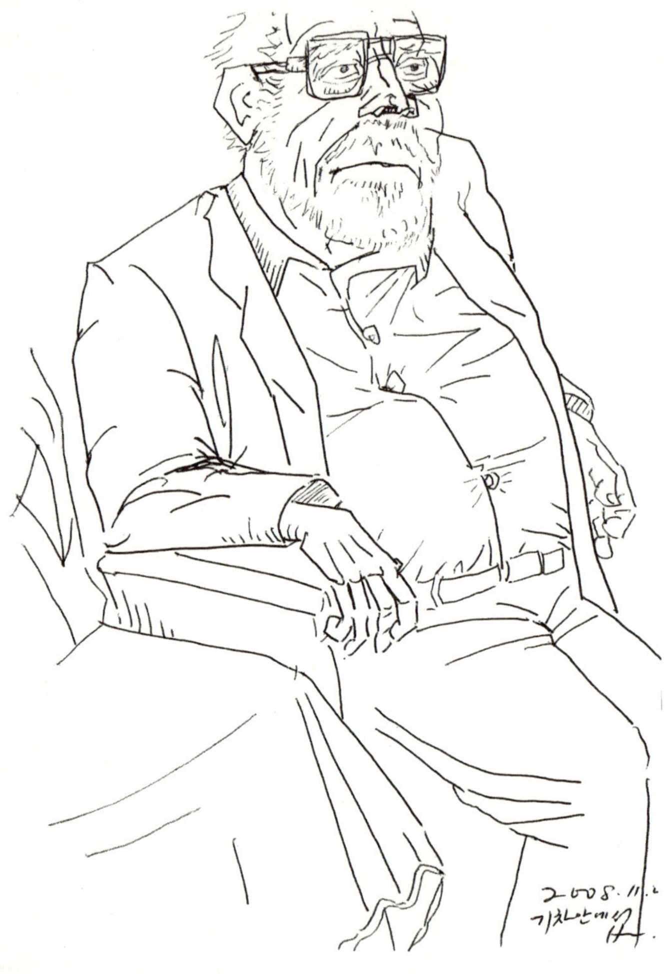

2008. 11. 2

왕년에 배우였다는 노인. 기차 안에서 나의 멋진 모델이 되
어 주었다.

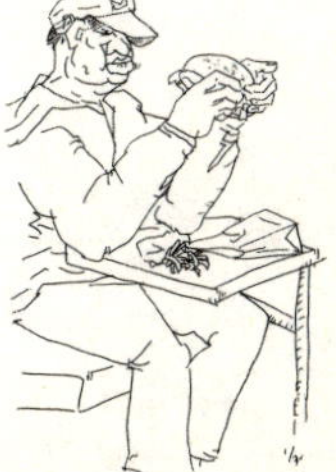

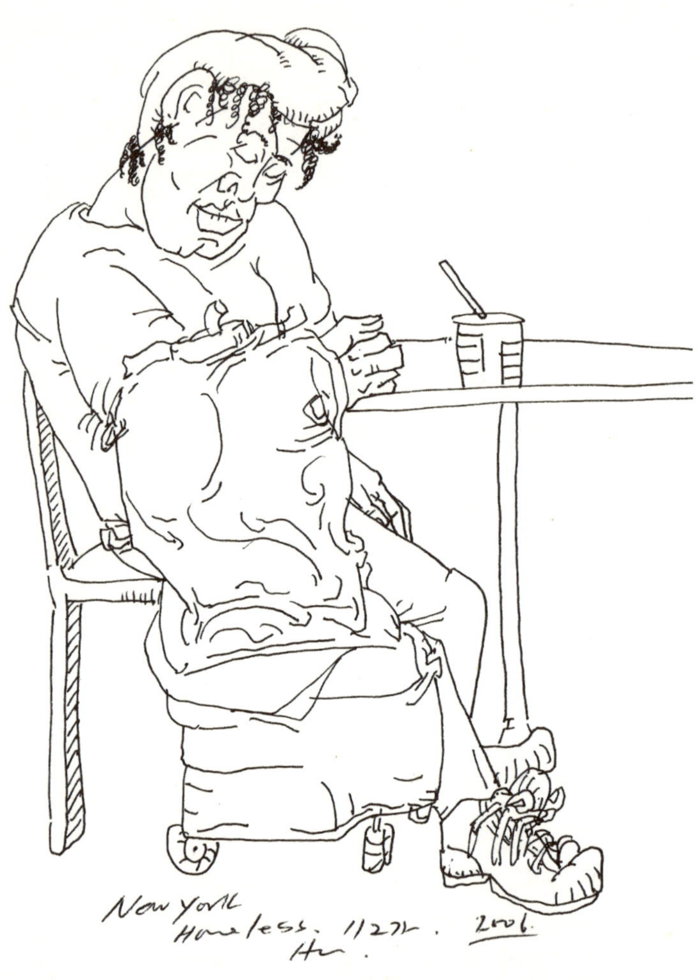

2006. 8. 6

거지의 낮잠. 옆에 곤히 모셔둔 그의 꾸러미가 궁금하다. 풍기
는 냄새로는 부족하다. 그의 인생의 모든 것이 들어 있을까?

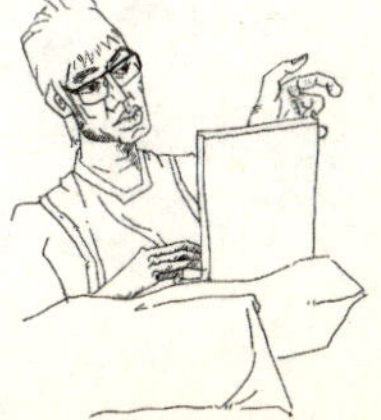

[작가의 말]

　마흔이란 나이에 한국에서의 모든 것을 접어두고 예술의 길에 들어선다는 것은 남들이 보기엔 이해하기 어려운 것일 테지요. 그러나 외면적으로는 다른 길을 걸어온 것으로 보이겠지만, 나는 어렸을 때부터 동경했던 그림의 세계에서 떠난 적이 없었습니다. 유년시절에 불타던 그림에 대한 정열이 20년 만에 폭발한 것이었으며 줄곧 나의 핏속에 강하게 흐르고 있었습니다.

　예술의 길은 어려운 길이라고 잘 인식하고 있었지만 내게는 하나도 그림이며 둘도 그림이었고, 내 마음과 정신은 온통 그림으로 가득 차 있었습니다. 이런 생각으로 15년 전인 1996년 봄, 나는 과감히 예술의 길을 시작한 것입니다. 그리고 미국으로 유학의 길을 떠났습니다. 흔히 말하기를 '아는 것이 힘'이라고 하지만, 내게는 모르는 것이 힘이 되었습니다. 그래서 알려고 엄청나게 노력했습니다.

　높은 언어의 장벽으로 교수들의 강의를 한마디도 알아듣지 못해서 화장실에서 남몰래 많이도 울었던 뉴저지 시튼홀대학시절, 매주 금요일부터 일요일이면 뉴저지 트랜짓 기차를 타고 뉴욕으로 가는 길에 땀과 목탄 그리고 물감으로 뒤범벅이 되어 내릴 곳도 잊은 채 드로잉을 했던 뉴욕스튜디오스쿨 시절, 특히 뉴욕스튜디오스쿨은 나에게 커다란 전환점을 만들어준 훌륭한 곳이었고 그렘닉슨 학장님은 훌륭한 예술가 조련사임에 틀림이 없었습니다. 종종 막차를 놓쳐서 밤새도록 34번가 뉴욕 펜역에서 새벽

첫 기차를 기다리는 동안 그곳은 나만이 가질 수 있는 커다란 작업실이었고, 뉴욕의 거지들은 나의 전속 모델이었으며, 지나가는 사람들은 나의 귀중한 고객들이었습니다.

치열한 경쟁 속에서 학교 작업실의 캔버스와 싸웠던 펜실베니아대학원 시절 그리고 뉴욕 컬럼비아대학에서의 6년 동안의 미술교육석사와 박사공부… 이러한 모든 것들이 나에겐 정말 끝이 보이질 않았던 기나긴 시간이었지만, 항상 웃음을 지니고 있을 수 있었던 이유는 바로 드로잉 때문이었습니다. 나에게 드로잉은 예술의 원천지였고 꿈과 희망을 잃지 않게 해주는 훌륭한 스승이었기 때문입니다.

손때 묻은 조그마한 스케치북이 곁에 항상 같이 하기에 지금 이 시간에도 꿈을 향해 질주하고 있습니다. 내가 서 있는 곳은 나의 화실이고, 작업실이요, 내 앞에 보이는 모든 것들이 귀중한 소재입니다. 버스 안이건, 기차 안이건, 식당이건 어느 곳에서든지 나는 그리고 또 그립니다.

드로잉은 모든 교육에 필요한 아주 중요한 예술의 기초입니다. 대개 뉴욕의 거지들을 소재로 드로잉을 하면서 난 그분들과 수없이 많은 대화를 했고, 단지 산업사회에 적응하지 못해 소외된 그들의 내면을 들여다볼 수 있었습니다. 독자 여러분께서 이 책을 보신다면, 저는 이런 말씀을 드리고 싶습니다. "꿈을 가져보세요! 그리고 100년 후를 생각하고 계획하세요." 세상에 불가능은 없으며 특히 학문은 시공을 초월합니다.

  이 책은 단순히 나의 작품집만은 아닙니다. 왼편엔 드로잉을 오른편엔 공간을 배치함으로써, 독자들과 소통하고자 하는 바람을 남겨두었습니다. 그 빈 종이 위에 자유롭게 여러분의 상상력을 펼치길 바랍니다. 사랑하는 연인에게 편지를 써도 좋고, 일상의 느낌들을 남겨도 좋으며, 아름다운 한 편의 시를 창작하거나, 나처럼 마음껏 그림을 그려도 좋습니다.

  마지막으로 감사를 드리고 싶은 분이 있습니다. 늦게 예술계에 입문하여 오늘까지 올 수 있었던 저의 뒤에는 늘 사랑하는 나의 어머니 장병혜(故 창랑 장택상 선생의 딸)박사님이 계셨습니다. 예술에 대한 어머니의 철학과 끝없는 열정을 존경하고 사랑합니다. 그리고 내 생의 첫 드로잉북을 묶어준 도서출판 작가의 대표를 비롯한 편집부 식구들에게 깊은 사랑과 감사를 전합니다.

— 2010년 6월.

저자 이정한